U0926398
TO:
好时光

有爱的青春陪伴者

夏至蝉鸣，冬来沐雪，
此生与你在一起的日子，
都是好时光。

好时光

烟罗 著

江苏凤凰文艺出版社
JIANGSU PHOENIX LITERATURE AND ART PUBLISHING

图书在版编目（CIP）数据

好时光 / 烟罗著. -- 南京 : 江苏凤凰文艺出版社，2022.9
ISBN 978-7-5594-7039-3

Ⅰ. ①好… Ⅱ. ①烟… Ⅲ. ①长篇小说 – 中国 – 当代 Ⅳ. ①I247.5

中国版本图书馆CIP数据核字(2022)第127987号

好时光

烟罗 著

责任编辑 王昕宁
特约编辑 廖 妍
责任校对 周 萍
出版发行 江苏凤凰文艺出版社
南京市中央路165号，邮编：210009
网 址 http://www.jswenyi.com
印 刷 长沙鸿发印务实业有限公司
开 本 880mm × 1230mm 1/32
印 张 9
字 数 230千字
版 次 2022年9月第1版
印 次 2022年9月第1次印刷
书 号 ISBN 978-7-5594-7039-3
定 价 45.80元

江苏凤凰文艺版图书凡印刷、装订错误，可向出版社调换，联系电话025-83280257

目录

contents

好时光

目录

contents

【楔子 1】

角落一摊雪沾满了泥水，脏兮兮地堆在那里，来不及融化，又有新的雪花盖了上去，好像什么都没有发生过。

好像所有人的夜晚，都安然无恙。

十五年前，冬至。

一场大雪过后，城市似乎安静了许多，只有中心区的灯光依旧热闹，乐此不疲地在夜晚的幕布上描绘着城市绚丽而躁动的灵魂。

风不大，但依然冰凉，像无数的牛毛细针，在裸露的肌肤上轻刺。

恋家的人，都想早早归家。

与热闹的中心区隔着几条街，就是一片废工地。

这处规模不小的建筑工地，也不知是因为天气的原因停了工，还是资金断链烂了尾，此时只余几排简易工棚在没有点灯的环境里影影绰绰地立着，可见薄薄的一层雪盖在上面，荒凉又寂静。

微微的风刮动，角落里仿佛有什么东西在借着黑暗肆意地窥探着人间的温暖灯火。

它们太冷了，总是那么不甘心寂寞。

可是太黑了，什么也看不见。

远处，一道灯光乍然而现，伴着刹车的刺耳响声，骤然把夜幕撕开一条缝。

季珍珠气急败坏地从出租车上蹦下来，一时没站稳，踉跄了几步，同时嘴上骂骂咧咧地把司机的家属问候了个遍。

那司机却一踩油门扬长而去，留给她一团混浊尾气。

季珍珠呛得咳嗽了几声，又气急败坏地追着咒骂了几句。

她今天运气差得要死，打牌输了一天，好不容易在最后有了回本的征兆，出差在外的老公突然打来电话说今晚提前回来。

她当然不甘心，可又不敢让老公知道自己一个人跑出来打牌，把儿子独自丢在家里了，于是只能恋恋不舍地下了牌桌，火急火燎地往回赶。

谁料中途司机看她穿得“珠光宝气”，以为她是没有金钱观念的阔太太，竟然想带她绕远路。

她季珍珠可不是那种不接地气的贵妇人，对于钱的事，她一向在梦里也容不得别人占她一个子儿的便宜。

于是一来二去，两人谁也不是省油的灯，竟然大吵了起来。

那司机也不好惹，直接把她扔在了半路。

缺德！

季珍珠拢了拢自己身上的皮草大衣，越想越气，越气尿越急。

她后悔刚才没在牌友家解决一下这个生理问题，主要是她家黎教授今天回来得太突然，她又素来知道他最讨厌她打牌，所以一下子慌了神，脑子短路了。

她四下看了一圈，这里离家估计还有二十多分钟的路程。

罢了，活人还能被尿憋死？

她没当上教授夫人以前，可也是县里一枚风风火火的小辣椒，胆子大得很，性子辣得很。

干脆找个无人处就地解决。

季珍珠抬眼一看。

后边不远处是一片停工的工地，黑漆漆的一片。

有几排简易工棚立在那里，昨天下了一天大雪，工棚周围的地面都是白色，却没有脚印踩乱的痕迹。

正合她意。

季珍珠小腹吃紧，顾不上许多，深一脚浅一脚地踩着雪急急过去，直接绕到了第一排工棚后面。

季珍珠原本出身于贫寒家庭，偏生长着一张俏脸，所以不甘心命运的埋没，刚满十八岁便独自来到了大城市打工。

能遇上黎教授，是她的命运发生天翻地覆大逆转的奇迹所在。

所以自从嫁给了黎教授，一些粗俗的举动在人前她都不曾再做，但今夜四下无人，如少女时代一般撒个小野，内心里竟然有一种莫名其妙的畅快和得意，一时间竟冲淡了前面的倒霉带来的气闷。

寒风不停，呼呼作响。

一滴融化的雪水顺着棚檐滴了下来，啪嗒一声掉在地上。

有那么一瞬间，角落里好像有什么东西动了一下，却并没有引起季珍珠的注意。

季珍珠解决完内急，提着衣服站起来，舒畅地缓了口气。

她先挪动脚步，离开那片自己生产的秽物，生怕弄脏了她身上昂贵的皮草大衣，确认好后，接着准备系裤子。

就在她低头整理时，突然，身后的一间工棚里，猛然蹿出一个高大的黑影，像一座山一样，又狠又重地把她扑倒在地上！

像是骤然间遭遇了几百斤的重锤攻击，季珍珠向前扑倒，膝盖和下巴还有手肘一起砸中雪地，一瞬间眼前金星乱冒。骤然包裹四肢的剧痛令她分不清东南西北，只有裸露的皮肤突然和冰雪地亲密接触带来的强烈刺激拉回了她的一分神志。

极致的绝望与恐惧，令女人的喉咙里发出了一声非人类的尖叫，在冬夜里显得格外瘆人。

这声尖叫转眼就被一只巨掌生生摁回了喉咙里，只余沉闷的呜呜声。

她恍恍惚惚地意识到发生了什么事。

有人从背后压在她的身上，像一只疯狗一样喘着粗气，嘴在她的右耳孔里拱着啃着，一股混合着劣质烟草和混浊口气的浓烈气味瞬间钻进了她的每个毛孔，肆无忌惮地冲进她的鼻腔、口腔，像有形的秽物一样浓稠地塞满，令她几欲呕吐。

一只鬼爪般尖利粗糙的大手已经毫不犹豫地狠狠抓向了她的裤子，尚未整理完的裤子瞬间被重新撕扯开，另一种陌生的、伴着惊惧与耻辱的疼痛随之而至。

太快了，一切发生得太快了，仿佛只是十几秒的时间，她就从灯火通明的人间，被魔鬼扯入地狱。

季珍珠的脸被狠狠压在地上，已经扭曲到不成形，她的左手被压在了自己的身下，呈现出一种可笑的姿势，而右手却横在自己的眼前，手腕上价格不菲的镶钻腕表露出了一大半，在她的眼前闪动。她不知道自己是不是灵魂出窍了，居然模模糊糊好像看到了时间正指向九点半。

随身带着酒红色的精致小牛皮包在撕打中被施暴者踩在了脚下，金色的按钮绷开，一堆亮晶晶的名牌化妆品和小小的钱包、卡包都滚了出来，此刻原本价值不菲令季珍珠充满虚荣心的物件都仿佛成了一种讽刺，告诉她这一切都在以一种残酷的方式离她远去，令她泪流满面。

此刻她多么希望对方只是贪财，那她可以把包里的一切都给他。

然而对方却像是失去了人性的野兽，只是一味地想要发泄，想要破坏，想要凌虐。

而半小时前，在城市的另一边。

不远处的绘商大楼外墙的大广告屏还在放着某明星的新广告，只是那广告歌听起来有些绵软无力。

到了该交班的时候了。

花盛已经第三次认真检查车子上的设备，反复确定无误后才到值班室的交班表上签上自己的名字。

今天是他最后一次开 502 路线的公交巴士了，从明天开始，他就要去开另一条线，609 路。

新的路线路过他家门口那站，同时还路过女儿的学校，有时时间对上，刚好可以顺便送她上学。

所以换路线对他来说是件大好事。

不过，他这人看起来五大三粗的，心却有些婆妈念旧，开了几年的 502 路，竟然有些舍不得。

只是，想到宝贝女儿，那一点点不舍也就烟消云散了，开 609 路能接送女儿上下学，他的宝贝女儿有这么大的车接送上下学，她在班上得多风光啊。

一念至此，这个高大的男人刀削般的沧桑面容上不禁露出了孩子般期待的笑意。

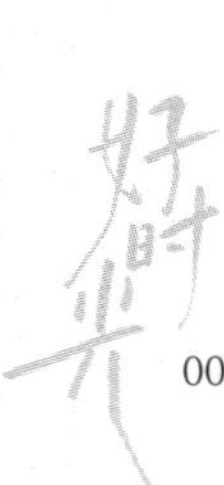

交接完毕，花盛搭公交车回家。

回家的公交车上人不少，他原本坐到了位子，后来又让给一个老太太，自己便站着。

人家看他牛高马大一大男人，让个座理所当然，其实没人知道，他此刻脑门上有点儿冒虚汗。

老胃病又犯了。

他揉了揉胃部，痛苦地弯了弯腰压住那个痛点，但并没有什么用，反而加重了想呕吐的感觉。

这样子回去，被女儿发现，又该数落他替他担心了。

离家还有两三站的时候，花盛提前下了车。

他在路边小店买了一瓶矿泉水，然后从外套口袋里掏出一个小小的药盒，这是宝贝女儿贴心地为他这个老胃病爹准备的胃药，以备不时之需。

不过就算吃下药，药片起效也要半小时，所以他提前下车，吃了药再散步回去，时间刚好，进门时又是一条好汉，省得老婆和女儿看到他犯病又替他担心。

他暗赞自己机智。

花盛嘴里哼着歌，路过那片荒芜工地的时候，刚好是晚上九点半。

不知什么时候，天上又开始飘起了细碎的绒雪，落到颈子里凉飕飕的。

花盛拢了拢身上的衣服，正准备加快步子，却在蓦然间，听到一声女人撕心裂肺的尖声惨叫！

那声音自不远处几排黑漆漆的废弃工棚处传来，虽然只有短促的一声，却听得出痛苦至极。

花盛瞬间明白发生了什么。

他没有半秒犹豫，全身的汗毛都齐刷刷立了起来，热血瞬间充盈了整具身体，他听到自己如平地炸雷般的吼声：“谁？在干什么！”

发出声音的同时，他的身体仿佛根本不需要头脑给予指令，已经扑向了声源处。

平时工作的时候，花盛没有少遇过车上发现小偷，占座起争执，色狼欺负小姑娘这些糟心事。很多同事看多了，也不那么愿意管了，睁一只眼闭一只眼懒得多事，但他却是出了名的较真，只要被他看到，就绝不会袖手旁观。

所以单位领导经常半开玩笑半埋怨地说花盛，动不动就拉个人送去警察局，他这是把公交车开成警车了。

他就憨憨地笑，也不争辩，下回还我行我素，该管还得管。

领导也只得随他去了。

他这样的性子，遇上这种事，让他视而不见，那是不可能的。

他大吼着冲过去，同时掏出随身带的强光手电筒，一边摁亮一边朝着黑暗里照了过去。

他刚转过第一排工棚，便借着雪光银辉，看见两个身影在雪地上挣扎、翻滚，原本洁白的雪地已经变成一片凌乱泥泞，仿佛要面目狰狞地露出白雪下面掩盖的脏和恶来。

下面的女人在拼命地挣扎，她的身体已经被掰得极度扭曲，但她依然死死护住自己关键部位的衣服，不让上面的恶徒得逞。

但这显然激怒了那恶徒，扬起的拳头雨点般挥下，欲将不听话的“猎物”砸成肉酱。

花盛只觉得脑子里嗡的一声，原本就已经涌上来的滔天愤怒，此时变成了直接爆开的炸药，五光十色、震耳欲聋、魂飞魄散，炸得他双目赤红。

竟然敢在光天化日之下行这等令人发指的恶行！

花盛怒目圆瞪，飞起一脚踹在了上面的人背上。

那一脚力道之大，竟把上面的人踹得滚出了一米开外。

下面衣衫不整的女人也算机灵，立刻连滚带爬地朝反方向逃去。

恶徒很快回击。

一个被兽欲烧红了眼，一个滔天愤怒在燃烧，加之两人都算身形高大，一时间竟看不出谁占上风。

仿佛都拼上了命。

季珍珠连滚带爬地逃到角落里。

从小在乡野生活的经验令她比一般柔弱的女人要强壮，虽然经此巨大打击，但她身体仍然很快恢复了知觉。

她庆幸自己力气也不小，奋力挣扎间竟未被那个禽兽得手。

但如果这个英雄不及时赶到，她成为俎上鱼肉也就是分秒间的事。

如果在这里失身，她的人生将从天堂跌回地狱，不，是跌向比来处还要悲惨一万倍的地方。

她整理好自己的衣服后，摊开颤抖的手指，刚刚在挣扎间，她扯掉了恶徒的一颗扣子。她将扣子收入自己的口袋中。

抬起手的时候，她突然闻到了自己皮肤上传来的恶心的臭味，来自刚才压在她身上的那个恶徒。她无法自控地猛地弯下腰剧烈干呕起来，几乎要把胆都呕破。

她妆容凌乱，原本红艳的唇色从嘴边划了一长条到脸上，在微弱的月光下显得格外诡异。

我要杀了他。她脑子里不断地回响着自己疯狂的尖叫声。

杀了他，杀了这个恶徒，杀了这个畜生。

忽然，响起一声沉重的奇怪的闷哼。

周围的空气好像发生了什么微妙变化。

季珍珠愣了一下，僵硬地缓缓停止干呕，抬起目光，怔怔地看向那两人搏斗的方向。

血，温热黏腻的血液不断地冒出来，像是漏水的热水袋。

血是从那个英雄身上冒出来的，他单膝跪在地上，痛苦地弯着腰，而那些血就从他卡其色的工装大棉袄里不断地冒出来，在雪地上蜿蜒浸润。

而那个恶徒穿着一身脏污的黑棉袄，手里拿着一把造型有些奇怪的半尺长的小刀。在恶徒施暴的动作间，他的背部不经意露了出来，上面赫然有一个蛇形文身。

血顺着冰冷的刀刃一滴一滴地掉下来，像是黑色的小花，衬着杀人者的狞笑。

花盛没想到对方会带刀子。

他原本已经在体能上占了上风，眼看就要把对方制伏。

谁知腹部一阵剧痛，他才发现不妙。

看着那恶徒扔下他，又像个疯子一样准备扑向那个女人，花盛调整呼吸，从地上摸到一块砖头，用尽全力跃起，毫无保留地使出全部力道砸向那恶徒的后脑勺。

恶徒被砸得脑袋一歪，刀子也脱手飞出。

他回头看到花盛如金刚铁塔般的身影，恶狠狠地盯着他，仿佛完全没有受到刀伤的影响，再加上后脑剧痛，他心里不禁一怵，捡起刀来拔腿就跑。

直到恶徒的身影消失在夜色里，花盛强撑着的身躯才轰然倒下。

季珍珠跪坐在地上，整个人狼狈又凌乱。

她的脑袋里像有一万台推土机在碾压，巨大的嗡嗡声令她崩溃，但强健的身体还是令她凭借着本能站了起来。

一切都在瞬间发生，看电影时可以嗑着瓜子唾沫横飞地点评很久，然而搁在自己身上，只觉得电光石火。

刚才那恶徒捅完花盛后还试图再一次扑向她的意图彻底吓坏了季珍珠。

那真的是个疯子，那狰狞的脸，如同地狱里爬出来的恶鬼。不，画上的恶鬼都没有那张脸可怕，就算在梦里，她也没有见过比这更可怕的暴徒。

上一秒还想着要杀了他，而下一秒，她只想永生永世再也别见到这个人。

逃跑吧！

一个声音疯狂地钻出来，朝她大吼。

赶快逃跑！那个疯子，可能还会回来！如果他再回头，她还能逃得掉吗？

跑！快跑！

季珍珠神经质地朝热闹中心区的方向踉跄着走了几步，突然想起什么，又猛然站住，回头看去。

那个救她的英雄安静地趴在雪地里，无声无息。

她心里猛地一抽，像被一只巨手狠狠捏住。

人的本善和愧疚之心令她立刻转身朝着恩人奔了过去，没走几步，腿一软，恰好跪倒在那人面前。

明显的动静令地上的人又恢复了一点神志。

花盛吃力地掀开眼皮，看了一眼来人是那个受辱的妇女而不是恶徒，心下松了松。他的意识在渐渐涣散，感觉很累很累，好像很久没有这么累过了。

但那女人的遭遇还是令他想起了家中的妻女。

他当下放软了声音，用自己能控制的最温柔的语调安慰对方："没事了。"

然而他不知道，他发出的只是一些含混嘶哑的模糊语音。

季珍珠哆嗦着，想伸手去扶地上的人。

这时，银白色的手机从口袋里滚了出来。刚才那么剧烈的挣扎对抗，它居然一直牢牢趴在内袋里，这会儿倒是自己跑出来了。

是它提醒了季珍珠——

报警，叫救护车。

她颤抖着手指去按键，还未按下拨出键，突然手机欢快地振动起来，屏幕上出现了一条短信，显示发送人正是她的丈夫，海洋生物学家黎教授。

像是有什么东西重锤了一下脑袋，季珍珠下意识地停住了动作。

不，不能用自己的手机拨打。

不能留下证据显示她来过这里，不能让任何人知道——她，黎教授光鲜亮丽的夫人，遭遇了这可怕的一切。

如果知道她经历了这一切，从此，谁能证明她的身子还是清白的？

那些平日里就妒忌她的妇人和同乡，谁不会津津乐道为这件事编出无数个八卦版本？

一次当事人会痛不欲生的遭遇，在局外人嘴里，也许就是一桩刺激的香艳秘闻。

还有，她的丈夫和儿子，他们会怎么看她？

黎教授之所以会娶一个来自贫困乡下的高中都没毕业的穷苦姑娘，她深深知道，一个很重要的原因，是他觉得她清纯、美丽、善良，或者说，他把对家乡的美好印象安在了她的身上。

而她认识黎教授时，才十九岁，比他小二十岁，未谈过一次恋爱。

她深知自己被视为珍宝的原因。

多年来也一直小心呵护。

换得家庭美满。

如今，这桩遭遇，假如曝光，对她的人生意味着什么？！

她不敢想象。

季珍珠被火烫到般放下了自己的手机，呆怔了几秒，颤颤地伸手去恩人的口袋里掏弄，嘴里喃喃念着："恩人，你忍一忍，我给你报警，我给你叫救护车……"

运气很好，她竟然摸到了他的手机，也老实地躺在棉衣口袋里。

用花盛的手机拨打完 110 和 120，季珍珠已经差不多冷静了下来。

她站起来，深吸了好几口气让自己镇定，整理头发和衣服。

地上的中年男人，面容刚正，骨骼粗大，露出来的皮肤有些干裂，但衣物却是干净保暖的。

是一个为生活辛苦奔波但有一个温暖家庭的好男人吧。

她用力盯着这张脸，她知道，从此以后，今夜在这片雪地之中，出现在她面前的两张脸，一个是救她的天使，一个是毁她的恶魔，她可能永生都无法从脑海里抹掉。

但是，她也希望自己忘记并且不会再遇见他们。

她只愿今夜是一场噩梦，而天亮了，她将永远远离这场梦。

季珍珠呆呆地看了几秒，突然又扑通一声跪在了花盛面前，用尽全力磕了三个响头。

她把花盛的手机在自己的皮草大衣上用力蹭干净，小心地放回他的手边，然后又手忙脚乱地捡起雪地上已经被糟蹋得不成样子的随身小包，颤抖着手把里面滚落出来的所有东西都一股脑塞回包里，确定雪地上再没有留下属于她的东西。

做完这一切，她跌跌撞撞地向着灯火明亮的方向跑去。

身后的人无声无息地躺在雪地里。

她始终未敢回头。

【楔子2】

她的眼前一片模糊，剧痛包围了她，无论怎么努力睁大眼睛，也都看不清任何画面。

只有一点点光，一团模糊的光，也离她越来越远，越来越远。

直至沉入永远的黑暗里。

十五岁的青柚背着画板走在路上，今天晚上的风格外凉，毫不留情地吹在少女脸上。

她穿着一件红色的羽绒服，头上戴着一顶暗红色的毛线帽，帽子顶上有个貉子毛球一晃一摇，显出少女的俏皮可爱。

青柚抬头看了一眼，竟又下起雪来了。

她加快了步子，去另外一条街上接妹妹青苗。

青柚和青苗两人虽然是双胞胎，但兴趣和性格截然相反。所以她们报的课外班也完全不一样，一个学画画，一个学跳舞。

平时，如果下课晚的话，都是爸爸过来接。但昨天爸爸脚扭伤了，因此两人早上出门的时候，妈妈就嘱咐她俩下课一定要一起回家。

所以青柚现在得赶到青苗那边去。

青柚看了眼时间，快十点钟了。

青柚向来疼妹妹，怕妹妹等得急，又生气，所以懂事温柔的她想了想，决定选条稍微偏点的近路赶过去。

这个时间的小路格外黑，只有清冷的月光静静地落在墙角。

虽然细雪洁白，但仍有月光照不到的阴影处，让人感觉到莫名紧张，不知道是不是心理作用，似乎还有窸窸窣窣的充满不祥的声音。

青柚决定抄近路的时候并没有想那么多，这段近路是之前青苗告诉她的，虽然有点偏僻，但路不长，快走也就两三分钟时间。偶尔赶时间的时候，她也走过好几次，骑自行车穿行的上班族，坐在路边卖点自家小菜的老婆婆都常见到，因此并未想过害怕。

但此时一脚迈入，才发现平时熟悉的所在竟也会因为下雪的夜晚安静无人而呈现出与白天截然不同的感觉。

一时间她心里蓦地一麻，不由得加快了步伐。

人总是如此，越是感觉到恐惧的滋生，越是容易把那恐惧幻化成实体。青柚一感到害怕，立刻就觉得周围的黑暗里都有怪物在伺机而动，身后也似乎有个声音越来越清楚，似是追赶的脚步声，一时间竟分不清是幻觉还是真实。

这当口，她已经迅速走过了一半的路，退亦不能退，她只能越走越快，祈祷那声音只是自己的幻觉。

但怕什么就来什么，身后嗒嗒嗒的声音竟也加快起来，因为急促而陡然变得清楚，一声声猛击在她的心头！

不！不是幻觉！是真的有人在身后追赶！

青柚刹那间魂飞魄散，她万万没有想到，短短几分钟的路途，竟会出现这般意外，仿佛是命运给她开了一个残忍的大玩笑，噩梦就在此刻气定神闲地等候着她到来。

她不敢回头，尖叫声也卡在喉咙里，只剩一个念头，跑！

她疯狂地向前跑起来，前方仿佛出现了出口那一头的光亮，影影绰绰，是安全的世界，在向她招手。

但，已经来不及了。

青柚一声“救命”还来不及喊出来，背后的人已经像一只猛兽一样猛地扑了上来，沉重的身体撞击下，纤弱的少女像被一记重锤击倒，瞬间扑飞出去，下一秒又被钳子般的大手一把拖住，同时被另一只手狠狠捂住了她的嘴。

一股浓浓的血腥味和臭味钻进了她的鼻孔。

风掀开云层的一角，吝啬得只肯露出一丁点光来。

它那么吝啬，甚至照不见无助绝望的少女脸上滚滚落下的晶莹眼泪。

她使劲全身的力气挣扎着，但那堪称柔弱的挣扎在恶魔的钳制里，显得如此不堪一击。

如果此刻有人瞧见，会发现行凶的那人凶相毕露，狰狞的表情如同从地狱爬上来的森罗恶鬼。

而如果此时季珍珠在此，则会认出这个恶鬼，正是刚刚从工地上逃过来的那个凶暴恶徒。

他原本就是一个变态，一个狂徒，一个没有理智的畜生，雪夜里压抑太久急需发泄的兽欲，在遇到一个落单的美丽少妇时完全被激发出来，却又因为一个英雄的出现而被生生打断。

鲜血与疼痛非但没有让他收敛，反而让他更加兴奋和狂躁。

他在梦里也无法肖想，自己有一天竟能将这么纯洁纤细得如同百合花般令人颤抖的少女压在身下，搂在怀中，为所欲为。

他彻底疯了，他绝不能再让这个完美的猎物逃离他的魔爪。

他狠狠地用常年劳动的有力胳膊一把勒住少女细细的洁白的脖颈，同时一拳击在她的头上，令她瞬间失去所有声息，然后狠狠地把她拖向黑暗深处。

就好像一只贪婪的豺狗，要将来之不易的猎物拖回自己肮脏的洞里享用。

可怜青柚是如此柔弱，她的力量根本无法同一个成年的暴徒抗衡。

何况那个暴徒是如此残忍，对他的猎物没有任何一点残存的人性。

她发不出任何声音，只能由着自己被拖进更深的黑暗里。

她的眼前一片模糊，剧痛包围了她，无论怎么努力睁大眼睛，也都看不清任何画面。

只有一点点光，一团模糊的光，也离她越来越远，越来越远。

直至沉入永远的黑暗里。

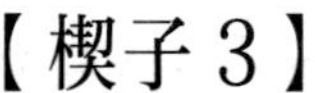

【楔子3】

世界如同按下了暂停键的老电影，明明画面定格，却又仿佛意境无穷。

不知道过了多久，已经恢复了安静的巷子里又有了动静。

在青柚被施暴时，她的画笔散落了一地，斑斓的画具此时显得那么凄凉刺目。明明没有风吹过，却有一支铅笔突然滚动了起来，像是不甘心主人的命运，兀自挣扎了几下，最终无力地停在了一个半人高的垃圾桶边上。

在那垃圾桶的后面，竟然颤颤巍巍，缓缓伸出一只手来，手背上的皮肤洁白细致，看得出手的主人尚还年轻。

但它的动作，却如同行将就木的古稀老者般缓慢。

一点一点地伸展着，指节僵硬而吃力地活动着，目标正是那支滚过来的铅笔。

终于，手碰到了铅笔，手的主人仿佛长舒了一口气，又仿佛被火烫了一下，它一个哆嗦，继而突然加快了动作，五指收紧，用尽全部力气，把铅笔狠狠抓在手心里。

仿佛使尽全力握住它，就能抓住失控的命运的缰绳。

垃圾桶后面，露出半张脸。

手的主人，竟是一个和青柚同龄的少年。他裹着大大的黑色羽绒服，小小的脸在巨大的毛领里露出来，越发显小，头上的绒线帽也是黑色的，脸上还戴着大大的黑框眼镜，说不出来的畏缩胆怯的模样，一时间竟分不清他的年龄。

他镜片后那两只大得突兀的眼睛，却被痛苦悲愤淹没了，大颗大颗的眼泪从他涨得通红甚至发紫的小脸上不停地落下来，然后滚进他大大的毛领里，消失不见。

他懊恼、怨恨、害怕、恐惧，他遇见了这场暴行，他本可以大声呼叫，却连探头看清恶魔脸的勇气都没有，他只能缩在垃圾桶的后面死死抓着那支铅笔，眼睛用力瞪着，眼珠子仿佛要夺眶而出，但他的身体却僵硬得像个木偶，很难移动分毫。

世界如同按下了暂停键的老电影，明明画面定格，却又仿佛意境无穷。

角落一摊雪沾满了泥水，脏兮兮地堆在那里，来不及融化，又有新的雪花盖了上去，好像什么都没有发生过。

好像所有人的夜晚，都安然无恙。

第一章

晚春·重逢

他握着手机，手上不自觉地用了力。

越握越紧，越握越紧。

甘心吗？不甘心吧。

Section1.

十五年后。

刚好赶上下班高峰期，地铁上层层叠叠地堆满了人，横着看就像是一个什锦水果千层蛋糕一样。

花深一手举着手机，一手拎着纸袋。

那是她排了两个小时的队才买到的网红蜜烤鸡，珍贵得不得了。

地铁到站了，心急的人们一窝蜂地往门口挤，花深本来想谦让的，可是人在江湖身不由己，脚没沾地，就被前前后后的人夹着推进了地铁里。

车门一关，花深的脸都快贴到门上了。

可这不重要，重要的是，鸡呢？她的鸡呢？

刚刚还在花深手里的蜜烤鸡此刻寂寞凄凉地躺在地铁外面的警戒线上，跟她一副阴阳两隔的样子。

隔着玻璃，花深无奈地看着鸡离自己越来越远，她不得不承认，她和这只鸡注定缘分已尽。既然如此，她觉得自己应该思考一下这个网红的“鸡生”了。

她想了想，使出缩骨绝技，从被压得扁平的胸口一点一点地扯出用皮卡丘挂绳挂着的手机，艰难地用一指禅按键，不屈地发了条定位同城的微博：

“请注意，重大利好！此时，在地铁 1 号线竹叶海站台上看到一袋蜜烤鸡的朋友，请务必热情地对待它，它是一只网红鸡，是我千辛万苦排队抢到的真爱，虽然世事无常，它被迫与我分开，但我仍然希望它得遇良人，趁新鲜热乎时被小心善待。PS：简单地说，鸡，没毒，好吃，捡起来，请吃。”

刚点击发送完，妈妈的电话又打过来了。

花深还在叹息自己与网红鸡的分离，接起来便走神了一秒，还没来得及说话，谁知贴在身边的一位少年好巧不巧，也接起电话大喊：“妈！”

这句正处于变声期阶段的雄性气息十足的低沉的“妈”立刻清晰无比地传到了花深的手机里。

于是，花深隔着听筒都感觉到了电话那边的气氛瞬间沸腾起来——

“哟！老孟哎！你家深深找男朋友啦！”

“家里哪儿的？怎么没听你提过？咱们老姐妹还保密？”

“做什么工作？收入怎么样？带来咱们给把把关！”

“那是！深深可是咱们看着长大的亲丫头！老孟，这事不能马虎，我跟你讲！”

……

花深听着孟媛媛的中老年麻将团姐妹们七嘴八舌的掺和声，知道她正在打牌，所以按的免提，于是赶紧解释：“阿姨你们听错了！那是别人的儿子，串了个频道，跟你们的亲丫头没关系！”

“得得得！你们这些老妖婆都给我闭嘴！”孟媛媛维持麻将团姐妹们

的秩序，继而对花深说，“鬼丫头，放心，你妈还没老糊涂到听见个男声就觉得跟你有点什么！但是你也挺敢想的，不看看你现在多大了，那声音听起来就是一小孩儿，你说真叫我妈我也不信。不过啊，这事你确实得上心知道吧……”

花深一听不妙赶快转移话题：“知道了知道了！妈你给我打电话啥事，快说，我在地铁上贴饼子呢！”

“哦。”孟媛媛果然被牵回来了，“今晚回不回来吃饭？”

“不回。”

“又有事？”

“咱们年轻人忙着建设美丽新世界，分秒必争。”

“就你？行了吧……那好，在外边别瞎吃，注意休息，有空回来吃晚饭早点通知我。”说完，孟媛媛又提高声音对麻将团姐妹说，“哎，我家鬼丫头今晚不回来吃饭，咱们等会儿让阿强给点个盒饭送来，晚上继续！”

花深挂了电话。这时地铁已经过了几站，车厢里的人也松动了些，于是她终于站直了身体，稍微活动了一下手脚，然后打开微信。

她今天还真是在努力建设美丽新世界，有件特有社会责任感的事在等着她去做。

花深的本职工作是青山区一家私人宠物医院的护士，同时也是民间组织流浪猫保护协会的负责人之一。

这个协会是几年前大家在网上自发组织的，开始是几个爱猫的网友牵头，后来救助工作做得不错，渐渐有了些名气，但毕竟大家还是在义务用爱发电，能力有限。比如收养流浪猫们给它们寻找新家的中转基地，就是会员们在郊区千辛万苦才找到的一处租金极为低廉的农民自建房，虽然远点，但好歹是协会微薄的会员费用和社会捐款能够承受的。

可最近这个基地也出了问题。

最近这基地所在的民房建筑被卫星发现，属于违章搭建，要求立马拆除。房东虽然抗争了一阵，但也很快理亏服软，于是他们就被要求三天内搬家了。

这可谈何容易。

基地里现在还收养着二十来只流浪猫，三天内给它们全部寻找到合适的领养人，几乎是不可能的事。大家一合计，只能先由协会里的核心会员一人领一两只回自己家先过渡一下，再紧急寻找其他的房源做新基地。

于是大家你分一只，我分一只，最后只剩下一只被坏人戳瞎了一只眼的老猫和一只只能靠轮椅移动的残腿猫无处可去。

这两只猫因为残疾，性格都比较敏感古怪，不亲人，容易激动，照顾起来也格外麻烦，但它们都是花深救回来的，在基地里的时间也最长，连姓也是跟她姓，老猫取名叫“花想想”，残腿猫取名叫“花咕噜”。

所以，它们自然也是由花深带走。

但问题只有一个，花深现在租的房子，房东是个不喜欢宠物的女人，死活不同意租客养任何宠物，当初签合同就反复强调，如果发现家里养宠物，哪怕是一只乌龟，也要扣除所有押金。

花深倒也想过冒险，大不了损失钱，但想想房东张牙舞爪怒目圆瞪的样子，有点担心东窗事发她控制不住自己，所以还是决定另寻住处，一劳永逸。

这两天花深一直在网上看房，好不容易找到一个同意租客养宠物、装修也不错的房子，她现在就是去跟房东见面的，还特意带了一只“网红鸡”

准备贿赂对方，谁知出师未捷鸡先丢，似乎也是不顺的兆头。

微信打开，新房东果然已经发来一个定位。

花深点开确定了一下，回问：麦当劳？

看房子为什么要去麦当劳？不能直接去看房吗？

对方回复了两个字：面试。

“花深？”

花深一边坐下一边点点头，同时打量着眼前的男人。

对方大方地伸手：“云商。云朵的云，商人的商。”

花深伸手，感觉到对方手掌的宽大有力，似乎还有一层薄茧，挺有男人味的小伙子，和他那张脸的气质倒是不怎么相配。

说到脸，这位新房东长得还是不错的。更难得的是，还挺有穿衣品位，一身简洁的银灰夹克，是某大牌当季的新款，打理得和小明星似的清爽发型，让女孩子很容易生出好感。

尤其是，这小帅哥一双桃花眼带着笑意一直瞅着她，给人一种对她一见钟情的错觉。

花深乐了，心想不会吧，租个房还能上演个偶像剧？

一念至此，她立刻故意拨弄了一下自己的头发，朝对方抛了个媚眼，自认为颇有风情地捏着嗓子说道：“我是不是长得像哪个明星？”

“噗！”

云商一口矿泉水差点喷出来。

“不是，我看着你像我老姨，觉得亲切。”

如果不是看在房子的分上，花深发誓她会让这张坏坏的小帅脸尝尝她的天马流星拳。

云商的心情一下子好了起来，笑意更深了。

他看人一向靠直觉。

他几乎一瞬间就决定了，他的房子可以租给她。

没错，他对自己看人的眼光很自信。

不过，他还不想这么快就让这位“老姨”知道他的决定。

云商笑着起身，问：“点什么？”

“随便。”花深气鼓鼓。

云商就等这句话，没一会儿给她端来一份儿童套餐，连着赠品那个表情奇怪的皮卡丘一起送到她面前：“不客气。”

花深看着他一脸等着看好戏的表情，偏不让他如愿。

干吗呀，儿童套餐怎么了，儿童套餐它不香吗？

还有她最爱的皮卡丘呢。

她拿起那个玩偶，脸上阴转晴，喜滋滋，喜滋滋。

她边玩皮卡丘边问：“哎，我说你是不是做 HR（人事专员）的？租个房子还得面试，下一轮是不是还要笔试……”

“可以考虑。”云商说着，掏出皮夹，不经意间露出的一个名牌标识显示出两个字——“有钱”。

难道是个无所事事的纨绔子弟？花深想，要是这样，倒要抱紧大腿，说不定之后可以拉他为基地的猫猫捐点猫粮钱。

云商却从名牌皮夹里掏出了一张工作证，推到花深面前。

“警察？”花深惊讶了。

“警察叔叔。”云商补充说明。

花深释然：“哦，那还行。”

云商忍不住问：“你那表情什么意思？”

花深解释：“难怪我一见你就生出崇拜之心。”

云商磨磨后槽牙：“我怎么感觉你不是来租房，是来找碴儿的？”

“不不不，我真是租房的。”花深赶快坐好。

云商深吸了一口气，心平气和地说：“那我们来谈谈房子的事。这套房子是我亲自设计装修的，所以希望住它的人是适合它的人，这就是我要面试房客的原因。”

云商这么一说，花深突然就理解了。

她在网上看中这套房，不也是因为它的装修风格一眼吸引了她吗？

和一般的出租房不同，这套房子的设计简约大方，色调清冷却又透着隐隐的温情，文艺而不矫情，价钱还合理。她相信她的竞争者一定不少。这么一想，她立刻就更有了志在必得的决心。

“叔叔！我就是最适合它的人！请你相信我！”花深像小学生发言一样举手，身体急切地前倾，真诚地告白。

云商看着她突然热情高涨的模样，想调侃几句，还没有开口，却突然眼角余光一闪，扫到了落地玻璃窗外的一幕。

他瞬间从一脸的笑意盎然，变成了霜冻风寒。

还没等花深反应过来，他已经如破风羽箭般蹿了出去。

那一瞬间，花深甚至有一种感觉，好像看到的不是一个人，而是一只矫健的猎豹。

她目瞪口呆地看着男人势如破竹的背影，下一秒，也本能地蹦起来狂追了出去。

外面的街道上，一道人影横冲直撞地狂奔着，看样子是个十几岁的少年，他身后约五十米的距离跟着一个体重格外富态的大妈。

要不是大妈嚷嚷着叫唤，根本就看不出来她是在追抢劫她的少年，因为她跑得实在太慢了。

云商从麦当劳里冲出来，眼里闪过一道精光，迅速地摸清了情况。他知道身后有人跟着自己，但是无暇顾及。说时迟，那时快，他已朝着少年追过去，尽管双方之间有些距离，但他有把握能追上。

他身姿矫健，速度惊人，转眼已跟那少年拉近了距离。

谁知那少年竟不要命般，赶在红灯亮起的最后一秒不顾一切地横冲到了马路对面。只听一阵阵刺耳的刹车声，伴随着司机愤怒的咒骂，云商已在电光石火间被红灯拦在了马路这边。

更令人意外的是，马路对面竟然停着一辆没有熄火的摩托车，摩托上跨坐着一个人，也是一个少年，和那抢包的少年明显是一伙的。

抢包少年一过马路，就飞身坐上了摩托车后座，摩托车立刻向前蹿出，眼看就要逃之夭夭，抢包少年不禁得意地在后座上回头朝着正迅速接近的云商比了个嚣张的手势。

云商脸色一沉，脑内急转，还未想出对策，两个少年却像是故意炫耀似的，突然掉转车头朝着云商冲过来。

看来他们竟想伤人！

忽然，一道身影横空出现，手里还举着一件“重型武器”。说时快，那时快，只见花深拿着“武器”狠狠砸向摩托！

车上两人万万没想到，会有一把儿童座椅从如此刁钻的角度从天而降，情急间，车手猛打车头，却仍然失去了平衡。只听一声巨响，两个少年连人带车已经摔倒在马路中央。

一时间，四处响起聒噪的汽车喇叭声，云商呵斥“不许动”的声音，少年的惨叫声，路人的欢呼声，此起彼伏。

那个麦当劳的儿童座椅，此刻已经成了七零八落的碎片了。

此时的建功立业者——花深，一脸深藏功与名的表情站在旁边的花坛边上，拍了拍手上的灰。

她非常满意自己一气呵成的那招“天王盖地虎”，忍不住又在脑内重演了一遍。她刚刚可是直接踩上花坛，然后跳起来飞扑向前砸下去的，不然也没有那么猛烈的气势和那么精准的角度。

精彩，太精彩了！

她恨不得大声疾呼问问刚才有没有哪位路人拍下了这一幕，赶快传给她留作纪念。

就在花深得意扬扬的时候，沿街商铺的保安和路上的交警已经过来协助云商制伏了那两个少年。

警车也很快就到了。

花深看云商跟警察小哥说了些什么，她感觉云商好像和警察小哥很熟悉的样子。

云商很快看过来，花深赶紧移开目光，若无其事地看着路边卖气球的奶奶，但余光还是能看见他朝自己走过来。

“刚刚是你扔的椅子？”云商在花深面前站定。

不知道为什么，他的声音里有一种森然的冷意，和刚才在麦当劳初见时的感觉竟判若两人，令花深忍不住愕然。

花深不明原因，笑嘻嘻地道：“正是本人，不过不要客气，我也就是尽到了市民该尽的责任和义务，表彰什么的就不需要了。”

“你知不知道你这么做多危险？”云商却并没有接她的玩笑，严肃的表情里反而带上了几分薄怒。

这下是真的生气了。

花深不禁有些不爽。

“要不是我，他们早跑了……”

“如果他们有武器怎么办，如果伤到了路人怎么办，如果你受伤了怎么办？”云商一连串的问题仿佛子弹般喷射出来，言语间的一抹痛楚竟让一向没个正经的花深哑口无言。

她隐隐感觉到，这个刚刚见面的新房东，似乎并不像他表面上那么玩世不恭，这无意间的一幕，倒好似触及了他心底的什么隐痛似的。

云商继续说：“你可以表现你的正义，但是你不能仅凭热血而不带脑子，路见不平的后果不是你想的那么简单的！”

花深还惦记着人家的房子呢，于是想缓和气氛：“没事的啦。”

云商没想到这姑娘这么冥顽不灵，顿时一口气堵在喉咙，咽不下去又吐不出来，许久，喉结上下滑动了一下，说：“跟我走！”

“去哪儿？”花深忽然之间㞞了，“我是好市民……”

她是来租房的，可并不想租进了牢房啊？

云商白了花深一眼，迈开腿，没好气地说：“警察要我们俩先去做笔录，完事后我带你去看房子。”

花深这才发现，警车还在街边停车，敢情是在等他们这两位“当事人”。

她赶快跟上云商，转念间，突然回过神来，他刚才说，做完笔录带她去看房子？

就是说，他决定把房子租给她了？

她还以为经此一战，她没戏了呢！

幸福来得太突然了，花深一时还没从这跳跃的情况里缓过劲来，顿时心花怒放：“哎，你同意把房子租给我啦！”

云商没说话，长腿一迈上了警车。

花深兴奋地继续碎碎念：“我说，你是看上了我身上哪些优点才答应把房子租给我呢？房东先生！请列举十条！”

“安静一分钟房租少十块，再多说一个字房租加一百块。”

Section2.

晚上九点，海洋生物研究所大楼二十三层的灯还亮着。

新办公室已经收拾得差不多了，黎海洋一脸闷闷不乐的表情，伸手把一张纸放进抽屉的最里面，然后举步走到窗边。

他随手拧亮了窗边的一盏小灯，灯光是橘色的，暖意映在玻璃上，漫延开来，仿佛点燃了整座城市的灯火。

黎海洋静静地看着这座熟悉而又陌生的城市，他略显狭长的漂亮眼睛里透着比这夜色还要浓郁的黑。

他左手握着的黑色手机慢慢提起又慢慢放下，踌躇良久，终是犹豫。

他不知道近乡情怯这种太过感性化的事，也会发生在自己这个理性的人身上。

“黎老师？”小助理敲门进来，抬眼看见落地窗前的身影，那姑娘忽然愣了一下。

她跟在黎海洋身边做事已经两年了，自然知道他是在这座城市长大的。

这次黎海洋回来，各方面条件都比国际大都市给他的待遇要逊色太多，但他仍然选择回来，那自然也是因为这里是他的家乡。

因此她一直以为，黎教授回来会是一件令他极为开心的事，可以令他常年深锁的严肃眉头舒展几分，却不想，回来了几天，他反而看起来比在他乡的时候更加落寞，更加心事深重，工作之外，总是心不在焉的样子，就像现在。

她又喊了一声："黎老师？"

黎海洋回身看向她，语声淡淡："怎么？"

"这是你明天要用的资料。"

"嗯，放那儿吧。"

小助理有些不放心，试探性地问："黎老师……你是不是不舒服？"

不知道是不是自己的错觉，她觉得黎海洋的背影顿了一下。

"没有。"

"可是我看你的样子……"小助理刚说到一半，就意识到自己的逾越，赶快住嘴。

黎海洋却难得地微笑了一下，没有批评，也没有否认，只轻声说道："忙完你就先回去吧，也不早了，路上注意安全。"

"嗯！"

小助理离开之后，黎海洋再一次低下头，看向手机屏幕。

白光闪过，屏幕亮起，上面显示的未拨出的电话号码的备注名是那么安静，就像这两个字给人的感觉：花深。

花丛深处，伊人可在。

黎海洋苦笑。

没有人知道，这个名字，就是他所有不正常的情绪的根源了。多年苦读，学成归国，自然有着一腔报效祖国的热血，也有着遵从同为海洋生物学领域研究人员的老父亲的建议，但私心里，还有一点无法与人诉，那便是这一串电话号码。

只是，这个号码，自从他两年前喝醉酒无意间拨出去过一次，发现那边已经是空号，他就已然知道，这条线已经生生被她掐断了。

只是他不知道，一个空号而已，为什么时至今日自己仍然舍不得删。

仿佛只要是关系到那个名字的所有人和事，他都会异常舍不得。

舍不得她的笑，舍不得她的泪，舍不得她的调皮，舍不得她的无情……

谁能知道呢？私下被同事们议论说这辈子要娶灯塔水母为妻的黎海洋，内心里竟然有着一个不为人知的黑洞，那里面大概是他坚硬外壳下所有的柔软，连他自己也不能触碰，一碰就痛。

这么久了，那些原本以为会随着时间的洗涤荡然无存的惦念，如今却依旧新鲜如同五月的初夏之花，轻轻推开那窗，便铺天盖地地涌向他，令他窒息，令他神迷，令他手足无措。

到底是时间从来就没动过，还是因为人总是会回到原点，黎海洋不得而知。

他握着手机，手上不自觉地用了力。

越握越紧，越握越紧。

甘心吗？不甘心吧。

他已经等了太久，等到品尝到了什么叫绝望，但他还不甘心。一生这么长，他该如何在偶尔的清醒里，去面对余生抬眼便看不见她的苦和伤？

所以，他才回来了，把生命里除了她以外的一切都不惜舍弃，最后挣扎一次。

已经走到了这里，又怎么能允许自己再胆怯不前？

黎海洋的眼睛，终于点亮了两团亮得灼人的光。他下定了决心，从通讯录里重新调出来一个号码。

那号码的备注，是“阳光甜甜水果超市”。

这个号码并不难查到，它一直在那里，多年如一日，打个114也能问到。

所以，说到底，还是他一直在置气吧？她一直给他留下了一个线索，一扇门，无论他在天涯海角，他明明都知道，她就在这里。若他向前一步，推开那门，她会在门里，像从前一样笑着和他打招呼。

只是，那年她丢下他逃走，他终究还是气了好久。

气到看清自己的无可奈何，命中注定，回来向她投降认输。

一念已定，黎海洋纤长的手指按下拨出键。

等待的过程被无限拉长，短短的几秒钟却仿佛有一个世纪。

不知道为什么，在这短短的时间里，他忽然想到了海洋深处，那片他所熟悉的领域。

世人很少有机会见到他所常见的一切，不工作的时候，他可以长时间地看着那个世界，蓝，令人心悸的深蓝，渐渐下去，像黑色的宇宙。

但他能看见，那深蓝色的世界寂静而空旷，拨开它的内心，却有着任何画面都无法比拟的美丽色彩，那些五光十色的海洋生物安然地漂浮在其中，千年万年，守着自己的秘密，没有来处，也没有尽头，只有活着和死去。

时间在那里仿佛凝固了一般，连同思绪也变得缓慢飘逸。

就像花深，乍见惊心，再见美好，一层一层地拨开，却又是花香与眼泪的混合，还有着令人欲罢不能的神秘和治愈一切的柔软。

令他如何能够舍弃。

电话响了几声，骤然被接了起来。

如同一道强光刺了进来。电话那边的嘈杂一下子把黎海洋拉进了另外一个世界，鲜活又热烈。

“阳光甜甜水果超市！喂！等一下，我自摸呢！清一色，给钱！”一声高亢的调子刺破时空，活色生香地撞进黎海洋的耳膜。

黎海洋立刻听出来，这声音的主人，正是花深的妈妈孟媛媛。

印象里，她一直是这样活得张牙舞爪活蹦乱跳的妇人，有着极强的感染力，但也令人感觉亲切。

听起来，孟媛媛正在搓麻将，果然多年过去了，她的爱好依然没变。

电话那头，孟媛媛正咋咋呼呼地收钱，趁着洗牌的间隙才记起来听电话：“哪位？说话呀！保险不需要，门店不需要，推销不需要，有话赶紧讲！”

黎海洋生怕她随手就把电话挂了，急忙说道：“孟阿姨，您好。”

“说什么？声音大点！”

一向温文有礼的小黎教授不由得苦笑，无奈地拔高了音调喊：“孟阿姨，我是黎海洋！”

“黎海洋啊！”孟媛媛只顾着理牌，压根儿没想起来黎海洋是哪位，“你们家那水果别急啊，我家送货的人出去了还没回，等他回来我就让他给你送过来！哎，等等，你刚刚出什么？三筒，我碰啊！”

黎海洋在电话这头揉了揉眉心，深吸一口气，索性直接问道：“不是，孟阿姨，您能告诉我花深的电话吗？我……”

他还没想好怎么说，又生怕孟媛媛不耐烦直接掐了电话，那样的话就会掐掉他唯一一条生路。

一向冷静自持的成年男人，却像一个莽撞的毛头小子一样，难以抑制地紧张和忐忑。

幸好，那边听都没听完，就直接放爆竹一般丢过来一串数字。

孟媛媛声音嘹亮：“记下了吗？我挂了啊！哎！等等等等，我杠呢，截和！”

电话说断就断，那鲜活明亮的世界骤然消失，一切归于宁静。

“谢谢。”黎海洋对着已经没有了声音的手机，轻轻说。

他把手机从耳边拿开，然后从桌上拿起笔，迅速地在纸上写下一串数字。虽然他自小记忆力惊人，尤其对于数字，更是过耳不忘，但这一刻，他却失了信心，生怕这短短的一串数字，自己竟然转瞬记岔。

直到纸上清楚地写下那一行号码，他这才长长地舒了一口气，摊开手心，竟然全是汗。

深深，深深……

这两个字从心里无声的辗转反侧，终于变成了唇齿间确切的音节。

他有些怔忡。

怎么会脱口喊出这个名字的？

如此亲昵，如此缠绵，如此耳鬓厮磨。是他刻板无趣的人生里，唯一情动到不能自已的名字啊。

他曾多少次，在她的耳边，轻轻地唤她。

孟媛媛神清气爽地堆完牌，粗大的神经这才传来一丝反应，等等，刚才发生了什么事吗？怎么好像哪里不对？

黎海洋？

“咦？刚才电话里那小子，是不是说自己是黎海洋？”

糟糕！

孟媛媛脸色骤变。

自己怎么把这名字给忽略了呢！

真是好久没有和牌，一下子乐疯了吧！

黎海洋？那不是她家深深千叮咛万嘱咐，要是来电话找她，不能告诉他手机号码的那小子吗？

她家深深向来没心没肺，记吃不记打，从小到大就没有冤家，唯一一个躲着的，可不就是这个黎海洋？

记得那小子中学的时候好像就住在附近，还经常来店里找深深玩，印象里长得白白净净挺乖的样子，听说还是个小学霸，就是性子软，天天被她家深深欺负得委委屈屈，不过改天又闷不作声地跑来——她那时候说什么来着？小时候欺负人家，长大后被人家欺负了吧？

嘿，这事可不能让深深知道，不然得和她闹。

连牌友都想起来了：“黎海洋？我记得他好像是深深的同学是吧？”

孟媛媛一拍大腿，朝着牌友使了个眼色：“行了行了，这把我不收你们钱了啊，这事千万别告诉我女儿，咱们就打咱们的牌！小孩子的事大人们别插手。”

牌友们你看我我看你，都心知肚明又心照不宣地笑起来。

女人们又打了几圈。

反正今天花深不回来，孟媛媛也懒得做饭，正好店里的帮工阿强送完货回来，孟媛媛就要他去给她们几个女人点几个盒饭送来。

阿强是孟媛媛上个月新雇的帮工，是个五十来岁的男人，身强力壮，一看就是常年做体力活的，平日里孟媛媛看店，他就进货送货。他话少，进进出出也不引人注目，总是埋头干自己手里的活。到了这个年纪，这种老实肯干的男人反而能够引起妇女们的好感，加上孟媛媛单身多年，老男人阿强就自然成了一众牌友调侃孟媛媛的最佳对象。

阿强打电话帮她们订完了盒饭，搓着手说自己要出去一下。

孟媛媛头也懒得回地说：“去吧。”

“哎。”阿强憨厚地笑了笑，转身离开。

其实他成天在外面送水果外卖，出门根本不用和孟媛媛说，但他总是这么一板一眼，非要和她汇报一声才心安。

牌友们果然互相挤眉弄眼地笑了起来。

孟媛媛自然知道这群中老年妇女的秉性。她倒不介意她们的调笑，都多大人了，还跟小姑娘似的抱团八卦。

“好了好了，打牌了。”

阿强从茶馆出来，双手插在口袋，微驼着背，一路慢慢往前走。

今天点水果外卖的人有点多，他多跑了几趟，这会儿感觉腰有点酸。

到底也是有些年纪了，不比年轻的时候，身体在发出警告了。

不过，人活一世，要是过得像条虫子一样无声无息，那可太不划算了。说起来，他也年轻过，该玩的都玩了，该疯的都疯了，老天留他到现在，也算待他不错。

不过，就算老了，他也不想像个普通的糟老头子一样，带着一身病痛，每天买菜做饭，看着身边几张老脸，等着丧钟敲响。

他还是想舒舒服服地躺在柔软的大床上，有人侍候着，快快活活的，最好在梦里，就登了极乐。

当然，像他这样的人，是不配登上极乐的。

那就得想点办法。

毕竟，他从来都不是屈服于命运的人，不是吗？

老天没给他安排好的，他就自己动手，他不是一直做得不错吗？

这一次，当然也不例外。

那个叫孟媛媛的老女人，不是已经上钩了吗？

没有人看见，阿强笑了。

他那平日里憨厚的笑脸上，露出了一种恶心而狰狞的笑意。

像是从地狱里爬出来的恶鬼，也像是藏于污秽中的变态蛆虫，毫无负担的邪恶笑意里，是满满的恶与坏。

这与他平日里在“阳光甜甜水果超市”做事时的形象，何止是判若两人！

任何人若是见到这个人脸上出现的两种截然不同的气质，恐怕都会害怕得哭出声来。

但，没有人能同时看到这两面。

所以，阿强肆无忌惮地笑了。

阿强慢慢地走着，对这一片，他已经用了一个月的时间摸索，熟悉得了若指掌。

大概走了二十分钟，他拐进一条老巷子里。

这座城市的夜晚总是灯火璀璨，如同星河，但他比谁都清楚，在无人了解处，也多得是这样逼仄阴暗的地方。

那正是他最喜欢的乐土。

巷子尽头无人，只有几个垃圾桶和掉落满地的垃圾。

窄路旁边有着二十年以上历史的低矮民居，此时户户闭门，有的透出昏黄的灯光，有的则一片漆黑。

阿强把手揣在怀里，慢腾腾地走到垃圾桶边。那里有一只出生不久的小奶猫，黄白相间的毛耷拉着，小小的身体努力又可怜地扒拉着垃圾堆里的东西，时不时发出低弱的叫声，不知道它的母亲去了哪里，留下它独自觅食。

而它虽然幼小，却看得出很坚强地想要活下去，只要找到一点能够果腹的东西，它都想努力吃下去。

但它实在太小了，小到还没有机会明白，这个世界上，最可怕的不是饥饿，而是一种游荡在人间的恶鬼。

他们披着人皮，却没有人心。

阿强站在小奶猫面前，歪着头饶有兴致地看了它一会儿，然后好像散步般，慢慢抬起脚……

而阿强，却在做了这残忍的举动后，似乎得到了莫大的满足，原本死气沉沉的面容，突然间兴奋了起来，小小的眼睛里，射出了快活的亮光。

Section3.

花深万万没想到云商居然在本市寸土寸金的黄金地段买了两套门对门的房子，一套自己住，一套出租。

花深觉得自己变成“柠檬精”了：“你的意思是，我租这个房子，而我的房东就住在我隔壁？”

“有什么不对？”云商耸肩。

“哪里都不对吧……”花深在心里大叫，“房东就住对面，那跟考试的时候老师就站在自己身边监考有什么差别？”

“那不是正好？”云商经花深这么一提醒，“这样的话也方便我监督，我怕你糟蹋我房子。”

花深深吸了一口气，不再和他争。毕竟眼前这完美的房子摆着，还有和这房子匹配起来，简直可以算是低廉的房租……关键是，他不反对她养猫！

啊，那柔软的大沙发！她可以躺在上面刷剧——左手一盒巧克力，右手一盒纸巾，吃一会儿巧克力，为电视里的绝美爱情流一会儿眼泪！再吃一会儿巧克力，再为电视里的绝美爱情流一会儿眼泪！

还有那个封闭好的大阳台！

她已经能够想象她那毛茸茸的猫咪儿女们躺在那里亮着肚皮晒太阳的幸福模样了！

花深不敢再多说一个字，生怕说错，这位神仙房东就会为自己的脑抽决定而悔悟，不肯把房子租给她了。

她咬牙切齿地蹦出两个字："合同！"

在合同上飞快地写下了自己的名字，见云商也签完字，花深终于长长地吐出了一口气，刚才一直提着这颗心，都不敢大喘气，差点憋死她。

其实来和云商见面时，她根本没敢奢望会如此顺利，但事实就是，太顺利了，一切顺利得好像中了彩票一样。

多日来困扰她的问题一下子都解决了，这怎能不让她心情愉悦？

她已经做好了就算房东同意租房，价钱也不会便宜的准备，也做好了就算房东同意她养猫，也会有各种押金各种刁难的准备。

但是云商太好说话了，好似从他俩一起从警察局做了笔录出来，他就对她放下了心防，好说话得让她都要流泪了。

为了这世界上所有善良的人儿，花深决定也要献出自己的一点爱，于是，她主动提议，合同签完了，两人不如一起去看一场晚场电影。

毕竟最近那部她期待已久的惊悚片上映，而她因为忙于猫的事，还没顾得上去看呢！

没想到云商心情也不错，居然欣然同意。

两人一拍即合，高高兴兴地前往电影院。

想起自己想看的那部小成本惊悚片，讲述独居女性误租凶宅的故事，在去电影院的路上，花深忽然说：“我说云商，你那儿该不会是凶宅吧！”

云商忽然有点后悔把房子租给这个白眼狼了。

从这部电影三个月前官宣上映日期的那一天，花深就在期待了。今天终于有空来看，她整个人兴奋得不行。

云商盯着海报上那团黑黑的东西，整个画面上只有一口璨白的獠牙格外醒目，顿时觉得恶心巴拉的。

他皱眉：“你能不能看点浪漫的感人东西？”

“你看不看，不看你换张票，再给你买桶爆米花你自己坐隔壁影厅看《熊出没》去。”

“算了，我怕你一个人看害怕。”

“嘁。”

电影正式开场。

两人坐在最中间的位置，犹如两棵柏树，坐得笔直又僵硬。

花深是紧张又期待，生怕错过一秒地盯着大银幕，而云商则是习惯性坐直。随着剧情发展，他俩不约而同地发现，他们周围好像全是搂抱在一起的情侣。

在怪物吓人的咆哮里，座位间的娇嗔声和低语声不绝于耳。

怎么回事，难道这是情侣专场吗？

云商稍微想了一下，就明白了。

这类影片，早在首映的那几天，是人气最高的时候，该看的“剧情粉”都已经来看过了，现在已经快到下档的时间，来看的多半都是因为逛街而需要找个地方歇脚的小情人了，所以演的是什么已经没人关心了。

这也是在怪物的威力下，这里变成恋爱专场的原因。

云商想通后，再一想到自己和花深的关系，不禁觉得有点滑稽，忍不住笑了。

他一笑，饶是脸皮厚如花深，也开始有些不好意思了起来，只有不停地吃爆米花来掩饰自己的尴尬。

坐在他们前面的一对小情侣，可能是情到浓处，伴着屏幕一黑，啧啧有声地啃了起来。

云商忍不住轻轻咳了两声，示意他们注意一下影响。

结果前面的人懒得理他们，花深却搭上话了："我说，云商，这电影还挺好吃的。"转念觉得不对，"不是，我是说这爆米花挺好看的。"

云商绝望地叹气："你能闭嘴吗？"

前面正啃得带劲的两个人终于被后面讲相声似的两个人吸引了，一起回头瞅着他们乐。

这一下，云商和花深两个人的脸都默默地黑了。

电影情节越来越引人入胜，毕竟是期待了很久的片子，花深渐渐不再受周围的困扰，沉浸在剧情里，时而紧张，时而兴奋。

这次是云商先推她的。

花深烦死了："干什么？别吵我。"

云商的声音从牙缝里钻出来："电话！"

花深哦了一声，把自己口袋里的手机拿出来看了一眼，见是个陌生号码，估摸着又是上次那个推销保险的业务员，于是顺手给挂了。

可是对方不依不饶，像是有着能把地心钻个洞的固执劲儿似的，又打了过来。

看来今天这通电话不接还不行了。

花深只好把头伏低一点，接起来："喂，哪位？"

在电影院 3D 环绕的轰鸣声和英雄男主的怒吼声中，她居然清楚地听见了那个声音，令她几乎不敢相信的声音。

像一柄利剑，从时空隧道里精准又无情地穿梭而来，朝着她的心脏位置，狠狠地一下洞穿。

天旋地转的痛。

痛到这一刻，她直接忘记了该怎样呼吸。

她原本以为，她这一生，再也不会这样痛了。

可是，还是痛的。只是那痛楚里，似乎又饱含着某些别的东西，搅动着她灵魂深处的叫嚣与期待。

“深深。”

明明吵得要死，花深却觉得整个世界都安静无比。

“深深。”

黎海洋啊，黎海洋。

她没用，她喊不出那个名字，只觉得有种天崩地裂的感觉，但明明四周又寂静无声，就好像他和她描叙过的很深很深的海。

她感觉全身力气都离她而去，身体的每一个细胞都不归自己指挥了。她的指尖和嘴唇都变得冰凉，甚至坐在座位上，都觉得无力支撑，只能任自己顺着电影院的椅子往下滑，最后变成了古怪的姿势蹲在位置之间小小的夹缝里，头也深深埋进膝盖里。

“深深，我回来了。

“深深，你说话。”

花深用尽全身力气吸气，像个坏掉的布娃娃一样努力把头抬起来，却仍然发不出声音。

这时，坐在她旁边的云商注意到了她的怪异，不禁满头问号，脱口而出：“花深你干吗呢？电影还看不看了？”

话音落地，电话这头的花深和电话那头的黎海洋，一瞬间都是心头一片冰凉。

花深恨自己不能立刻出声，她只来得及张开嘴，就听到电话那头不出意外地传来强压着愤怒和落寞的声音："抱歉，打搅了。"

而后，便是电话挂断后的长鸣。

"有事？"

"没事。"

嗯，她真争气，电话一挂，她就恢复说话能力了。

接下来的时间，花深眼睛盯着电影大银幕看得无比认真，可是云商却觉得，她再也没有看进去任何东西。

黎海洋陷在深灰色的沙发里，把手机扔在一边。他整个人如同霜打的茄子一般，既颓败又愤怒。

他挂断了花深的电话。

在听到电话对面有男人说话唤花深的一瞬，他就像一个表面愤怒实则懦弱的逃兵，根本不敢面对答案，用最快的速度撤离。

是啊，也许他来晚了。

在他犹豫的时光里，在他愤怒的时光里，在他要自尊不要她的时光里，她也许已经有了新的选择。

这很正常不是吗？只是自己从来没有考虑过这种可能性罢了。

黎海洋啊黎海洋，你为什么会认为她只能选择你，也只会等着你？大概是在他们相爱的时间里，她给了他这样的错觉？

她把他宠坏，然后再丢下他逃跑。

黎海洋一拳击在茶几上，虽然并没有损毁什么，但这已经是他此生最野蛮、疯狂、失控的一面了。

花深居然在看电影？和一个男人看电影？

那个男人是谁？

她明明已经听出来是他了不是吗？为什么不回电话过来？

在他因为回到这里却不知道该怎么找到她而坐立难安的时候，她却依然笑语晏晏毫无负担地去和别的男人看电影。

如果说在打电话前,. 他被自己的情绪搅得快要疯了，那么现在，在听到电话那头那个男人的声音后，他已经真的疯了。

电话蓦地响了起来，黎海洋抬起头，眼睛里乍然而现一簇亮光。

他想克制，又无法克制。

他好像在跟自己较劲，仿佛这样花深就会在意似的。

但是当电话响到第三声的时候，他再也按捺不住自己，几乎像是一个馋透了的孩子扑向心爱的糖果一样，朝着那部小小的手机飞扑过去，一把将它抓在手里，同时按下了接听键。

但是，就在那一瞬间，来电人的名字也映入了他的眼中。

他眼中的光以惊人的速度熄灭了。

他声音喑哑低沉："妈。"

"喂！海洋啊，怎么回来了都不回家住？我早就让阿姨把你房间都收拾好了呀。"季珍珠在电话那头嚷着。

这几天，关于这个话题他们母子间已经交流过多次，模式基本一致，但季珍珠似乎乐此不疲，因为她能和这个沉默少言的儿子交流的话实在太少。

"工作忙，研究所给我租了公寓，上班近。"

"研究所租的房子哪里有家里舒服呀？再说了，你爸以前在研究所上班，也是天天回家的呀。”季珍珠抱怨。

黎海洋没有接这话，耐着性子陪她闲扯了几句。

季珍珠突然想起打电话要说的正事，在那边说道：“对了，明天晚上我不管你有什么事，必须回来吃晚饭，知道吗？我好不容易才把米妮一家请过来，你要是不回来我可在人家家长面前没法做人了，养了个儿子请回家吃饭都请不到……”

黎海洋心里烦，揉了揉眉心，妥协道：“好。”

季珍珠一听他松口了，瞬间就得意忘形了起来：“你别忘了啊。米妮是个好孩子，每次都给妈买礼物，你要珍惜人家，知道吗？”

“妈，你说什么啊。”

“好了，不说了不说了，你们年轻人的事，我们不说。那挂了啊！”

黎海洋挂了电话。

之后他盯着手机看了许久，却再也没看到它亮起来过。

Section4.

手机响起来的时候，黎海洋正在处理事情，同研究所的师妹何青苗正汇报着他近期需要参加的几个会议。

虽然昨晚一夜未眠，但只要进入工作状态，他就是个机器，不会再受任何情绪的影响。

他听着何青苗的汇报，立刻重复了几个出来：“这几个让周教授去就可以了，他比我熟悉。”

何青苗赶紧记下来：“好。”

“对了，还有今天晚上的这场会议我也不去了，你去就可以。我有些事情，得回家一趟陪我妈吃饭。”黎海洋说话的时候一直在看手里的文件，却还能分心出来听何青苗话里的内容。

这样一心两用，大概也只有传说中的全能学霸能做到了。

何青苗在校期间就知道黎海洋，早就对他崇拜已久，此次和黎海洋共事，更是满怀憧憬。

不过，几天下来，她发现这位天才师兄、学术新秀虽然确实如同传说中般“才貌双绝”，但同时，似乎也是一个毫无人情味和感情波动的机器人。

似乎除了对他的专业领域，他对周围所有的人和事都没有任何属于人类的正常反应，甚至连同事间的基本寒暄都不会。

他自然也未曾给过她一个正眼，她甚至怀疑他可能都没留意过这个成天在给他打下手的人是男是女。

但越是如此，她却越觉得这个人充满了神奇的吸引力，令她想要探索。

比如此时，他的手机一直在响，而他却完全听不见。

她忍不住柔声提醒：“黎老师，您电话响了……”

黎海洋哦了一声，眼睛依然盯着手上的东西。

他的手上是一份新的海洋生物分析报告，他回来前就在研究这个课题，关于南太平洋海域发现的一片原本认为已经灭绝的珊瑚丛。

他向虚空伸出右手去摸手机。

何青苗赶紧乖巧地把手机递到他手上，不小心瞥到了上面的来电显示。

“谢谢。”黎海洋道了谢，眼睛终于从手上那份密密麻麻的报告上恋恋不舍地移开。

他刚回来，知道这个电话号码的人屈指可数，他猜可能又是妈妈。

但是，在他的目光落在手机屏幕上那个亮起的名字上时，有那么一刹那，何青苗吃惊地发现，从来目光里一片幽深无波的小黎教授，竟然像被火灼过般，眼里瞬间点燃了两团亮得惊人的火焰。

何青苗几乎怀疑自己是在做梦。

那是传说中没有任何人类情感的小黎教授吗？

她几乎可以说，这一刻，那个男人眼里的情感浓烈到不会输给世上任何一个多情诗人！

她从来不知道，一个人的眼里可以瞬间浓缩这么多内容，震惊、喜悦、震动、惊慌、委屈、担忧……像是不经意打翻的颜料，来不及掩饰，泼墨般铺满了整张纸，得以被她窥见。

何青苗惊呆了。

黎海洋知道自己失态了。

但他此刻顾不上更多，只想努力维持住自己的声音，不要发出令人羞愧的颤抖。

他瞬间按下了通话键，努力让表情和声音和平常没有区别，可是，何青苗却注意到他的手指因为紧张轻轻地敲打着桌面。

是哪个幸福的人，能让这天才般的年轻科学家，痴心至此？

她莫名其妙地心里就酸了，下意识地抿紧了嘴，却又不舍得离开。

“喂。”

黎海洋喉结生涩紧张地滑了一下，他根本无暇顾及身边的何青苗的反应，事实上，他甚至连身边还有人都没有注意到。

“黎海洋，猜猜我在哪儿？”

花深站在研究所的大门口，眼前有三栋楼，要不是因为不知道是哪一栋，她早站在黎海洋办公室门口打电话了。

而她不知道，听起来没有任何动静的电话那一端，黎海洋已经按捺不住地从凳子上忽地站了起来。

他疾步走到窗边，拨开一片窗叶，一眼就看见了花深。

“你怎么知道我在这里？”

果然还是那么聪明啊，花深在心里感叹了一声，嘴上却不肯屈从：“你昨天打电话给我干吗？”

花深说完就后悔了。

她太笨了，语无伦次还此地无银三百两，生怕黎海洋不知道她是专程来找他似的。

“深深。”他忽然开口，嗓音还带着电流的质感，让她心尖一麻，“你站那儿别动，别挂电话。”

那边没了声音。

黎海洋没挂电话，也没吱声，转而大步往门外奔去。

何青苗看着他这一系列反应，真的太吃惊了，但是吃惊之余，似乎又有些什么别的东西，让她心里很难受。

到底是谁？让如此冷静自持的黎海洋居然方寸大乱，简直不理智到有点可笑，他那强行压抑下的每一步，都彰显着无法抑制的狂喜和急切。

黎海洋，黎海洋！原来你的心里，竟然有着如此重要的人吗？

她是谁？她像青柚一样美丽，像青柚一样纯洁，像青柚一样优秀，像青柚一样温柔吗？

她也像我的双生姐姐青柚一样，从你的少年时代起，就默默关注着你，暗恋着你，把你当成高不可攀的梦吗？

如果……如果不是那场灭顶的灾难，黎海洋，你终有一天，会回头看见那个完美的青柚吧？

你会爱上青柚，会朝她微笑，会把此刻这疯狂的一面，都留给她，对吗？

是的，一定是这样，青柚那么美好，又有谁会不爱她呢？

如果，不是因为我……她也拥有一个世人所艳羡的最好的未来。

何青苗突然全身一颤，一股冰凉的感觉从背后升起，一直升到她的咽喉，然后死死扼住了她的呼吸，令她感觉到濒死般的窒息。

但她死死抓住自己胸前的衣襟，不敢反抗，不敢挣扎，只任由额角的冷汗和眼中的泪一起从洁白的面颊上滚下，伴随着击鼓般的心跳，等着这熟悉的感觉过去。

过了大概一两分钟，她的身体渐渐恢复了知觉，意识也重新凝聚在她的脑中。

她用只有自己能听到的声音喃喃自语："姐姐，你不甘心的，是吗？"

言毕，她伸手把眼泪一把抹掉，转身疾风般朝着外面追去。

花深怔怔地拿着手机，站在原地。

刚才那几句故作轻松的话，其实她已经彻夜未眠地对着镜子练习了一千遍，直练到嘴巴发麻。

黎海洋啊……

你终于回来了……

可是，你又为什么要回来？

你回来了，重新出现在我的生活里，我来不及自欺欺人，甚至避无可避。

可是如果不避，当年那撕裂灵魂的剧痛，是不是成了笑话？

可是如果要避……他已经回来了，该怎么避？狭路相逢是迟早的事，她不可能离开这座城市，在这座城市里，她还有着未完成的使命……

还有一个原因，她必须要告诉他，如果他没有回来，本可以不说，但他突然回来了，就必须让他有所防备。

她总感觉，那片曾经笼罩在她和他头顶上的恐怖阴影，似乎又出现了……

直到天亮，花深才终于下了决心，既然命运如此安排，空气里的每一丝波动都是他，那就不避了吧……

迎上前去，看看命运安排给他们的，到底是什么续集。

上午她先把自己简单的行李搬到新居，又把两只猫接来安顿好，然后上网一搜，就查到了黎海洋回国进入某研究所任职的消息，打了个车就过来了。

花深举着手机，看似悠闲地踢着脚下的石子，其实一直听着电话那边很细微的动静，像一个贪婪的小孩还在留恋手指上的甜味似的。

直到看到一整支棒棒糖。

熟悉的身影从玻璃大门里匆匆而至。

她的小少年，她的小男孩，几年不见如今已经是西装革履的大人模样了。明明好像变了许多，却又跟她无数次午夜梦里的身影重合。

花深趁着还有些距离，目光贪婪地看了几眼。

太不公平了，阳光那么好，全闪耀了他；时间那么坏，全沧桑了别人。

黎海洋快步走向花深，深邃的目光一错不错地锁着她。

她穿着一件红色的毛衣，站在那里的样子还像个调皮的小女孩，也像一团艳丽的火，天地之间，他只看得见她。

他什么都不想了，这一刻他只想被她烧死。

他在她面前站定，低头看她。

他比她高出了一个头，从这个视角看去，他简直急不可待想把她揉进怀里。

但是，理智告诉他，他不行。

他没有得到允许，他怕吓跑了她，他还不知道那个揪心的答案，他还有没有这个资格。

他的心像在惊天的波涛里上上下下翻滚着，表面还在维持不堪一击的镇定。

“黎海洋。”还是花深先开口。

“嗯。”他一向嘴笨，过去是，现在还是。

她不禁无奈地笑了：“你回来了。”

“我回来了。”

她心里又苦又甜，唉，这个人啊，接下去，她该说什么？

你回来了，你为什么打电话给我？你现在是什么状态，我们在用什么身份聊天？

花深一向伶俐，但是这一刻，她真的尴尬得要命。

可是要走，她又舍不得。

何青苗追了出来。

一出大楼，她就看见了那两个人。

黎海洋的侧影高大沉默，他低着头的样子，仿佛想把面前那个红衣服的身影，揉进自己的怀抱里。

但更让她揪心的是，他并没有那么做。

他甚至连拥抱这样的动作，都对她如此小心。

哦，红衣服的姑娘。

记得青柚以前活着的时候，也喜欢穿红色的衣服。她性子恬淡，妈妈怕她太素净，总给她买红衣服，她就乖乖地穿，穿了也确实好看。

何青苗的心又被猛揪了起来，她知道自己魔怔了，但是她克制不住这心魔。

从多年前清理青柚的遗物时，发现青柚的日记里写满了她对优秀学长黎海洋的暗恋开始，这个名字，就刻在了她的心里。

如果黎海洋没有如此近距离地出现在何青苗的面前，也许，青柚曾经的青涩暗恋，只会成为她心里的一场幻梦，如同青柚的死带走的一切一样，在眼泪里、遗憾里静静落幕。

但是，黎海洋他出现了，那个原本只活在青柚的少女日记里的黎海洋，鲜活地出现在了何青苗的面前，她知道他就是那个人，是姐姐青柚的初恋之梦，是羞涩纯洁得青柚连自己的妹妹也不曾分享过的最深的秘密，也许是她乖巧的一生里，做过的最大胆的想象。

青柚，青柚……

青柚那么可怜，她流尽了身体里的血，白得像一片纸，静静地消失在人间。

她救不了青柚，可是，她想替青柚活下去，青柚想要得到的一切，她都想替青柚争取。

如果不是为了接她，青柚就不会出意外；如果不是她告诉青柚发现了一条可以节省五分钟的小路，青柚就不会遇到那个变态，她的自作聪明让全家从天堂坠入地狱。

所以，青柚死了，何青苗就不应该再活着。

她哪有脸继续活下去呢？

这么多年，她活着，不就是为了替青柚过完那戛然而止的人生吗？世上没有何青苗了，只有一个替何青柚活着的女孩。

如果青柚活着……她会想要黎海洋，不是吗？

何青苗快步向前，她的手里拿着几张刚才顺手从办公桌上抓起来的资料。

“黎老师！”她边跑向黎海洋，边脆生生地喊道。

她的喊声打破了黎海洋和花深之间与外界无形的结界。

花深先敏感地扭头看向那个匆匆跑来的姑娘，而黎海洋则在花深转头后，才犹豫了一秒，转过头去，眼里有着一闪而过的对花深的不舍与贪婪。

何青苗跑到黎海洋身边，一把拉住黎海洋的胳膊：“黎老师，这是您刚刚要的资料。”

黎海洋莫名其妙地低头看何青苗紧紧抓住他衣袖的手指，那手指纤白细长，单薄脆弱得有些不像做试验的手。

他皱眉：“你做什么？”

何青苗被他的语气弄得一僵，声音顿时染上了几分委屈：“是周教授让我叫您回办公室，说有事找您。”

黎海洋的大脑现在是单线运行状态，他似乎觉得有哪里不对，但他又不知道有哪里不对。

他只知道，他现在不想谈任何有关花深以外的事情，就算是远古海洋生物重现宇宙也不行。

他可以在其他的时间不分昼夜地看资料、做研究，但是，如果这一刻花深跑了，他有预感，他可能就再也找不到她了。

“这些资料我看过了。你回去告诉周教授，现在是我的私人时间，不谈工作。”

他拨开何青苗的手。

如果黎海洋的心里有一个对他了若指掌的小人，那这个小人一定会带着嘲笑脸告诉所有试图对黎海洋生出遐思的人，不要白费力气了。

因为这个人真的很不寻常。

比如，普通人看别人，可能会本能地分为男人和女人，但在黎海洋的眼里，他也把人分为两种，一种叫花深，一种叫别人。

所以，他拨开何青苗的动作，和拨开周教授甚至一个路上遇到的讨厌的酒鬼大概也没什么不同，同样生硬、直接，没有任何温情。

何青苗一下子愣住了。

她也算是一个人见人爱的漂亮姑娘，自小也是众人眼中的女神，长大后更是学霸中少见的大美人，不管多么铁石心肠的男人，和她说话，语声总会不自觉地放柔三分，这或许是一种面对异性的本能。

但她明显地感觉到，黎海洋这一拨，根本就没把她当成漂亮的同事，他甚至可能没把她当成女性，对他来说，这个动作和掸一下灰没什么不同。

这就太伤人了。

何青苗不知道怎的，瞬间胸腔里就被一种叫委屈的情绪给塞满了，几乎毫无预兆地，她的眼泪就夺眶而出，把她自己都吓到了。

她可不是那种柔弱多情的少女，能够进入研究所工作，成为黎海洋项目组的同事，她一定是一个强大而理性的人。

所以她一下子也被自己的反应吓呆了。

黎海洋却完全没有注意到这个细节。

他感觉自己的情绪像压抑的火山，随时会失控爆发。这是他冷静理智的人生常态里，很不熟悉的感觉，令他恐慌，令他不安。

他急于消除这种感觉，让情绪回到自己的掌控中来。

所以他情急之下，甩开了何青苗，却一把拉住了花深的手。

就在这一瞬间，何青苗的眼泪从她雪白的脸上滚落下来，正好砸进了花深惊讶的目光里。

那姑娘不知所措的眼神，倔强抿着的嘴角，视线触及她时明显不友好的情绪，都让花深在一瞬间，心里有如掉落了一颗裂开的柠檬，不但奇酸，而且很苦。

花深觉得何青苗有些眼熟，但她并不在意对方是谁。

瞬间滑落的眼泪已经说明了一切。

如果是普通的同事，又何来的委屈与落泪？

空气一时尴尬。

黎海洋终于顺着花深的目光，发现了身边何青苗的异样。

他也一下子被她脸上的泪痕震住了。

虽然完全不知道是怎么回事，但是黎海洋记得，这个姑娘是研究所分给他的组员，她专业能力强，勤奋肯干，深得多位前辈赞赏，在所里好像很受大家喜爱。

他勉强调动了一下自己的脑内资源，不情不愿地思考了一下自己刚才是不是做错了什么，最后得出结论，大概是周教授找他开会，这姑娘前来传话，却没有完成任务，所以吓哭了。

思及此，倒也算是自己的责任。

这么想着，黎海洋就又开口了。

“你不用怕，我会跟周教授说明，是我有重要的事，不关你的事。晚点我会找他。”

花深一怔，没有太懂他说的是什么。

何青苗却听出了黎海洋语气里软下来的成分，她正为自己的失态而羞愧，正好顺着话下坡：“好的，黎老师。那您先忙。”

鬼使神差地，她竟又补充了一句：“今晚您还要回去陪阿姨吃饭吧？”

黎海洋不太明白她为什么提这一茬，随意地嗯了一声。

何青苗脚步轻快地走了。

只留下心里五味杂陈的花深和不明就里的黎海洋，再一次只剩下彼此面对面站着。

而此时，花深才发现，黎海洋还抓着她的手。

他们曾是如胶似漆的恋人，不要说牵手，自然更亲密百倍的接触都曾有过，可是如今，她竟会为皮肤与皮肤的简单触碰而心里如同沸腾的开水，翻滚不已。

爱情让人变成傻瓜。

何青苗出了电梯，进了办公室。

放在口袋里的手机响了，她看了看，是妈妈打来的。她立刻走到茶水间的无人处，飞快地接起来，例行汇报了今天晚上回家吃饭的时间。

自从失去了姐姐，妈妈就对她病态般的紧张，她虽然已经是成年人，却仍然和一个孩子一样，受着父母无微不至的照顾，同时也没有成年人的自由。

每天什么时候上班，什么时候回家，吃什么，和什么人说了话，妈妈恨不得在她身上安装一个监控设备，以便随时了解得清清楚楚。

如果换了别人，大概一定早就受不了而反抗，但是何青苗早就习惯了。

不但习惯，她甚至觉得，这是因她的过失让父母失去了姐姐而应该做出的赎罪和补偿。

她眼见着姐姐的死让母亲一夜白头，眼见着原本幸福的家庭变成眼泪和噩梦的海洋，而一切都是因为多年前的那个雪夜，双胞胎姐姐何青柚为了赶时间去接她，抄了一条黑暗的小路所致。

如果那一天，不是姐姐去接她，而是她去接姐姐，那一切是不是就不会发生？

就算发生了，那遇到恶魔的人，也许就是她，而不是青柚。

青柚从小就比她乖，比她优秀，比她更让父母放心和骄傲，或许，所有人都希望活下来的人是青柚，而不是她。

可偏偏是她令青柚踏上了那条死亡的小路。

从此，她活着的唯一意义，就是替青柚完成遗憾的人生。

妈妈在电话里絮叨着。

爱女的遭遇，令她过早地成为一个老妇，而混沌的头脑，也开始出现了老年痴呆的迹象。

她经常没有什么逻辑地抓着青苗左一句右一句乱扯，记忆力也变得很差，说过的话转眼就忘，又反复地说。

而青苗总是用惊人的耐心，一遍又一遍附和着妈妈，直到电话那边的爸爸怕打扰到她的工作，忍无可忍地把妈妈哄离。

这一次，妈妈又想起了她关心的那个问题。

她说："苗苗啊，你也不小了，别让妈妈操心，你也知道，妈妈操不动了。"

何青苗回道："妈，我听你的话，不让你操心。"

妈妈的声音带上了哽咽："苗苗啊，你什么时候找个男朋友吧？谈个好对象，结婚以后生两个孩子……柚柚要是活着，也该找男朋友了，说不定都结婚了……"

何青苗最听不得妈妈提到"柚柚"，一听到这个名字，简直挖心般疼。

她立刻一迭声地承诺："妈！我有男朋友了，真的，他特别好，特别特别好，我改天就带回来给你看！"

电话那头的妈妈立刻转悲为喜："真的吗？苗苗！那你要带回来给妈

看啊……”

好不容易挂了电话，何青苗的心变得格外沉重。

她站在空无一人的茶水间里，手里的手机像是烫手的铁块，灼得她生疼。

她拿出手机，打开相册，照片上是一对漂亮的双生女，同样的眉眼、同样的衣服，可是一个温婉恬淡一个活泼明朗，她们紧紧地靠在一起。

那是她和何青柚十五岁时的合影。

而何青柚的生命，就永远定格在了拍这张照片的年纪。

何青苗指尖轻抚着照片上的女孩，喃喃道：“姐姐，妈说得对，我们该找男朋友了，你喜欢黎海洋，那，我们就找黎海洋，好吗？”

Section5.

“你找我什么事？”

明明不是想说这个，开口却是言不由衷，黎海洋懊恼，手上却抓住了花深就不想放开。

花深想抽出自己的手臂，小小的动作绵软无力却惹恼了心乱的男人。

“你回来干吗？”她也气了，回敬他。

“工作。”他加大了力气，不让她逃。

“我……我路过！”

她另一只手也上来帮忙，被他干脆地一把捉住。

两个斗鸡般的人儿忽然同时尴尬地怔住了，而后，好像察觉到自己是多么幼稚无聊可笑，花深突然一下子笑出声来。

她的笑容，就像花朵盛开一样，灿烂得令人无法不被感染。原本压抑着怒气快到顶峰的黎海洋，就像被戳破的气泡，所有的不快消失得一干二净，仿佛从来没有存在过。

花深突然不挣扎了，她恶作剧般微微一踉跄，仿佛没有站稳般，靠向黎海洋的怀里。

黎海洋丢盔弃甲，再坚固的城池也土崩瓦解，一片废墟。

这是他们相爱时调皮的花深常玩的小游戏，百试百灵。

黎海洋认命般狠狠地呼出一口气。

那柔软的身体靠上来的那一刻，他只觉得两人接触的地方像是瞬间长出无数个小触角一样，挠得人心尖酥麻，电流乱窜。

而这真真切切的情绪变化甚至是身体变化，令他感到绝望而无奈。

他的心，他的身体，他的发肤，都记得她，而且深入骨髓。

他什么都不想说了，也不想问了，就顺着她这势，反手把她紧紧地、紧紧地扣在怀里，勒到她疼，勒到她哭，恨不得永生永世再不放开。

最后花深真的要疼哭了，她觉得自己不作死就不会死，只能出声求饶："喂，你放开我，我疼。"

"不放。"

"黎海洋你怎么变得这么坏呀？"她委屈。

"是你自己靠上来的。"

她不肯承认："我才不是要靠上来，我只是早上没吃饭，贫血，站不稳，这是正常的，我经常这样！"

"是吗？"

黎海洋闻言，真的放开了她，虽然这对他来说，真是需要巨大的毅力。

"你经常往别人怀里靠？"

“我才没有！”花深急了。

“那昨天晚上呢？”

“昨晚？”她没反应过来。

“和人家看电影的时候，靠了吗？”他放开了她，却并没有允许她离开自己的怀抱，只是让她不那么生疼。他低头看着她，嘴唇和她的眼睛近在咫尺，这暧昧的距离让他的声音似乎也变得喑哑了几分。

花深在黎海洋的气息笼罩下变得浑浑噩噩，她原本就脑子转不过他，现在更是慢成了蜗牛，好不容易才反应过来他指的是什么。

“才没有……”她无力吐槽。

黎海洋唇边的笑意还没有来得及绽开，就听她又补充道：“我只是，住在他的房子里……”

这句多余的话，让两人之间一时陷入了一种奇怪的沉默里。

花深察觉到黎海洋情绪转变的时候，黎海洋已经冷着脸，命令自己的手指从她温热的体温和柔软的肌肤上离开。

不能更多了。

他提醒自己。

今天是他们分开后如此漫长的时间里，第一次重逢。

她的生活或许有了很多改变，或许有了很多秘密，那些他终将一一纳入自己的世界，但，需要时间。

他对此还没有足够的信心，能够承受妒忌的狂怒，失落的不理性，他怕自己一不小心，就把她再次吓走。

这一次，必须是来日方长。

“快中午了，我回去了。”花深说。

“我送你。”黎海洋迅速接话，情绪依然是压抑着的，这也让花深有些莫名的委屈。

“不用了。”她说走就走，转身一挥手，“下次再约。”

什么下次！哪有下次！

他还不了解她？！

说了下次，其实就是打算逃跑，最开始的一腔孤勇，最后都化成了㞞。

“等等！”黎海洋拉住她，重复道，“站这儿等着，我送你。”

“不用了……”

“花深。”黎海洋连名带姓地喊她。

如果他这么叫她，那大概就是代表他真的要生气了。显然她现在并不想让他生气。所以，她妥协了。

“知道啦。”花深做了个鬼脸。

“我去取车，你就在这里等我，不许乱动。”黎海洋丢下一句，匆匆而去。

花深站在停车场的出口，乖乖等黎海洋把车开出来。

不远处的保安只觉得今天自己的眼睛出了故障。

不然他为什么会在这座平日里神圣威严的学术建筑前，看到那个新来的总是眉宇沉默、表情刻板的年轻教授，在耐心地陪着一个疯疯癫癫的姑娘玩各种匪夷所思的小把戏？

更奇怪的是，那个看起来像患有多动症一样叽叽喳喳蹦蹦跳跳的姑娘，竟然在那年轻教授转身走向停车场后，突然静下来了。

天边有着大片厚重的黑云一点一点压向太阳，一边是光明一边是黑暗的天空战场，让人的心情说不出来的隐隐压抑。

但凡风雨欲来的变数，总让人有一种触目惊心的震撼。

年轻的保安呆呆地看着那个姑娘，不知道为什么，她站在阳光的那一面，红裙灿烂，但她的影子却像长在了地上，再没有半分晃动，而她的目光，就那么痴痴地锁定在那个越走越远的清瘦背影上。

有一瞬间保安几乎以为她要流下泪来。

但她明明还是嘴角上扬的微笑模样啊。

花深坐在黎海洋的车上，还是觉得有点不真切。尤其是在这样的天气里，车里也仅开着一盏小灯。

她总觉得是做梦，实在是太像做梦了，因为只有在梦里，黎海洋才会这样坐在她的身边。

她偷偷看了旁边的人一眼，侧脸的轮廓在昏暗的光线下却又无比清晰。她越看他，就越想开口问他，想问问他这些年过得好不好，有没有遇到过喜欢的女生，或者直接一点，有没有——想她。

可是这分明是贪心，一个人的不甘心，往往是玩火自焚的开始。

如果再见就能轻易抹去他们之间深深的鸿沟，那么分别后日夜煎熬的这些年，又算是什么？

地球很大，但也很小，他们并不是找不到彼此的痕迹。

分明伸手就能触到的人，却都不曾伸手，那些桎梏又怎会是她几句假装轻松的笑语就能打破的？

一念至此，她突然就心灰意冷了。

罢了，找个机会把那件事说与他，也就罢了吧。

车子性能极好，在车内几乎听不见车外的嘈杂。

花深静静地坐着，感觉到车子如游鱼般滑过车道，然后渐渐汇入五光十色的街景。

街上熙熙攘攘奔忙着的人们啊，在浩瀚宇宙里宛若一颗颗尘埃，却有着各自那么细小具体的烦恼。

她的这点烦恼，又值得与谁诉说？

大概再努力一点，再多笑一笑，总有一天，终会忘掉。她强迫自己笑了出来。车内响起突兀又不合时宜的笑声。

“你笑什么？”

黎海洋侧过头来，眉心皱得厉害，都没来得及舒展开。

他此时的心情并不比花深好多少。从回到这里开始，他就一直陷在一种模糊而疯狂的冲动里，他讨厌这样不清不楚的自己。

他是一个做学术研究的人，他严谨而细致，他希望一切都在计算和掌控中，每一步都走得心安而踏实。

但是，花深总是例外。

她是那么生动、活泼、敏感，甚至野性。

她是他的生命里见过的最多的不确定，不可控，不敢猜，不曾忘。

他不知道她为什么突然出现，也不知道她会不会又转眼离开。

但他知道的是，如果她再一次离开，他可能会疯。可是她居然告诉他，她住在别的男人的房子里。

明知道这话有很多可能，但醋味横生的人心里，就是那么愚蠢地往最讨厌的那个答案里钻。

黎海洋这个时候才意识到，自己内心潜藏着一只多么疯狂的兽。

“黎海洋。”

花深的声音一出口，两人的心俱悬了起来。

“嗯。”

“没事，就想叫你一声。”花深舒服地伸了个懒腰靠在车椅靠背上，其实只是在隐藏自己的不安而已，“你为什么会忽然回来，国外有那么好的机会和老师，如果继续待下去的话应该会很好吧……说不定你的照片都会被印到教科书上。”

黎海洋的沉默让花深有些无所适从，她偷看了他一眼，用有些促狭的语气故意道：“不会是像有些人说的，为了孩子能在祖国接受义务教育吧……”

“孩子？”他得承认她的脑洞这些年来没有变小反而好像更大了。

花深也觉得自己的试探过于明显，简直蠢到丢人。

记得季珍珠以前和她说过，黎海洋一毕业，就会和潘杨米妮结婚，那算起来，他有孩子也不是不可能的事……

不过，就算是这样，她干吗要往自己身上插刀子，她一下子就气馁了：“我随便说说……”

“深深。”

花深一愣，心里一酸，又一甜，手指瞬间偷偷蜷缩了起来，有点颤抖。

她真的受不了，他这样温柔地唤她。

千百次啊，在每一个思念的梦里……

“深深。我没有孩子，也没有结婚。我……还是一个人。”

前面的车开得越来越慢了，乌压压的黑云已经彻底战胜了阳光取得了胜利，眼看暴雨将至。

黎海洋自嘲似的笑了一声，说：“如果你直接问我，为什么要回来？那我知道我骗不过你，我只能如实回答，有很多的理由，但其中有一个很重要的，就是因为想你。”

他苦笑一声：“连我自己都不清楚，怎么会那么喜欢你。”

乍然一道惊雷响起，震得人的耳膜嗡嗡作响，也及时地盖过了黎海洋声音里过多的情绪：“而我甚至不知道，你是不是已经结婚了，是不是已经有了新的爱人。我什么都不敢打听，不敢多问。毕竟，你抛弃我的时候，是那么绝情，那么心狠。”

花深没有说话，逃避般地把头拧向一边，看着窗外。

黎海洋的话，是那么甜蜜，却又那么残忍。

此时，她宁愿去看哗啦啦的暴雨匆匆逃散的行人，也不肯去看小小的空间里被生生揭开了伤疤的旧情人。

她生怕自己稍微松懈一点，眼泪就会跟这场雨一样猝不及防又无法停止。

她早该知道的，黎海洋才不会跟她演这场相见欢的戏。

他非要揭开那层疤，然后赤裸裸地放在她面前。

可是，天知道，她抛弃的，从来都不是他，而是她自己。她生生割裂了自己，她把自己的心、自己的灵魂，都留在了他那里，然后靠着一具空空的躯壳，独自生活在这里。

可是，她能说什么呢？

是她自己的选择，他可以埋怨，可以愤怒，而她，她不能。

雨幕里的道路被堵得水泄不通，黎海洋甚至将车熄了火，他们就这样静静地坐着。

这时，黎海洋的手机突然响了起来，打破了这僵硬的沉默。

他的手机就放在两人之间的小格里，他拿起来打开，亮起的屏幕一下子刺进了花深的眼里。

是季珍珠，她一连发来好几张照片，要黎海洋晚上早点回来，说米妮已经到家里了。

照片上是潘杨米妮和季珍珠的最新合影，米妮明亮的大眼睛和可爱的酒窝仿佛要从屏幕里跳出来，和衣着精致、风姿犹在的季珍珠两人如同一对姐妹花般亲热地挨着头，卖着萌。

黎海洋没有回复，随手按掉了照片，把手机扔在一边。

但是花深已经看见了，她假装若无其事地移开目光，一颗心往下坠，从最开始到现在，好像没有止境一般，无限下坠。

她脑海里依稀响起了那个尖厉刻薄的声音："你这样的女人，天天想些什么，我一清二楚，就不要白费劲了……"

"啊！"花深忽然叫了一声。

黎海洋吓了一跳，顺着花深手指的方向看过去。

"那里！有只小狗！"

黎海洋什么也没看见："哪里？"

"前面，那辆车前面！"

黎海洋终于看见了花深所说的那只狗，它似乎是受了伤，卧在路边的积水里一动不动。而那个位置又十分危险，如果路过的司机稍不注意，就可能把它卷入车轮。

"我下去看看它，你等我一下！"

黎海洋一惊，长臂一伸，却仍然抓了个空——花深声音未落，就已经像一只灵活的山猫拉开了右车门跳了下去。

虽然车是在停止状态，但那一瞬间，黎海洋仍然感觉全身的血都涌上了大脑。他的手指变得冰凉。

这个白痴！要不要命了！

花深冒着雨跑到路边，小心翼翼地把狗抱进怀里："好了好了，不怕了。乖啊。”

正在这时，尖锐的鸣笛声响起来，花深回过头，一辆摩托车在狭窄的车道里，正朝着自己疾驰而来！

她想让，可是腿动不了了。而怀中的小狗也因为受惊，忽然叫了起来，抬起头，狠狠地咬向了她的手臂！

“深深！”

汽车的鸣笛声此起彼伏。花深闭上眼睛，等待疼痛的一撞，下一秒，却感觉自己被卷进了一个熟悉的怀抱里。

密不透风的怀抱，那么温暖，那么安全，倾尽全力，不顾一切，也要护她周全。

这份深情，这份痴傻，不是能够作伪的戏，而那个人，从年少时遇见她，就仿佛遇见了他命里的劫数，他逃不掉，唯一的解药，就是捧上他滚烫的真心。

花深的泪瞬间充盈了眼眶，而幸福感，也瞬间充盈了不安的心。

遗失的心跳终于回到了胸腔，与此同时还有另一道沉稳的心跳声，在胸口的右边。

不想了，不再胡思乱想了。

去他的何青苗，去他的季珍珠，去他的潘杨米妮。

那些人，关她什么事呢？

她明明，只需要看着黎海洋，只需要回应黎海洋。

至少此时，至少此刻！

黎海洋紧紧抱着花深，愤怒的声音从她头顶劈头盖脸地砸下来：“你是不是不要命了！”

花深这个时候还能笑出来，抬起头，看着雨幕里不甚清晰的他：“我要的。”

而黎海洋并没有因为这句话开心多少，在他的目光触及她被咬得鲜血淋漓的手臂的时候，已经完全失去了理智。

他根本不明白花深在笑什么，在说什么。

这个小疯子！

“花——深——”

“我在啊。”

黎海洋气得咬牙切齿，最终认命般地闭了闭眼睛，然后长臂一揽，连人带狗给抱了起来。

残风裹挟着冰凉的雨水打在身上，他竟然一点都不觉得冷，大概因为——

他的女孩，在他的怀里。

车里，黎海洋打开暖气。

花深浑身湿漉漉的，一身火红的衣衫湿透了整个座椅。花深主动自我检讨，但语气里没有任何抱歉的意思：“对不起啊，把你的车弄脏了。”

“你别说话了。”黎海洋现在情绪非常不稳定。

他侧过身来，欺身而至，从右车门边狠狠抽出安全带，绕过花深的身体，啪的一声准确地扣上。

他的下巴擦过她湿透的头发、冰冷的额角，他甚至感觉到了她突然紧张地屏住气息。

黎海洋看了她一眼，一言不发地拿出一块干毛巾递给她。

“谢谢啊……”花深说着，把毛巾裹在了小狗身上。

见状，黎海洋深吸一口气：“你在气我？”

花深抬起头："怎么了？"

见黎海洋脸色铁青，花深这才意识到毛巾可能是给她的，于是又开始狡辩："我这是爱护弱小……"

花深说着，黎海洋又靠过来，直接从她怀里把狗提起来扔到了后座，然后又扯出一条毛巾盖住她的脑袋，手法凶蛮地给她擦净头发上的水珠。

花深被罩在雪白干净的毛巾里，什么也看不见。毛巾上淡淡的香气清新而微苦，那是她熟悉的黎海洋身上的味道。

她任他摆弄着，心脏却疯狂地跳动起来。

男人身上熟悉的气味铺天盖地地涌来，如淡淡的带着一点苦涩的松树香，明明很冷冽，却能让人的身体涌起不知何处而起的无尽的疯狂热浪。

"黎海洋。"

擦头发的动作忽然慢了下来，花深猛地扯下毛巾，恰好对上黎海洋的眼睛。

黎海洋有一双完全不似学者的漂亮得过分的眼睛，略狭长，但定睛看向一处时却隐隐波光潋滟，仿佛神秘无垠的大海，令人神为之夺。

"做什么？"他微皱眉。

"我……也还是一个人……"

鬼使神差地，花深也不知道为什么，会说这一句。

"什么？"也许是太过意外，黎海洋甚至有一点茫然。

下一秒，花深忙不迭地转移话题，挪开目光："那个……我问你啊，大海里面有什么？"

连她自己都知道这个问题有多突兀，于是补充道："你这些年不是一直在研究海洋生物吗，那里漂亮吗？是不是有很多各种各样我见都没见过的鱼、贝壳、水母……"

她絮絮叨叨地说着，像是一只叽叽喳喳的小鸟，生怕沉默会让两人无所适从。

前面的车流缓缓有了移动的迹象，仿佛一组重新开始转动的时间。

一切都即将回到正轨。

花深盯着前方，说不上来心里是苦是甜，也说不上来那梦呓般的几分钟是不是真的做梦。

她只是有些迷茫地想，大概，就是个梦吧。

然而，身体左侧的黎海洋突然倾身靠近，像是报复，又像是烙印一般，准确而凶狠地在她鲜红的唇上吮吸了一口。

“浑蛋。”低哑、凶狠却又无力的两个字，从男人的喉咙里挤出来，带着绝望和希望，强行挤进她的胸腔里。

她还未回过神来，黎海洋已经回身坐正，面向前方，目不转睛，发动了车子，跟上了前面的车流。

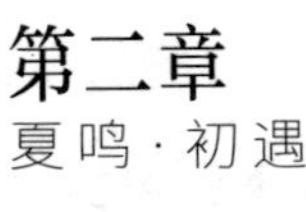

第二章
夏鸣·初遇

“我叫黎海洋。黎明的黎，海洋就是大海的那个海洋。”

“我叫花深，花丛深处，别人都说我这个名字不像真名，但是它就是真名，我爸取的。”

Section1.

花深记得，遇见黎海洋的那一年，她十五岁。

十五岁的花深已经是个“初具规模”的小美女，性格却野得像个男孩子。

大家赐予她“斩男侠女”的头衔，不是因为她能成为多少男孩情窦初开的心动对象，而是能把大部分同龄男孩揍到哭爹喊妈。

虽然如此，但花深人缘出奇的好，走街串巷都有她的小兄弟们，整天无所事事地召集一群小兄弟在大街小巷四处乱窜。

那天她在街口那家超市门口坐着吃冰棍，经营超市的是一个六十岁的爷爷，姓钟，会说书，还能写一手好看的毛笔字。

花深一边吃冰棍一边陪他聊天，眼睛却一直盯着放零食的那个货架旁边的男孩子。

看不出来多大，一副发育不良的样子，身体瘦瘦小小的，脸也特别小，藏在过长的没有及时修剪的乱发里，一双眼睛更加显得大得异常。身上穿着一件肥大的 T 恤，像是偷穿大人的衣服。

花深把最后一口冰棍咬得嘎嘣响，直觉告诉她，她行侠仗义的机会又来了。

这令她有点热血沸腾，她喜欢这种感觉，她觉得自己像是一只蛰伏的杀手一般，伺机而动，一击必中。

果然，没过多久，便见那小小少年四处看了一眼，然后偷偷地从货架上飞快地拿起一盒饼干，麻溜地放进了口袋里。

“爷爷！”花深猛地站起来，一声“爷爷”喊出了葫芦娃的气势，“他偷东西！”

小少年一听这一声吼，哪里还敢停留，撒开脚丫子就像一阵疾风一样蹿出了店门。

花深撸起袖子就要追。

论追人，她没在怕的，这几条街上的同龄孩子，还没谁能逃过她大长腿的追赶呢。

谁知道刚一迈步，袖子却被人拉住了，她低头一看，竟然是钟爷爷。

这下，花深愣了。

钟爷爷拉拉她的袖子，脸上一点都没有失窃的气愤，反而慢吞吞地对她说：“别追了，别追了，爷爷再给你一根冰棍吧。”

花深不明白：“爷爷！那个坏小子偷东西啊！”

钟爷爷连连点头：“我知道，我知道。”

“知道您还不让我追？”

“唉，这孩子我认识，是个可怜人，不知道从哪儿流浪到我们这一片的，又聋又哑，经常躲在这附近。我也没能力收养他，他也不愿意去收容所，一有人报警他就逃，所以就成了这样了。他饿极了就到我这儿拿点吃的，没事。”

原来是这样。

难怪钟爷爷不让她追。

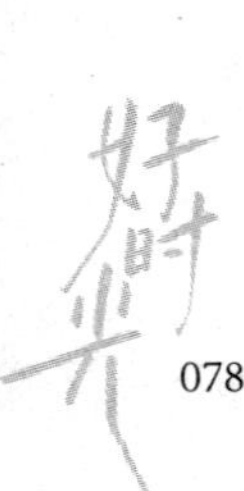

不过，花深总觉得，钟爷爷的庇护里，好像有什么不对的地方。

“就算是因为穷才偷，那也是偷啊！”她想，偷东西总是不对的。

只是看一眼善良的老人的脸，这话她还是咽了回去，没说出口。

找了个借口告别了钟爷爷，花深出了店门，想了想，还是朝着刚才那偷东西的小少年逃跑的方向追了过去。

花深追了一阵，眼看着那小少年的身影与她的距离渐渐接近，突然从他身上掉落一个纸片状的东西来，她好奇地捡起来一看，居然是一张镶嵌在吊坠里的小小的旧照片。

那照片已经泛黄，有些地方被水浇出一些白斑来，但依稀可见照片上的是个年轻女人，手里抱着一个婴孩。

如果她没有猜错，这照片恐怕是那流浪少年珍视的宝贝。

花深连忙一边大喊一边继续疾追，她不喊倒好，一喊起来，那少年跑得就更疯了。

虽然少年看起来营养不良的样子，但是体力不差，这么一追就跑了好几条街。到最后还没追上，莫名其妙地就消失在那块棚户区。

后来花深总是想，那个男孩儿是不是命运的安排，引着她往这里走，于是她意外地在此地遇见了黎海洋，也遇到了那个此后伴随着他们很多年的噩梦。

大院里的玉兰树花开成雪，如诗如画，却不如一场撒开脚丫的疯跑令孩子们感觉更加兴奋激动。

黎海洋的房间里，书桌靠窗而放，桌上堆着一本本厚厚的习题集。而他坐在桌前的时候,耳朵里却总是涌进窗外的孩子们游戏时的欢笑和尖叫。

自小，他总是得不到允许加入他们的，渐渐也不抱期望。

他的父亲是海洋生物专业学术领域赫赫有名的带头人，母亲季珍珠虽然文化程度不高，年轻时却是心气极高的美人，对于培养唯一的儿子，也是狠下了一番决心。

大概是有些用力过猛，母子关系便渐渐剑拔弩张。

小小的心里，压抑和叛逆的种子钻出土壤，生出小芽，沾着一点指责辱骂便疯狂长大。

季珍珠却并不知情。她一心想在严厉的管束下把黎海洋培养成像他父亲那样的优秀精英，方显得作为全职母亲的骄傲。

那一天黎海洋刚放学回到家中，季珍珠就一把扯过他还没来得及放下的书包,把里面的东西全部倾倒了出来,然后找出成绩单,甩在黎海洋面前。

“说。给我说你怎么回事？我花这么多精力供你读书供你吃喝，你怎么回报我的，啊？我说了什么，你还记得吗，不考第一不准吃饭！第二有什么用，谁会记得第二名，只有‘第一名’和‘其他’你懂不懂！”

黎海洋一言不发，抬着眼睛冷冷地看着季珍珠。

季珍珠顿时来脾气了：“你还敢这样看我，是不是恨我了！”她说着，一巴掌拍在黎海洋额头上，少年白皙的额头瞬间红了一大片。

“给我去跪着，跪在书桌前，问问你自己对不对得起书桌上的书和作业！不想明白别给我起来。”

季珍珠说着，气呼呼地冲出房间，顺手拿钥匙把黎海洋关在房间里反锁起来。

愤怒经过无声地发泄之后，黎海洋似乎平静了许多，他从小就擅长把情绪装在肚子里消化掉，于是一张脸永远冷峻和没有表情。

他站起来，拍了拍膝盖上的灰，然后脱掉校服换了件衣服。

侧耳一听，门外季珍珠正在给他父亲黎教授打电话哭诉："孩子太过分了，他居然那样看我，小小年纪就有那样的眼神，长大了还怎么得了！"

一向宠妻如命的父亲肯定在电话里开启了哄哄哄模式，只听得母亲那有些做作的娇笑声响起，抱怨换成了撒娇。

老夫少妻乐无边。

作为他们的宝贝儿子，黎海洋却只觉得烦，他走到窗边，轻轻推开窗子。

他家住在二楼，是那种单位分的家属楼。

他思忖了片刻，觉得翻下去不算太难，决定冒险。

他在窗边站了一会儿，确定四周没人，便小心地顺着白色的水管和凸起的雨檐，从二楼溜到了地面。

不过三四米的高度，但对于从未有过类似举动的他来说，已经足够刺激。他甚至能够感觉到背后生出一层毛汗来，内心却是一扫之前的郁闷，有一种离经叛道的兴奋。

从小到大，他循规蹈矩太久了，在母亲严格的管束下，他不被允许有一丝孩童的天真与放肆，她把他当成她的附属物，希望他的优秀为她的地位添砖加瓦，却根本不考虑那是不是他想要的生活。

既然已经冒险，那不如再多尝试一点？

他想，反正自己就是笼子里的鸟，连翅膀也没有机会展开过，飞不了多远，不过就是一点置气，闹闹情绪吧。

黎海洋避开熟悉的场地和人，往陌生的街道信步而行，虽然他并不知道自己要去哪里。

云层越压越低，潮湿的空气包裹着裸露的皮肤，像一张密不透风的大网。

黎海洋还不想回家，他走着走着，忽然想到之前听人说过的不远处的吴水河。

说是河，其实就是一条人工开出的水渠，前些年都是干涸的，这些年政府做了规划，在河两边建立风景带供市民休闲，开工后已有了一些雏形，只是后来因资金不足，建设得断断续续，加上一些杂草疯长，渐渐成了少年们口中相传的乐园。

黎海洋听人说，吴水河在下雨的时候，会钻出一种奇怪的鱼，长着小小的翅膀，在水面上飞跃，有趣极了。

他一直很想亲眼看一看。

少年总是对未知和探险充满兴趣。

想到此处，他径直往吴水河那边走去。

到了吴水河边，黎海洋才知道传言都是假的，哪有什么奇怪的鱼，只有站在荷叶上的蟾蜍。

不过黎海洋几乎没有什么机会这样出来野过，对其他孩子是平常的事儿，对他而言都很是新鲜刺激的。

他捡起一块石头砸了过去，只见蟾蜍们纷纷蹦起来。

就这样，他一砸石头，蟾蜍们一蹦，竟然也觉得分外好玩。

不多时，大雨伴着刺目的闪电呼啸而至。

正是夏末，淋湿了也不觉寒冷，但周围的环境还是随着这雨变得幽暗起来。

黎海洋玩了一会儿，已经纾解了之前被妈妈责骂的郁结，加上他本来就不是调皮孩子，一向守规矩惯了，此次对他来说已经算是十分“叛逆”，因此也及时收了心，准备找个屋檐躲躲雨，等雨停了就回家继续刷题。

这雨来得又急又猛，黎海洋本来就很少独自在外面玩，这一片又是第一次来，因此很快就迷了路。

他倒也不是很慌，毕竟按脚程，这里离家也不算太远，只是湿衣裹身毕竟不那么好受。

就在这时，他看到了前方雨幕里闪过一道小小的红影，左突右闪，如同一只轻灵的小兽，看得出也是在寻找躲雨的地方。

那一抹红色艳丽又明媚，与这里的荒凉格格不入，竟然成了这天地间唯一一点色彩。

不知道为什么，好像冥冥之中有着某种指引一般，黎海洋下意识就朝着那个红影的方向跑过去。

跟着红影跑了没几步，眼前就出现了一片居民区。

远远看着，黎海洋觉得这些房子很新奇。他家经济条件优渥，住的家属楼也算是高档小区，没见过这种二三层楼高的灰色的老建筑群。

看起来，这片建筑已经有几十年历史了，外墙斑驳，爬满深浅不一的青苔，很多的窗洞都不太完整了，大多数已经没有住人。

因为下雨，也因为采光太差，有人住的窗洞里，白天也透出昏黄的灯光来，黎海洋尚不知人间疾苦，只觉得这景象倒有如漫画里面的奇域，仿佛藏着许多奇奇怪怪的故事。

黎海洋看到那抹红影在一片建筑前停了下来，灵活地躲进了有檐的角落，避开了雨幕。

那是一个和他差不多年纪的少女，穿着一条红色的连衣裙，脑后绑着一个高高的马尾，看起来很精神。

他犹豫了一下，朝她跑去。

Section2.

这是一片待拆的棚户区，地处城市边缘，人烟稀少。

住在这里的都是一些经济条件很差的人，鱼龙混杂，难免有些乱。这么些年已有不少人寻得一点门路，挣了点钱，便都搬了出去，因此这一片老建筑群，倒也没剩几户。

牛强站在一间屋子的后门屋檐下，抬头看了看外面瓢泼般的大雨，顺手从晾晒衣服的铁丝上拽下来一件灰色的老头衫，拿在眼前看了看。

这件老头衫显然才晾出去不久，还是半湿半干的。

这是母亲多年前给他买的，现在前胸后背都已经有了很多细小的洞眼。之前他出了一趟远门，这件衣服大概就被弟弟牛力拿去穿了。

牛力比他小一岁，见过他们的都说，兄弟俩长得比双胞胎兄弟还像。

虽然长相相像，但两兄弟的性格完全不同。

牛强从小就是这一片的小霸王。

这种鱼龙混杂的地方什么样的牛鬼蛇神都有，不乏各种狠人，但说起牛强，基本没人敢惹他。

因为大家私下里说，牛强的狠，不是被生活逼出来的狠，而是一种先天的恶，仿佛生下来就在他的骨血里——和人打架，一定要见血才兴奋，面对弱者，丝毫没有共情心。

他做过的恶事常常被大人用来吓唬小孩，在很多人眼里，他就是魔鬼转世。

可这样一个人，偏偏有一个性子软得不行的老母亲和一个成天傻乎乎、乐呵呵的弟弟。

小时候，但凡牛强惹事，他那瘦瘦小小的母亲必跟在后面，低声下气地给人赔礼甚至下跪求原谅，不管谁把气撒在她的头上，哪怕被泼了一盆水，她都不敢哼半声。

不过，他母亲上门道歉的人家，不久又会被牛强加倍报复。

如此恶性循环。

弟弟牛力与牛强就像两个极端。牛力小时候高烧一场后，说话就不太利索了，一句话哼哼半天也说不完整，后来就干脆不怎么说话，见人只一个劲儿憨笑。他胆子小到不敢关灯睡觉，在母亲过世的前一年，这个三十好几的大男人晚上还要抱着母亲睡。而且，对这个人人视为恶魔的哥哥，牛力却崇拜得不得了，打心里觉得哥哥无所不能。或许也因为如此，牛强对牛力倒还算不错。

至于他们的父亲，早在他们兄弟俩很小的时候就因病过世了。

一年前，牛强因为犯了一桩大案，为避风头暂时逃了出去，在外面混迹，已经很久没有回来了。

那桩案子至今未破。

这是他迄今为止最骄傲的事，要不是那些警察盯得紧，他怕暴露自己，只恨不得见人就炫耀一番。

他骨子里就是个变态。

牛强伸手推开这间屋子的后门，抬腿进入。

屋里没有开灯，在大雨天里越显昏暗。

房间里透着一股难闻的气味，地板和墙壁发霉的味道混合着中药气味，还掺着种种说不清道不明的人身上散发出来的怪味，简直令人作呕。

但牛强在这里生活了几十年，已经习惯了。

一眼扫去，隐约可见靠东边墙的大木床上躺着一个人。

听到开门的声音，床上躺着的女人立刻有气无力地叫了起来："你死哪里去了，咳咳咳……"

她剧烈地咳了起来，手捂住胸口，喉咙里瞬间发出拉风箱般呼噜呼噜的声音，仿佛有一口浓痰在那里卡着上下翻滚。她用力翻着白眼，在凌乱的发下，表情扭曲，似乎痛苦不堪。

牛强站在屋中央，并没有上前，也没有出声，只默不作声地看着她，脸上露出一种奇怪的表情，似乎是嫌恶，又似乎是兴奋。

女人狠狠咳了一阵后，稍一平静，又叫了起来："你这死鬼，把窗子给我关上……狗屁窗子吵死我了！再给我倒一杯热水！我咳成这样你也不知道倒点热水来，你是不是想我咳死算了？我告诉你，我就算死了你也别想找别的媳妇儿，你这种男人不像男人的货色，也就我苗翠翠瞎了眼才会嫁给你……"

女人神神道道的，忽然极其暴躁地吼了一声："牛力！我说关窗户！你聋了吗！"

原来，她是牛力的媳妇儿苗翠翠，因为兄弟俩原本就长得极像，牛强又很久没有回来了，因此她把牛强当成了丈夫牛力。

牛强并没有按女人的要求去关紧那扇斑驳的木窗。

他们住的这套三居室位于一层，南北不通透，空气一向不好，他更喜欢开着窗，让风流动起来。但这该死的病女人却恨不得二十四小时门窗紧闭，躺在房间里苟延残喘。

真是一个丧门星。

当初这病壳子女人被她的赌鬼老爹带过来，说什么只求个踏实稳重的对象。当时他那个软蛋老娘还在世，正愁他们兄弟俩找不着老婆牛家无后，喜得直以为是自己求神开眼，忙不迭把这辈子攒起来的积蓄捧出来，置办了点彩礼三金，欢欢喜喜地把这个病壳子迎进了家。

可笑他那老娘还担心他们兄弟俩会争抢，他一挥手就把这女人让给了牛力，感动得牛力直抱着他的腿抹着鼻涕叫哥。

他心里冷笑。

这个家里，只有他不是傻子。

果然，这病女人和牛力一结婚，就暴露了。她得的是治不好的病。

病女人破事不少，躺在床上叉着腿还能不住嘴地羞辱他老娘和牛力。他本来懒得管，不过住在家里，也会嫌烦，终于有一天受不了冲到她床边把她扒了个精光用最原始的方式狠狠教训得她翻着白眼口吐白沫昏了过去，整个世界清静了。

谁知从那以后，这女人就缠上了他。

她也是个贱命，迷他的强壮蛮横，嫌弃他那个畏畏缩缩的傻弟弟。可她也不拿镜子照照，他牛强怎么看得上她？

不过，这一切就要结束了，彻底地结束。

他将离开这潮湿阴暗的地方，离开这些像老鼠一样挣扎在生活底层的同类，过上美好新生活。

这念头一闪，牛强感觉一种油然而生的兴奋感从脚底蹿到了头顶，令他全身热血沸腾，有什么东西简直想破开胸膛狂啸而出。

他强忍着，抓紧那件灰色的老头衫，一步一步走向床上的女人。

女人感觉到了一丝异样。

她那平日里言听计从打不还手骂不还口的傻男人，竟然有胆子不听她的指挥？

他向她走来的步调，也似有些不对……

她努力睁大了混浊的双眼，看向男人。

男人矮壮的身影刚好遮住了小窗那里投射过来的唯一一片光芒，女人只能看到一片黑影越逼越近。

她的心里突然闪过了一线模糊的念头。

难道他不是牛力，而是她心心念念的牛强？

她有些惊喜地脱口而出：“你……你是……”

牛强迅速地点了点头：“是我。”

女人那干枯瘦弱的脸上，瞬间焕发出一种奇异的神采来。

明明看不清，牛强却感觉到了她的激动，甚至能够想象有几丝红晕挣扎着爬上了她像风箱一样喘息起伏着的白色胸膛。

他在心里冷笑。

女人惊喜道：“强哥，你终于回来了，可想死我了！”

牛强心里的冷笑在扩大。都病成一把枯骨了，还故意捏着嗓子，以为自己魅力犹存。

本来想直接动手，此刻他却生出了一种恶意，想让她再多尝几分苦痛。

他慢慢俯身上去，鼻端是浓浓的中药味和混浊的肉体酸气。

女人以为牛强要和自己亲近，更加激动起来，带动了胸腔的痒，咳声又起。

她一生低贱，如浮萍漂泊，自暴自弃，自知时日无多，更加怨恨命运。但牛强的粗暴索取，却能令她生出一种异样的快乐来。

他太强了，像是一头原野上最有力的野牛，有着最凶猛的兽类才有的可怕的生命力，简直能轻易碾碎其他弱小的一切。

每当他在她病弱的身体上折腾，她总能感觉到生命的炙热凶猛，注入她已经柔弱如纸的身体里，像是寒冷至极的人，抓住了一团火。

而她法律上的丈夫牛力，明明和牛强是一母同胞，却软弱可欺到连她这个病女人都不如，愈是可怜，愈令人痛恨。

因为兴奋，女人咳声又起，但还是想伸出手去搂俯下身来的那个强壮身影的脖子。

谁知咳声还只出得半句，她便蓦然被一块湿布蒙住了鼻唇，骤然间呼吸受阻，她顿时痛苦地挣扎起来。

只是一副病骨，在一个常年从事体力劳动的壮汉手下，力量微弱得还不如一片残叶。

她甚至发不出一声尖锐的呼喊，只兀自瞪大了双眼，想看清眼前人的表情，但其实都是徒劳。

"贱女人每天耗着药钱，看着你就烦，不如早点去死……"

女人逐渐失去意识，但悲愤不甘仍让她最后拼尽全力弹了一下，这一下差点从牛强的手下挣脱。

她只来得及发出半声受伤母狼般的号叫，便又被牛强狠狠压住。

她软软地蹬了几下腿，终于彻底归于寂静。

牛强过了几分钟才松开手，确认女人已经一动不动，遂把她不肯闭上的眼皮强行合上，用那件灰衫用力擦起女人口边的几缕鲜血。

他把她摆成了平日里在床上蜷缩的模样，用被子盖好，站起来寻思着要把灰衫如何处理。

就在这时，他突然听到那扇木窗的外面，传来了一道清脆的声音。

有人！

牛强的眼睛立刻射出了如恶狼一样的凶光，他一个箭步冲到门边，拉开门蹿了出去。

外面，大雨渐歇，地上却积了半尺厚的浊水，远近都是一片模模糊糊的灰白色。

就在不远处，有两个小小的身影，一红一白，正牵着手奋力逃跑。

牛强拔腿欲追，却听得身后突然传来一道惊喜的叫声：“哥！已肥来惹（你回来了）！”

他的胳膊也被人一把拉住，他不得不转过身来。

映入眼中的，正是他那和他长相一模一样的傻弟弟，笑得无比憨厚的牛力。

Section3.

黎海洋被那个红色的身影拉着，恐惧令他使出全身的力量，疯狂奔跑。

而那个红裙女孩，却像是一只灵活的山猫，在这一排排不同年代不同风格的破旧建筑群里，穿梭自如，甚至有着几分轻盈。

他只能拼了命地抓紧她的手，跟随她的方向，生怕失去了她的指引。冰凉的雨丝打在他脸上，终于让他清醒了些。

他想起刚才那命悬一线的危机。

他做梦都没有想到，自己竟然目睹了一个凶案。

他刚刚因为好奇所以走了过去，谁知刚好看到了那个男人生生捂死那个女人的一幕。

他第一次看到一个人在自己眼前死去。因为惊恐，他没办法说话也没办法动，他一直以为自己镇定勇敢，但是当一个活生生的生命在他的面前被残忍夺走时，他才知道自己的腿都是软的。

他知道自己此刻不能发出任何声音，可是总觉得有什么东西正在不受控制地从喉咙里往外冒。

他想尖叫。

但他知道，如果此刻叫出声来，大概他就死定了。

就在这一刻，那个红裙女孩忽然回过头来，她看着他，似乎才知道他的存在。

下一刻，她贴了上来，冰凉的小手一把捂住了他的嘴，把他压抑的尖叫生生地按了回去。

“嘘——别说话！”

一阵橙花的清甜香气包围了他。

是女孩身上传过来的，似乎还带着她温暖的体温。

她明明也在害怕，捂着他的嘴的手微微颤抖，但一双忽闪忽闪的大眼睛却满满地传递着一种信息：我能做到，我能做到的。

他不知道自己为什么好像听得到她的心里对自己说的话。

女孩和他差不多高，皮肤白皙，头发有些微微的自然卷，眼大嘴小鼻梁高，是个轮廓分明的漂亮小姑娘。

但更震撼他的，是她比自己勇敢。

他觉得羞愧。

花深也很紧张，她觉得自己的心脏都要跳出来了，但她一直在心里默默回想着爸爸曾经对她说过的话。记得小时候，爸爸对她说：“越是遇到紧急的情况，越要冷静，因为哭和慌不会帮你解决任何问题，只会让你犯下不可挽回的错误。”

爸爸虽然只是一个普通的公交车司机，但他的勇敢、善良和智慧都是花深无比崇拜的。

在她五岁的时候，爸爸开的车上出现了一个持刀逃犯，威胁着全车人的安全，爸爸硬是用他的智慧，稳住了那人的情绪，最后成功保护了全车人，不仅无一人受伤，还抓获了逃犯。

作为他的女儿，她一定要冷静面对现在的局面！爸爸一定会在天上保佑她的！

花深用洁白的牙齿下意识咬了咬红润的下唇，一只手轻轻拉起了黎海洋的手，用力捏了捏，示意他跟她走。

黎海洋懂了，轻轻点头。

两人小心翼翼地避开地上的一些乱七八糟的垃圾，以免弄出声音，一步一步地往外挪去。

只要成功地远离这栋房子，他们就安全了。

然而，越怕什么越来什么，黎海洋突然踉跄了一步，脚下竟然踩中了一只空的易拉罐。

那突兀的一声脆响，令两个半大的孩子瞬间全身发麻，几乎都惊呆了。

几乎是与此同时，他们身后刚刚发生过杀人案的房间里，传来了明显的声音。

那个男人发现了他们！

他追出来了！

那一刻，黎海洋恨不得杀了自己。

他从来都是天之骄子，是被老师同学捧在光荣榜上的别人家的孩子，每个人都夸他是个天才，他也渐渐在内心深处以为自己真的是个天才，比多数人都更优秀。

但是现在，他觉得自己其实蠢笨如猪。

在危险面前，他根本没有任何应变能力，哪怕被一个同样大小的女孩拉着逃，居然还会笨到无法控制自己的脚，踩中一只破罐子，把凶犯生生引出来，让自己和那个女孩置于危险之中！

此刻他觉得那个女孩扔下他独自逃走才是对的。

她一定后悔拉上他。

但是，他只感觉到被拉住的左手，突然生出了一股惊人的力量，仿佛多一秒思索都是浪费，那力量在告诉他——

跑！拼命地跑！

不要回头，往前。

花深自然也被黎海洋制造的意外吓了一跳，更被身后迅速出现的追赶声吓得魂飞魄散。

再怎么勇敢，她毕竟只是一个十五岁的孩子。

但她的心是简单的、纯净的，她不知道黎海洋心里那些弯弯绕绕的想法，如果她知道，她一定会睁大她亮晶晶的大眼睛，不可思议地反问："这种情况下，我怎么能丢下你独自逃跑？"

她就是这么简单而干净，这是很久以后，黎海洋渐渐靠近了她，才明白的事情。

对她来说，善恶分明，黑白泾渭，是如此天经地义，简单透明。

她甚至可能根本没有想过独自逃走的可能——尽管她跑得飞快，又熟悉地形，一个人逃掉的可能性大太多了。

后来每一次黎海洋看到怀里安睡着的花深的美丽的脸庞时，都会想，如果那一天花深扔下了他，他能独自逃出凶人犯的掌心吗？

答案是不确定的。

他无法估量那时的自己的智慧和勇气，毕竟当时他完全吓傻了。

因此，在他们第一次相见的凶险场景里，黎海洋觉得，是花深救了自己的命。

两人依然手牵手狂奔，准确地说，是花深在拉着黎海洋狂奔。

他们能感觉到背后的人又慢慢接近了。

但好在花深自小就到处野，对各种街头巷尾的构造都无比熟悉。她左钻一个路口，又抄一条小径，七弯八拐之下，竟然让他们一路逃到了吴水河边。

“我……跑……不动了。”长时间的狂奔，令黎海洋觉得自己胸口要撕开了，疼得他无法呼吸，他有些艰难地挤出这几个字。

花深其实也不行了，但直觉告诉她，那个男人不会这么轻易放弃，他们并没有安全。

她有些发愁地瞅了几眼黎海洋。

和她差不多高的少年脸色惨白，黑发全贴在额前，狼狈至极却依然掩不住一脸书卷气的眉清目秀。

他一定是学校里成绩很好的那种学生，懂礼貌，守规矩，老师喜欢，同学崇拜。可是在有些时候，就是个傻傻的书呆子。

她想，没办法，只能由她来保护他了。

此刻，他们一起蹲在吴水河边的野生芦苇丛里，那芦苇丛倒是又高又密，把他们的身影遮了严实。

但如果被人发现，附近也再无可躲之处了。

花深和黎海洋的手还紧紧牵在一起，黎海洋似乎是因为被吓到而忘记了其他反应，只盯着花深的脸目不转睛。

花深只好用另一只手在他面前晃晃，小声说：“喂！你就在这里蹲着，不管发生什么事，都不能出声，知道吗？”

“你做什么？”黎海洋忽然回过神来了。

“来不及解释了。总之你不能动，也不能出声，行吗？”

少年似乎猜到什么，但又不知道从何说起，心里觉得不妥，却又说不出阻止的理由，一时间张口结舌。

那边花深可等不及了，她用力捏了捏黎海洋的手，自顾自地把他的小指一掰，和自己的小指象征性地碰了碰，语带威胁道：“拉钩了！你千万别出声！”

没等黎海洋再做反应，她已经猫着腰，一路飞快潜行，很快消失在枯黄的芦苇丛里。

黎海洋蹲在原地，他脑袋里乱糟糟的，学霸的脑袋此刻成了石头，他第一次如此痛恨自己脑袋里塞满的那些公式——它们对此时的局面一点用也没有！

他不知道那女孩去做什么，他甚至不知道自己是否应该听她的话一动不动，还是应该跟着她而去。

直到听到一声水响！

他突然意识到她做了什么！

用手指很小心地拨开一些芦苇，他看到了！河水里那一抹红色的身影正浮浮沉沉，向着对岸而去！

几乎是同时，他的余光又瞄到了另一处异象，就在离他大概五米远的河边，一个男人的身影出现了！

那张带着恶鬼般的狞笑的面孔，那身脏得看不出颜色的旧牛仔衣，还有他孔武有力的手上捏着的那把明晃晃的尖刀！

是那个凶犯！他真的一直在追赶！

黎海洋只觉得呼吸都停止了。

血液仿佛变得冰凉冰凉，没有了一丝温度，在这以前，他做过的最可怕的梦，也不能和这个场景相比。

他太害怕了，刚才他还隐隐觉得，他们可能已经甩掉了这个男人。是他太天真了，能够做出那么残忍的杀人举动的人，又怎么可能轻易放过窥视到了自己罪恶的目击者？

这根本已经不是一个人，而是一头凶兽！

如果被这个男人发现，毫无疑问，他会像之前那个躺在屋里的女人一样，转眼变成没有呼吸的尸体。

而他也终于明白女孩为什么一再嘱咐自己不要出声。

因为凶犯出现的地方，离他们藏身的地方如此近，如果对方追到河边没有看到他们，第一反应一定是搜芦苇丛，毕竟肉眼可见那是最容易藏人的所在。

黎海洋也终于明白了，女孩为什么要跳进河里。

她是故意的。

她知道凶犯一定会追来，她要用自己为饵，告诉凶犯，他们一起跳进了河里，逃向了对岸。她要用这个法子使凶犯放弃搜索芦苇丛，从而保护留在芦苇丛里的黎海洋！

在那么短的时间里，女孩压制着内心里的恐惧，想到了这一切，但她唯独没有想过自己的安全。

她用自己做饵引开凶犯，布下疑阵，的确能够保护另一个人，却把自己置身于最大的危险里！

那可是一个刚刚面目狰狞杀死了人的恶魔啊！

黎海洋觉得心里撕裂般地疼，他想站起来，想喊她，却发现自己根本不知道她的名字。

他像是一只在笼子里横冲猛撞的小兽，四周都没有出路，只能被绝望的泪水淹没直到……

这个世界重新有了颜色。

“喂，你干吗呢？”少女的声音清脆而欢快，一下子把黎海洋拉回了现实世界。

黎海洋猛地回头，死死盯着眼前突然出现的人。

女孩全身上下都湿答答的，头发一绺一绺地贴在脸上，一双大眼睛却依然明亮清透，因为黑白分明，所以一丝疑惑也显得那么清楚。

花深不解地看着少年通红的眼眶和倔强的神情：“你哭什么？”

“谁哭了？”黎海洋一把抹掉眼泪，抿了抿嘴，声音微哑，“那个人呢？”

花深俏皮地拧了一下自己的湿辫子，得意地笑起来：“被我引到对面去了。他以为我会游到对面，其实我才游了几米就在水下掉头回来了。我会潜水，我爸教我的！”

为什么她还能这么明朗地笑出来？黎海洋不明白，她明明才从鬼门关里绕回来。

“不过……”

听到这个转折词，黎海洋的心又悬了起来：“怎么了？”

花深想了想，还是摇了摇头，决定不说了。这书呆子本来就被吓得够呛，再吓他可能又要哭鼻子了。

其实，她是想说，她游回对岸的时候没忍住回头看了一眼，恰好和站在岸上的凶犯打了个照面。虽然有点远，但视力好的话，大概也是能看清脸的。她有点不安，但现在也顾不上了。

“行了，我们快走吧，得赶快去报案呢。”花深喊黎海洋。

见他不动，她又一把抓起他的手，拉起他就走，边走边问：“喂，你叫什么名字？”

不知道为什么，开始他们手拉手那么久，黎海洋也没觉得异常，但此刻被女孩拉着手走，他却有一种火灼般的敏感。

只是，他竟然有些贪恋这种紧张而酥麻的感觉，甚至担心她突然松开。

他跟着她快步走。

“我叫黎海洋。黎明的黎，海洋就是大海的那个海洋。”

花深哦了一声，表示了解，也不等他发问，口齿伶俐地自我介绍开了：“我叫花深，花丛深处，别人都说我这个名字不像真名，但它就是真名，我爸取的。”

黎海洋轻轻地说：“很好听。”

他的声音很小，花深却清楚地听到了。

她平时相处的那些男同学都是浑起来无法无天的臭小子，第一次和黎海洋这种文静秀气内敛的少年聊天，听他温柔地夸自己名字好听，她竟然在开心之余，生出一点难得的羞涩来。

Section 4.

两人就这么手牵手跑去报案。

在警察局门口，却意外遇到了正在到处找儿子的黎海洋的父母。

黎教授接到季珍珠的电话，说儿子离家出走了，当即吓得不轻，立刻从研究所驱车飞回家中。

又在季珍珠哭哭啼啼的倾诉里，了解了一半，猜到了一半。黎教授虽然是老来得子，但他为人宽厚儒雅，和儿子沟通无碍，只是因为工作实在太忙，无暇经常陪伴孩子成长，这才将孩子交给了孩子的母亲。

真正说起来，黎教授比季珍珠对儿子的了解可能还深得多。

他清楚黎海洋是个乖孩子，不是逼急了，断不会跳窗逃跑。但他也相信，黎海洋是一个理性多于感性的孩子，毕竟处在青春期，偶尔发泄一下情绪，很快就会冷静下来，不会做出什么出格之事。

只是拗不过季珍珠，还是听她的来警察局准备报案，谁知道人才到门口，就看到儿子和一个漂亮小姑娘手拉手跑过来了。

季珍珠一见到黎海洋，刚才还满腔担心后悔，瞬间就化为愤怒强势："黎海洋你这个臭小子！你去哪里了！你出息了是不是！还敢跳窗逃跑！回去不给我跪上一晚，我就不是你妈！你这个浑蛋东西！"

她冲上来就想一把揪住黎海洋的耳朵，五指伸出，才惊诧地发现，自己的儿子身边还站着一个小姑娘，正睁着黑白分明的大眼睛，好奇地看着她。

季珍珠心里一堵。

她的目光慢慢移到了小姑娘和黎海洋牵着的手上，仿佛突然间明白了什么，一下子像被踩中了尾巴的猫一样原地蹦了起来，手指着两个孩子的脸尖叫出声："黎海洋！你竟然早恋！！"

黎海洋和花深被这高分贝的尖叫吓了一跳，终于后知后觉同时松开了对方的手。

在季珍珠的尖叫声里，黎教授终于走上前来，控制住了这混乱的局面。

黎教授首先注意到了黎海洋湿透的衣服和头发，有些担心地伸手摸了一下他的额头。

这个动作立刻让黎海洋微红了眼，哑声喊道："爸！"像是受了委屈的小孩，终于看到了信任的大人。

黎教授温言问："海洋，这是怎么回事？"

黎海洋听到父亲询问，又看了看母亲难看至极的愤怒的脸，张了张嘴，一时间不知道从何说起。

他本来就不爱说话，平时也是沉默少言，加上今天发生的事过于离奇混乱，所以一时间，他竟然不知道从何说起。

好在花深在边上急不可待地开口了："叔叔！你好！你是黎海洋的爸爸吗？你快带我们去报警！我们刚刚差点没命了！"

花深口齿伶俐、语速飞快、逻辑清楚，噼里啪啦一顿叙述，就把他们躲雨时无意间见到命案发生，然后逃跑时惊动了凶犯，一路被狂追，最后跳进河里才逃脱的过程绘声绘色地说了一遍。

只听得黎海洋连连点头，黎教授全身冷汗，季珍珠面如土色。

季珍珠万万没有想到，自己以为的儿子叛逆期离家出走、早恋这些，原来根本不算个事儿，自己一时之气，竟然差点让宝贝儿子遭遇凶险，差点丧命。

看到丈夫黎教授责备的目光，她的眼泪扑簌簌地往下掉，手脚也软得不像话，心里只觉得后怕无比，扑上去摸着儿子，上上下下检查有没有哪里受伤，一句完整的话竟也说不出来了。

看到妈妈这个样子，黎海洋对她的不满倒也烟消云散。他知道妈妈对自己是真的关心、心疼，只是她眼界有限，只会用她认为好的方式来对待他，很多时候，她是真的以为自己是对的。

黎海洋只能在心里无声地叹气。

黎教授也从极度震惊中回过神来，上前拉着儿子的手。

季珍珠抬眼看向丈夫：“都是我不好，我知道你心里怨我。可是，我也不知道孩子会遇到这么可怕的事啊……我们就这么一个儿子，我管他骂他，不也是为他好吗？”

“我知道了，你也是为他好，不怪你。”黎教授明知道是妻子的过错，却对这个小他十几岁的娇妻毫无办法，看到她的眼泪，还是选择了哄。

黎海洋也懂事地顺着父亲的话安慰母亲：“妈，别哭了，你看，我不是好好的吗？”

这父子俩一哄，季珍珠哭得更厉害了，仿佛她才是最委屈的那一个。

在一旁的花深却快言快语地插话：“阿姨，我觉得你这么说不对。我爸说过，爱一个人，应该要替他着想。你是黎海洋的妈妈，但是你根本没考虑过他快不快乐，只想让他变成你想要的样子，还打着为他好的旗号，这是不对的。”

她板着稚嫩的小脸一本正经地说出这些话，把黎教授逗乐了。

他一下子喜欢上了这个可爱又勇敢的小姑娘，虽然她可能也是在照搬人家的话，但其实还真的说中了问题的关键。这些道理他也不是不知道，只是他一心宠着妻子，不愿意拆穿她罢了。

黎海洋低着头，心里五味杂陈。

他没有想到，花深会替他说话。

而且还说出了他心里一直想说但不敢说的那些话。

黎教授笑着摸了一下花深的头发，随口问道：“看来小姑娘很崇拜爸爸。你爸爸说得很对。”

花深骄傲地一扬头：“嗯，我爸爸什么都懂。”

黎教授哈哈大笑，故意忽视了妻子喷火的眼神，对着儿子和小姑娘说：“来，跟我一起进去，我们去报案，不要让坏人逃跑了。”

季珍珠赶快拦住："等一下！这事咱们再仔细想想！海洋，那个凶犯看到你的脸没有？如果看到了，咱们去报案，他来报复孩子怎么办？要不咱们还是别管这事了……"

花深诧异地回头看着季珍珠："我们看到了那个人杀人，当然要去告诉警察叔叔啊。"

季珍珠简直烦死这个快言快语的小姑娘了，忍不住吼她："你懂什么，你闭嘴！"

花深歪了歪头，不明白黎海洋的妈妈为什么吼她。

黎教授却明白了。他做了个手势阻止季珍珠继续说话，然后温和地对两个孩子说："妈妈是担心你的安全。孩子们，等报完了案，这件事情，你们两个就谁都不要提起了。接下来的事交给大人，相信警察叔叔会处理好的，好吗？"

花深明白了，听话地点头："好的，我谁也不说。"

想了想，她又补充道："谢谢叔叔！"

"好孩子。"

黎教授发现自己由衷地喜欢这个小姑娘，而黎海洋也忍不住偷看了花深一眼。

仅此一眼，便见她笑靥如花，格外炫目。

而与此同时，从吴水河对岸搜索了一圈却没有发现那两个身影的牛强，带着满眼的血丝，回到了刚刚杀死了弟媳苗翠翠的那间阴暗的老房子。

一切似乎都和他刚刚离开时一样。

只有床上那具女人的尸体变得更加冰冷、僵硬。

他抱着手臂站在床边，听到身后传来轻微的动静，回过头，果然是他那不知道从哪里冒出来的傻弟弟牛力。此时牛力脸上没有了平时总是憨憨的笑容，取而代之的是紧张和恐惧。

“哥……哥……翠翠死了。”他哆哆嗦嗦好不容易把这几个字吐清楚。

“我知道她死了。”牛强冷冷地扫了床上的女人一眼，“是我杀的。”

“你……”牛力受了惊吓，更加说不出话来了，一串口涎从他张开的嘴角流下来，显得恶心又肮脏。

牛强看着弟弟，突然心生一计。

他挂上一副温和的表情，伸手把牛力拉到那张油兮兮的方形木桌边坐下，兄弟俩面对着面。

“牛力，哥对你好不好？”牛强问。

“好。”牛力连连点头。

哥当然对他好，妈说了，只要有哥在，就没人敢欺负他。

牛强满意地点头：“你知道哥为什么要杀翠翠吗？因为她偷人！她给你戴绿帽子！”

牛力一下子睁大了眼：“偷……偷……”

“对，偷人，绿帽子。”牛强在头上比画了一下，“她跟别的男人睡觉。你生不生气？”

牛力点头：“气。”

牛强说：“哥也气。你平时伺候她吃喝，她还成天骂你打你，这就算了，竟然还偷人，跟别的男人睡觉，把妈都气死了。哥看不得她这么欺负你，所以把这个贱女人杀了，替你出气。你说，杀得好不好？”

牛力扭头看向床上的尸体，表情里浮上恨意：“好。”

“所以，牛力啊，回头警察找上门，你要紧咬牙关，不能说这女人是哥杀的。如果你说了，哥就要被枪毙，以后就没有人保护你，替你出头了，知道吗？只要你不说哥回来过，不说见过哥，哥就没事。听懂了吗？”

“懂了。”牛力用力地点头。

牛强嘿嘿笑了。

他这个弟弟虽然傻傻的，但有一点好，答应他的事，就算是刀架在脖子上，也不会反口。

这大概就是脑子一根筋的好处。

牛强脱下自己身上那件脏兮兮的牛仔衣，给牛力穿上。

“这是哥最好的衣服，给你穿。”

“噢。”

牛力摸着身上的牛仔衣，满足地笑了。

牛强摸着牛力的头，也满足地笑了。

Section5.

杀人案很快就告一段落。

警察一出动，嫌犯立马就落网了。

后来听黎教授说，嫌犯叫牛力，是个智力低下的中年男人。

牛力原本家里就很穷，后来娶了个凶蛮多病的老婆，常年折磨牛力和他年迈的母亲，街坊四邻都经常听到这女人扯着嗓子极尽难听之言侮辱叫骂的声音。

后来牛力的老母亲去世了，牛力的日子更加难过，自己傻乎乎的只能做点出力气的活儿，还三天两头被人拖欠工钱，老婆的病又像是个无底洞似的，不断地往里砸钱。这日子过得没有盼头，加上他这老婆嘴巴实在太脏太毒太厉害，虽说牛力一向傻呵呵的，但兔子急了也会咬人，大概出事那天，情形就是如此吧。

听说牛力被抓后一问三不知，只会傻呵呵瞪着警察流口水。

不过他身上穿的正是黎海洋和花深看着他杀人时穿的那件牛仔衣，上面还提取到了死者苗翠翠挣扎时断在上面的指甲碎片，算是人证物证齐全。

作为凶案目击者，两个孩子在警方的保护下，隔着单面玻璃见过牛力一次。

也就是说，他们能看见坐在玻璃后的牛力，但牛力看不见他们。

两个孩子只看了一眼，就都不约而同地确认了这个男人正是当日的杀人者。

那一幕给他们的印象太深刻，那张脸也在他们心里刻下了深深的烙印。

但有一点，黎海洋不知道该怎么说。

他总觉得，在警察局里见到的牛力，和那天在窗外见到的杀人的男人，以及追赶他们到吴水河边的男人，好像很不一样。

凶犯杀人时和追赶他们时的那种凶恶和残忍，如同地狱里爬上来的恶鬼，阴森可怕至极。

而这个呆呆地坐在对面戴着手铐脚镣的牛力，看起来却是畏畏缩缩、目光躲闪的，甚至不敢正眼看人，令人充满了说不上来的可怜和厌恶。

一个人身上，真的会有这样两种完全不同的气质吗？

也许这是他犯罪时和落网时，截然不同的心境造成的吧。

这样说来，人性真的是复杂无比。

之后的事情，如黎教授所说，就不是两个孩子应该操心的了。不过经此一事，花深和黎海洋意外成了好友，并且惊喜地发现，两人是同一所学校的学生，同级不同班。

花深热情大方狐朋狗友多，黎海洋是资深学霸沉默孤傲但门门功课位列榜首，这两人原本都不是学校里的无名之辈，可是偏偏他们两人风格实在太过迥异，因此都对对方的世界一无所知，彼此之间仿佛有着结界，日日擦肩却从未相交。

直到这次杀人事件，就好像命运之曲突然错了一个音，让两个人有了交集，并自此不断发现，原来彼此的世界早已有了那么多重合。

由于他们对彼此世界的好奇，关系便自然而然地一日千里。

转眼间，事情已经过去了半个月。

在黎教授的一再追问催促下，季珍珠出门了。

那一天，当她穿着精致的刺绣旗袍，挽着名牌手袋走到李花巷子口的时候，她的细高跟鞋被一块松动的地砖卡住了，只得蹲下来拔鞋跟。

她是来拜访花深的妈妈孟媛媛的。

对于这趟行程，她实在是有些不情不愿，无奈丈夫坚持，她也只好照办。

黎教授让她邀请花深的母亲来家中吃饭，当面感谢那一日花深对他们儿子黎海洋的相救之恩。

季珍珠却不以为然，觉得那天只是两个孩子一起相携逃跑，谈不上谁救谁。

无奈自己的儿子是个只会读书的傻憨憨，非要一板一眼地复述当日经历的细节，向自己的父母承认当日如果不是花深机灵，他的应变能力可能完全不足以面对那突发的事件。

他也详细描述了花深让他藏好自己却跳河引开凶犯的那一幕。

听得黎教授一身冷汗，心里暗赞这姑娘的勇敢和侠义，让一直拒绝承认花深帮助的季珍珠，也只好闭了嘴。

老实说，季珍珠却并不怎么喜欢花深，第一眼的眼缘就不太好。

她觉得这小姑娘性子有点野，嘴巴又厉害，行为里透着一种小市民家庭出身的精明算计——这恐怕是因为她本人也是出身农村，所以对这种特点很是熟悉的原因。

她从小在偏远小村里长大，后来到了附近的县城读书，再后来好不容易来到大城市，但以她的知识和学历，也只能在一些餐馆或者酒店洗碗。

凭借着出色的容貌，一年后好不容易才进了一个大点的酒店当服务生。

但再大的酒店的服务生，也就只是服务生，从小就长得漂亮被无数男人追逐的季珍珠，自然知道自己的优势，但这也造就了她骨子里的不甘，她并不想像她同村的那些小姑娘一样，到了年纪就找个男人嫁掉，成为相夫教子的黄脸婆。只是以她的学识、出身，即使再美，也很难有其他更好的选择，一个不小心，就会被有钱人当成玩物，下场更加难测。

季珍珠虽然文化程度不高，但并不傻，甚至算得上精明。

她抵制住了许多的陷阱和诱惑，即使再穷困不堪，她也没有选择堕落，而是一直怀着那一腔的不甘，伸长了脖子朝上巴巴仰望着——这也是她的过人之处。

因此命运也终于对她张开了幸运的怀抱。

有一天，她在做客房服务清扫房间的时候，遇到了在酒店开会短期入住的黎教授。

当时的黎教授还只有三十多不到四十岁，却已谢顶，微微发福，其貌不扬，形象气质都不太好。但他在自己的专业领域，却是一骑绝尘，受人尊敬和期待。

搞学术的知识分子并没有多少钱，和那些富一代富二代比不了，加上不同的世界之间有壁，所以黎教授虽然在专业领域是闪亮之星，但女人缘并不好，加上他一直醉心工作，因此一直单身。

谁也没有想到，当时才十九岁的季珍珠，竟然一眼看中了黎教授。

一个美貌娇俏、天真痴情的少女，一个中年谢顶其貌不扬遭遇晚春的老学霸，当他们干柴烈火爱在一起的时候，很多人感受到了什么叫次元壁破了的震惊。

然而季珍珠和黎教授竟然意外的合拍，一个娇，一个宠。到了年龄，季珍珠就顺利嫁给了黎教授，当初的小镇少女，摇身一变成了人人敬重三分的教授夫人。

随着黎海洋的出生和长大，加上社会上对于学术型人才的需求提升，季珍珠过上了有里有面的美好生活，把她那些过去鼠目寸光只知道追富二代的小姐妹羡慕得拍青了大腿。

她自然也是得意于自己的眼光和心机，多年来小心呵护这个家庭的。

但在内心深处，对于这段几乎算是从天而降的姻缘，她其实有着太多的不自信和担忧恐惧。她深深地知道黎教授爱她什么，也清楚地看见自己曾经的粗鄙与浅薄。她傻乎乎的教授丈夫因为智商和天赋，一直生活在象牙塔里，他若知道他的小夫人不仅可以是田间小雏菊，也有着种种不堪的算计和心机，自私和丑陋，他还会宠她如宝吗？

所以，这些年来，她几乎没有让过去的熟人和亲戚上过家门，多半都是通过社交网络和他们联络，同时她也非常敏感于和她一样出身的人群，似乎担心着什么。

比如，对于即将见面的花家母女，她就有这种不祥的直觉。

现在，季珍珠来到了李花巷子口，眼前的一切告诉她，她的猜测似乎是对的。

这是一条年代比较古老的巷子，和繁华的市中心主干道其实只有几墙之隔，却是截然不同的两个世界。

一栋栋六层高的红砖楼房，中间长着年代久远的粗壮乔木，在巨大树冠的庇护下，家家窗口晾出的衣物就像色彩斑斓的旗，在风中猎猎作响。

树下用白粉画着一些毫无美感的线框，大概是居民自分的停车位。

停车位里横七竖八停着的，有运货的三轮车，有城市早已禁开的摩托车，有灰扑扑的电动车，当然也有几辆小轿车，多是那种便宜的紧凑型代步车。

树下还见缝插针地坐着一些老人。

他们有的打着扑克，有的在择青菜，他们无一例外都有着一双灵活甚至是鸡贼的眼睛，看到与环境格格不入的季珍珠出现，都纷纷投来毫不掩饰的探究目光。

季珍珠一边拔着自己的鞋跟，一边觉得如坐针毡全身很不自在。

这是她熟悉的感觉，这令她更不自在。

季珍珠好不容易找到了花深家那家水果店附近，店名她已经问过了，据说叫“阳光甜甜水果店”，一听这名字，就知道是个土包子小店，什么阳光啊，什么甜啊，小本经营，她懂。

不过，她还没来得及过去，便听到了与其相关的八卦。

附近另外一家水果摊子前坐着的几个女人在聊天：

“我说，昨天晚上看到你家那口子又去阳光甜甜溜达了一圈，不是说好以后水果都在我家买吗？”

“什么？我家那死鬼？他没提水果回来啊！”

“哎哟，那可就怪了，我可是亲眼看到他背着个手掀开帘就进去了，好一会儿才出来呢。不是去买水果，是去干啥？”

几个老女人的猥琐笑声立刻交错响起，带着一种心照不宣的嘲讽挑衅。

季珍珠还没有成年的时候就已经懂得这种笑声的含义，她心里涌起一种生理性反胃，但她又想要听下去，于是故意放慢了脚步，假装在找门牌。

女人们继续在热聊，被调侃的那一个果然怒气冲天。

“那个王八羔子，看我回去不弄死他！”

“哎哟娇娇妈，你别那么大火气，也许你家那口子就是进去看看水果呢？不一定进水果店就是去看某人呀？”

火上浇油的伎俩她们最熟练。

季珍珠在心里冷笑。

“我看可不一定。咱们打开天窗说亮话，论水果，我这店的品相、味道哪点比她家差？可偏生她家生意比我家好那么多，为啥？还不是这附近的男人们都去照应她的生意了，咱比水果不输，比骚可是输定了呀。”

“就是就是！”

女人们立刻一拍即合，叽叽喳喳起来，唾沫星子在空气里横飞，一张张或寡淡或蜡黄或长满斑点皮肤松弛的脸上，都亮起了兴奋的光彩，仿佛这话题于她们是一种开心的娱乐。

“谁说不是呢，你说这孟媛媛吧，老公死了一年多，也不见再找一个。你觉得她是找不着男人吗？当然不是！虽然她长相也就那样吧，但她有本事着呢，男人们都喜欢这种调调！她要是想再找，想上门闻腥的男人估计得排长队！可她偏不找，你们说为什么？”

“为什么？为什么？”

“嘿，她花心肠子可多着呢！她呀，只有一直单着，咱们巷子里那些男人心里才能和猫抓似的痒痒，争先恐后地给她献殷勤。瞅瞅她和男人一点都不避嫌的劲，以为我们看不出来吗？哎哟，提到她我就难受恶心。”

“可不是！我看她那女儿和她妈长得一个模子里刻出来的，现在她那小嘴就厉害得紧，指不定以后母女一起开店，开的是什么店那咱可就不敢问了……”

“哈哈哈哈哈哈……”

女人恶意而尖锐的笑声响透整个巷子。

季珍珠感觉自己的胸口像堵了什么东西似的，这种难受的感觉，她已经很久没有过了。

但她永远也不会忘记。

一个漂亮的单身女人，一个漂亮又贫穷的单身女人，一个漂亮又贫穷还生活在许多男人垂涎的目光和女人恶意的评论里的单身女人。

她怎么会不熟悉这种感觉呢？

在遇到黎教授，成为尊敬的教授夫人以前，在她出生的小山村里，在她读书的小县城里，在她刚工作时的酒店小姐妹中……她就是此时在女人们嘴里被说成又骚又有心机故意勾引所有男人的那个漂亮姑娘。

开始的时候她还吵闹，还试图用破坏性的力量去反抗，但后来她开始明白，那些恶意是一张黏黏糊糊的网，沾着无数人的口水，罩在她的身上，根本不可能弄干净。

人们只会相信结果。

但她处在那个环境里，她就是人们嘴里的谈资，没有人会同情她，欣赏她。

她只有换了一种身份，那些人才会像狗一样摇着尾巴赞美她，惧怕她。

其实，她一瞬间就明白了花深母女的处境。

一个寡妇，一个孤女。

但正因为明白，她才更加想加速逃离。

她再也不想接触到这些人了，哪怕是一丝一毫，她也不想冒险。

这些人就像阴沟里的老鼠，睁着猩红的双眼，窥探着人心的丑恶与秘密。

她们说的也许是编造的，也许孟嫒嫒本身并没有那么不堪，并没有去勾引这条街上所有的男人来稳定自己的生意。

但这重要吗？并不重要。因为她根本没有能力逃离这里，她只能陷在这些传言里，不管是真是假，最后都会变成真的。

而就算此时她没有这么做，但她的心里，就真的干净吗？

季珍珠再清楚不过了！

她对黎教授，真的是命中注定的爱吗？！

如果给她选择的机会，黎教授还会是她最好的选择吗？她根本不敢去想！因为她害怕！

她知道自己的小心思，她难道不是在成长的岁月里，无数次如同这些人嘴里说的那样，假装不在意，却实际在用自己的每一个细胞搜索着猎物，希望有朝一日一击而中，抓住一个男人，把她带向她的理想生活吗？

物色一个男人且成功了，是她的本事。

但本质上和那些愚蠢的女人去出卖自己，似乎也没有太大不同。

不过都是一场心机和算计罢了。

所以，她一眼看穿了花深这种女孩。

她们看似大大咧咧、豪爽仗义、明朗清高，其实，不过都是她们的心机装扮罢了。

花深就是想要用这种方式，出其不意地攻占海洋的心，然后抓住他，成为下一个以爱情为名改变了人生阶层的胜利者。

她看穿了！

但她不会给花深这个机会！

她已经成功了，她已经不是过去的季珍珠了，她要给她的儿子铺设更美好的未来。

海洋有更多更好的选择。

以黎教授现在的身份地位，以海洋现在的智慧能力，他能够飞到多高，那可不是这种破烂地方的女人能够想象的。

也许，叫花深的小女孩确实救了海洋，但那也不过是一个偶然，没有花深，也许也会有其他人出现，不是吗？

他们一家人根本没有必要为此心怀太多不安。

一念至此，季珍珠心里已经想得清楚明白。

季珍珠目光四顾，然后走到了巷子另一处，找了个便利店买了瓶水。

老板是个老头，看起来面目还算和善。

季珍珠从包里拿出一张二十块的，递给老板：“不好意思啊，我没零钱，你要是找不开就别找了。”

“这怎么好意思呢，找得开，我找得开。”老头连连摆手，执意找钱。

“是这样的，老伯，我有件事想跟你打听打听。”

“什么？”

“你们这片有几家卖水果的啊？”

“就两家，喏，前边那有一家，还有另一家，要再往那边走拐两个弯，叫阳光甜甜水果店。”

“那个阳光甜甜水果店，是不是一对母女开的？”

老头点头：“是花深和她妈妈，你认识？”

“不认识。刚才听那边的人在议论，好像说这个开水果店的老板娘不太检点。”

“哪儿啊。”老头不以为然地摇头，“这些婆娘的嘴，都是害人的鬼，净瞎说啊。人家花深妈妈人能干、漂亮，花深爸爸死了，她一个人撑起店，不哭不闹不麻烦政府，把女儿拉扯大，可没靠过任何人。那些婆娘就是妒忌。”

“这样啊。”季珍珠略一思忖，“那花深她爸是病死的吗？”

“病死？老花那身板不错的，当过兵，人也好，唉……要不是遇到意外，现在他们一家人可和美着呢。”

“什么意外？”

“那是前年底的事了，我也记不太清了，好像是老花开公交车下夜班回来的路上，不知道怎么回事跑到一个工地上去了，也不知道被谁捅了一刀，又没及时送医院，一个高高大大的好汉子，可不就没了吗？”

老头的话，在猝不及防间，像一把利剑，突然凌空劈开，把季珍珠原本还带着微笑的面具，瞬间击个粉碎。令她惊慌失措到失态，几乎下意识间朝后退了一步，差点摔倒。

老头还想说什么，一抬眼看到季珍珠面色惨白摇摇欲坠的样子，吓了一跳，立刻把要说的话忘了，举着找的零钞问她：“怎么了？”

他话未落音，就见季珍珠和见了鬼似的，找的钱也不要了，招呼也不打一个，转身就飞快地朝巷子外走去。

她走得那么快，简直像在小跑，好像身后有什么东西在追似的。

老头举着零钞追了几步没追上，又担心没人看店，只好返身回来。

他一边走一边摇着头，一脸疑惑，不知道到底发生了什么。

Section6.

花深才放学，走到巷子口看见远处一个有点熟悉的背影，穿着这地方很少有人穿的精致旗袍，挽着漂亮的手袋，样子却十分狼狈，像遭遇了什么惊吓一样，慌慌张张毫无形象地朝巷子外跑去。

她认人能力一向不错，只远远看了一眼，就认出对方好像是黎海洋的妈妈。

她想追上去，又觉得实在不太可能。

黎海洋的妈妈那高傲的性格，怎么会来她们家这片儿呢？

可能只是有点像的人吧。

花深回到家中随口问了句，孟媛媛说没有人来。

于是花深思忖着果然是自己看错了，也没放在心上，从此不再提起。

季珍珠一路失魂落魄地回到家，坐在沙发上，好半天才回过神。

想想又觉得是自己过于敏感了，花深的爸爸下班路上被人捅了，和她之前遇到的那桩秘密旧事，根本不可能这么巧正好是同一件事。

那件事过后，她大病一场，躺在家里一个月没出门。或许是潜意识里的逃避，那一个月，她电视不开，手机也不看，黎教授只以为她感染了风寒难受得紧，对她倒是更疼爱了些，却不知道她只是害怕看到新闻上出现某中年男子意外死亡的消息。只要没看到，她就可以一直安慰自己那晚只是一场噩梦，而那个救她的男人，已经没事了。

但后来，她终究还是在黎教授读的早报上看到了，那个救她的恩人到底还是死了，凶徒去向不明，警方悬赏万元征求线索。

那些天，她闭上眼睛，脑海里就浮现出恩人的脸，然而，要她站出来向警方提供线索，她却是死也不愿意。

一年多过去了，季珍珠以为自己已经渐渐淡忘了那件事，然而午夜梦回时，却仍然会不时梦到那个压在她身上喘息撕扯的丑恶身影，以及那个一身是血倒在雪地里无知无觉的男人。

以至于这件事已经成了她最大的心魔，她甚至害怕自己说梦话时把秘密泄露，因此睡眠质量也变得奇差。

季珍珠有些懊恼地叹了一口气，暗骂自己没出息。

那便利店老头说的花深爸爸的事，和她遇到的那件事，根本不可能有半毛钱关系，时过境迁，哪里有这么巧的事。

但不管怎么样，花深这个小姑娘，从哪个方面来说，都应该杜绝其和海洋走得过近，最好是从此路归路桥归桥。

他俩本来就不该是一个世界的人，命运错了一个音，就不应该一直错下去。

想到这里，季珍珠猛然站了起来，随手整理了一下自己的发型，然后昂首挺胸走向儿子的房间。

黎海洋正在写作业，季珍珠雄赳赳地冲进来的时候，他被骤然响起的巨大的开门声吓了一跳，手里的钢笔在草稿纸上画了长长的一条痕迹。

黎海洋有些无语地回过头："妈，你进来前能不能先敲门？"

季珍珠扯出一个狰狞的微笑："妈妈进儿子房间还敲什么门？难道你有秘密瞒着妈？"

"算了……"他知道和老妈争辩无用，只会白耗力气。

"海洋啊。"对于儿子的"听话"，季珍珠很满意，一屁股在儿子的床边坐了下来，"最近你在学校里一切都好吧？"

“老样子。”黎海洋有些诧异，不知道妈妈这是唱的哪一出。

“上次听你说，那个叫花深的小姑娘啊，就是和你一起遇到杀人犯的那个，和你是一个年级的是吧？”

黎海洋听到花深的名字，不知道为什么，心里一跳，本能地故意把目光定在了作业本上，假装自己毫不在意。

“嗯，好像是吧。”

见儿子似乎不甚上心的语气，季珍珠顿时一颗心放下了一半。

“那你们平时见得多不多？会不会在一起玩？”

“我哪有时间和同学玩啊？”黎海洋脱口而出，“每天忙死了。”

这倒是。季珍珠想，她家海洋学习一向自律，从小到大每天的日程安排得满满当当，不到晚上十二点不上床，放学立刻就往家里赶，确实是没什么时间玩。

这么一想，她提着的另一半心也放下了。

但她还是有心试探了一下：“我看那小姑娘挺漂亮的，你说是不是？”

“我怎么知道。”黎海洋说，“妈，你干吗啊，怎么今天怪怪的？”

季珍珠赶紧站起身来：“没事没事。你爸不是让我去人家家里感谢人家嘛，我今天去过了，以后啊你就安心学习，别想那件事了啊！”

“早没想了。”黎海洋说。

闻言，季珍珠终于放心地出去了。

看来没什么可担心的，她家海洋还是个孩子，和那个野丫头不过一面之交，两个人完全不是同一个风格，不可能成为朋友的。以她家海洋的性子，大概现在在路上见到那小姑娘，都不见得会注意到了吧。

她却没有看到，在她关上门出去后，黎海洋终于长长地呼出一口气来，因为紧张，他的脸变得异样的红，不擅说谎的他，说一次谎，可真是太难了。

他也不知道为什么会对妈妈说谎，只是出于本能，他对于承认自己牢牢记着花深并且在学校里和她有了主动交集这个事实感到莫名羞涩。

那时候，他还不知道，年少的自己，对于花深的这种牵肠挂肚又敏感羞涩的情绪，就叫作心动。

这天早上，花深起晚了，她急匆匆地出门，顺手从水果店里拿了个苹果，随便擦了擦就啃。

“还吃！马上要迟到了，你还吃！”孟媛媛在她身后挥着早上烙饼的锅铲做追赶状。

花深撒腿就跑，边跑边喊：“我吃完才有力气跑嘛！”

刚跑到路口，她就看见了那道清瘦的身影推着一辆自行车，站在那里等她。

“黎海洋！”她高兴地冲他挥手，声音脆生生的。

少年的皮肤本来就白，染上一点红就明显得要命。他咬咬牙，对着跑到面前的她：“你能不能别叫那么大声！”

花深咬了口苹果，嚼得咯嘣咯嘣，仿佛能想象那苹果在她红润的唇间汁水四溢的样子，看得黎海洋莫名地口干舌燥。

她却一脸天真：“为什么？”

黎海洋的脸更红了，他不知道该怎么说，只觉得看到她的笑容，自己的牙齿莫名地痒起来。

他总不能说他的名字从她嘴里这样大声被叫出来，会让他心跳加速吧？而且他莫名地感觉到周围所有人都在看着他们似的，难道她都不怕吗？

黎海洋无奈，只得从书包里拿出本子递给她，说：“给你作业。”

花深眼睛一亮，瞬间咬完最后一口苹果，把果核扔进了路边的垃圾桶，然后开心地接过来：“哇，你好棒！”

花深翻着自己的作业本，一如既往地惊叹黎海洋不但帮她写好了她最头疼的数学作业，而且竟然模仿她那歪七扭八的字迹模仿得足以乱真，要知道，他本来的字，可是俊秀飘逸堪比字帖的啊。

“黎海洋,你真是个天才。我怎么没有早遇到你呢？”花深由衷地说道。

少年的脸更红了些，但反正粗心的她也不会注意到。

他偏过头不自在地说：“快点上来，要迟到了。”

“噢！”花深赶快收好自己的作业本，“对不起我今天起晚了，你等很久了吧？”

“还好。”黎海洋把自行车扶正，示意她上后座。

“你怎么早不说你会骑自行车呀，害咱们俩还赶了那么多天的公交车。”花深一边跨上后座，一边念叨。

黎海洋也不回答，长腿一蹬，伴着花深的一声尖叫，自行车摇摇晃晃地上路了。

接下来，那条上学的路上，就听到一阵阵鬼哭狼嚎。

“黎……黎海洋！你到底会不会骑啊！”花深感受着自行车版的“夺路飞车”，一边不断发出惊险刺激的尖叫，一边死死抓住了黎海洋的衣服。

“刚学会。”黎海洋一边努力把住车头，一边用力蹬车。

“啊——你竟然拿我做试验品！”

“别乱动！”

“我没动！是你的车在乱动！”

“你抓好！”

“啊——黎海洋你是不是报复我要你帮我写作业！我要跳车！”

“你敢！”

“我不敢，我不敢！妈呀，你小心！”

第三章

秋尘·风落

花深静静地望着黎海洋的背影，少年清瘦又挺拔，夕阳的余晕肆意地躺在他的肩膀上，风都不忍惊动，却呼啸着吵醒了她心里沉眠的鹿。

“黎海洋，你这个大笨蛋。”

好时光

Section1.

学校花坛里的美女樱开得正热闹，那大片大片的绚丽颜色宛如宣纸上洇开的水彩，呈现出生机勃勃的春景。

初三的学业对于部分人来说紧张又急促，但对于花深来说只有两个字——不慌。

她还跟个胡闹的小学生一样，整天在学校里上蹿下跳，仿佛不知道什么是压力和忧愁。

此时，她正因为昨天晚自习突发奇想躲在课桌底下拿酒精灯烤火腿肠被举报，而在班主任顾老师的办公室里接受教育。

“花深同学，你到底怎么回事？烤火腿肠？你怎么这么有创意？我没记错的话，初一的时候你是不是在课桌底下烤过红薯？”

“不是烤红薯，是用酒精灯加热在路上买的烤红薯，没想到太香了被发现了。就是那次加热烤红薯失败了，我想来想去，觉得烤火腿肠成功的可能性大得多，所以……”

顾老师从初一开始就是花深的班主任，所以对她的风格很是熟悉，经常拿她又无奈又无语。

“你说你一个女孩子，怎么这么淘气呢？你什么时候才能成熟懂事点？”

“顾老师，其实我觉得成熟懂事这件事挺无趣的……”

“你还有理了你！成熟懂事让老师家长少操点心！”

“我妈其实不怎么操心我的事……”

顾老师没办法，只好挥挥手：“回去吧，检讨写真诚点，明天在班上念。”

花深摇头晃脑地从老师办公室里出来，径直下了楼。

为了节约尖子生们上下楼梯的时间，初三火箭班都设在了一楼。花深蹦蹦跳跳跑到最左边那个教室，最近她经常往这里跑，已经熟门熟路了。

火箭班就是火箭班，明明是下课时间，教室里的人坐得比他们上课的时候还要规矩。

她跑到后门那儿，伸长了脖子往里看，冷不防后面有人轻轻拍了一下她的肩膀。

“哇！你在这里！”花深回头看到黎海洋正站在她身后，惊喜地蹦了一下。

“又干吗？”黎海洋知道她无事不登门。

“给你好东西。”花深笑眯眯地递过一张折好的纸。

她的眼睛又大又圆，眯起来的时候，也挡不住里面流光溢彩的光华，难怪有男生私下里讨论，说她是年级“级花”。

教室后排的男生看到了这一幕，立时发出了起哄的嬉笑声。

“什……什么？”他听到自己的声音可耻地结巴了。

“检讨！你没写过吧？”花深一副很遗憾的语气，“你知道吗？我一接到这个任务，就想到了你。我想啊，检讨这么有意义的东西，你这辈子却从来没有写过，多么遗憾！所以我马上就决定，把这个任务交给你，让你的人生变得圆满！你说，我是不是好朋友？”

黎海洋的脸迅速青了：“你！”

“你什么你呀！快谢谢姐姐。”花深为自己的厚脸皮暗点一个赞。

其实，她虽然皮是皮了点，但对别人，好像也没到这么“厚颜无耻”的地步。唯独对黎海洋，不知道为什么，她就是特别想“欺负”他，看他对自己无奈又顺从的样子，看他打破他那冷冰冰的学霸脸，为了她做一些他从来没有做过的出格的事的样子……

有时候她也会想，自己是不是有点太过分了？

可是黎海洋好像也没有真的生过她的气啊。

果然，对于帮忙写检讨这种奇葩要求，黎海洋也只是叹了一口气，还是伸手把那张纸接了过来。

“写可以，但我有个条件。”

“哈？”

长进了呀，还学会谈条件了。

“以后不许自称姐姐，你又不比我大。”

“这个嘛……”

“不答应就不写。”

“别别别，答应答应。海洋哥哥，拜托了！”

“不要乱喊。明天早上接你的时候给你。”

“嘻嘻，好！对了，放学等我一下，请你吃好吃的烤串！”

结果放学之后，花深还没来得及出校门就被人堵了，还是被一个初二的男生，长得矮矮胖胖的，有点像《机器猫》里面的胖虎。

花深不屑地看了他一眼：“有事吗？”

“你是不是那个水果店家的？”

“嗯，我家是开水果店的，怎么了？”

“你妈上次卖给我的那个西瓜根本就不甜！我妈吃完气得打了我一顿！”

花深难以置信地打量着“胖虎”，会有人因为西瓜不甜就打自己儿子吗？

“你不是亲生的吧？”

“哈？”

花深突然笑了，她感觉自己猜到了什么。

“肯定是你自己不听话或者没考好惹你妈生气了你妈才打你的，自己努力点少怪东怪西怪瓜瓜。”

“你！”“胖虎”明显是被猜中了心思，脸都红了。花深却懒得跟他废话，把他往旁边扒拉：“让让，我赶着回家。”

“给我上！”

看到花深一副不把他放在眼里的样子，“胖虎”一声令下，那口气大得仿佛背后跟着千军万马一样，倒把花深吓了一跳。

结果回头一看，哪里有什么帮手，就他一个人，居然还自己喊自己冲，像是在给自己打气。

什么人啊？

花深简直叹为观止。

更奇葩的还在后头。

“胖虎”喊完了，径直走到离花深还有两步的地方，伸出胳膊。在花深还没明白他的意图时，他自顾自地推了花深一下，嘴里还嚷起来：“打我呀！来打我呀！”

花深震惊了，她这辈子都没有听过这么奇怪的请求。

在到底是应该满足此人的愿望再写一份检讨或是一走了之之间思考权衡了一秒，花深决定绕路，她懒得理这个幼稚鬼，绕开他就准备走了。

谁知道“胖虎”竟然以为她示弱，瞬间胆子又肥了一圈，两步上前拦住她，又伸手推了她一把。

花深愤怒了。

她最讨厌被人无缘无故触碰，还是两次！

既然你诚心诚意地请求，那我就大发慈悲地满足你吧！

她甩掉书包，二话不说一个飞扑，一拳把“胖虎”打倒在地。

花深虽然是女生，但身体灵活，加上气势无畏，没几下“胖虎”同学就开始哭爹喊娘，还引来了大量吃瓜群众围观。

但男生毕竟力气大些，一旦开始真打，女生还是吃亏。

“胖虎”被花深揍了几下后，脑子一抽，急红了眼一般使出吃奶的力气一顿乱扑。

这下子，花深就吃亏了。

眼看花深反过来被“胖虎”压倒在地，而老师居然还没有赶到。

她心里暗叫一声不好，本能地举起双手护住自己的脸，担忧脸上挂彩会破相。

突然，她感到身上一轻，原本那股像是巨石压顶的不适感，顿时轻松不少。

她一骨碌爬起来一看，好家伙，刚才还压在她身上的“胖虎”，此时被一个看起来清秀文弱的少年死死压在地上动弹不得，而那少年正转过头来担心地看着她，不是黎海洋是谁？

“黎海洋！你下来！换我上！”

花深二话没说就扑了上来，准备把黎海洋掀下来。

她想得很简单，在学校打架这事，可大可小，但她本来就是老师眼中的调皮鬼，多一件事少一件事也没多大区别。

但黎海洋不同。

他是学校的骄傲，是老师心里的模范生，是光荣榜上的风景线，是不能沾上灰尘和泥土的阳春白雪。

私下里欺负他写写作业写写检讨无所谓，但是要动真格的，她不允许。

听了花深这一嗓子，少年原本还算冷静的一张脸瞬间变成了调色盘，震惊、疑惑全撒上去了。

花深可管不了那么多，猛地一把将黎海洋从那个“胖虎”身上揪下来，自己一屁股就坐了上去，正正地坐在人家的肚子上。

于是，老师们赶到的时候，看到的就是这样一番情形：

花深武松打虎般稳坐在“胖虎”肚子上，“胖虎”正一把鼻涕一把眼泪地号啕着喊妈妈，而黑着脸正从地上爬起来的竟然是本校之光，品学兼优的黎海洋。

当然，后来老师们无论如何不相信黎海洋会打架，加上花深的力证，黎海洋就成了试图分开打架的同学而被误伤的无责任的过路群众。

“胖虎”同学先动手挑事被记处分，花深算是自卫还手但有点过火加写检讨一份——这糊里糊涂的结果，就是后话了。

Section2.

那一年的冬天特别冷，花深家为了省电费很少开电暖气片，放学后她就经常去她在其他小区发现的一间免费自习室写作业。

那自习室是爱心人士捐助的，每天空调总是开得暖暖的，里面还有公益书架，摆着不少课外书。

可惜这么好的地方，来的人却并不多，花深发现后十分欢喜，很快就推荐给了黎海洋。

这天晚自习学校突然停电，花深见时间还早，就背着书包去了自习室，准备先在那儿把昨天没看完的一本小说看完再回家。

刚进自习室，就看到一个熟悉的身影笔直地坐在一张小桌前，桌上摊着书本和纸笔，而少年聚精会神的侧影在灯光下温柔又认真。

花深原本想大喊一声吓他一跳，却不知道为何，下意识地放轻了脚步，像一只轻盈的猫儿一般，无声无息地走到了他的身边，顺手拿起了旁边书架上那本她没有看完的小说。

黎海洋不用抬头就知道是花深来了。

花深的头发有一种淡淡的橙花香，靠近了，就好像吃了一颗甜甜的沐浴足了阳光的橙子，令人清醒又愉悦。

每当她靠近他，他的心就会跳得很快很急，手也有点不稳，他一度疑心是那香气给他下了蛊。

她不说话，他也不说话。

他偷眼瞄去，她在看书。

他有些看不进那些原本亲切又熟悉的练习题。

最终，还是他先沉不住气开口。

“作业写完了？”他问。

“写完了。”花深笑意盈盈，很是得意，“谢谢小黎老师强行给我补课讲题，本人最近的作业已经不需要代写，而且完成得快多了。”

黎海洋面上一热，假装心无所动的样子，内心却是喜悦的。

“写完了作业就刷刷题，又看小说。”

“我不要。”

花深朝他做了个鬼脸，把手中的小说朝他亮了亮。

书封上的名字看得黎海洋差点被口水呛到：《据说我会爱上你》。

花深一本正经地解释：“我在研读文学作品。”

黎海洋被她逗笑：“这位文学青年，你知道‘东皋薄暮望，徙倚欲何依’的下一句是什么吗？”

花深果然被考住了，但反正考官是他，她可以耍赖。

“小黎老师，现在是下课时间！”

“过来看。”黎海洋才不上当，扯过一张白纸，在上面龙飞凤舞地写下四句：“东皋薄暮望，徙倚欲何依，树树皆秋色，山山唯落晖。”

“背下来，下次可能会考。”他把纸放在她的手里，然后回到自己的题海里去了。

通过这几个月的相处，花深已经深深地了解到，学霸就是学霸，黎海洋说会考，那多半会考，他要她背，就是在给她复习。

她只得放下小说，乖乖开始背诗。

她记性不错，很快就记牢了，眼珠一转，那边黎海洋还在埋头写字，钢笔在纸上发出轻微的摩擦声，墨黑的字如同流畅的乐符从他的笔下源源不断地流出。

少年那白净的脸上，低垂的长长睫毛如蝴蝶翅膀，温柔收敛栖息，令人一秒心动。

花深想，这个世界上，大概没有人，能够逃过此时这一刻的黎海洋的诱惑。

她也不能。

黎海洋收拾东西的时候，花深已经先走了。

她刚才坐过的位置上，似乎空气中还残存着一丝橙花的香气。

黎海洋发现他刚才给她的那张纸还放在小桌上，便随手拿起来。

他扫了一眼，突然愣住了。

在他写的那四句诗旁边，多了一幅铅笔小象。

笔法细腻，看得出用心。

只看了一眼，他的脸便从耳朵红到了脖子根。

那在温暖的灯光下伏桌写字的少年，正是他自己。

他从来都不知道，他这么好看。

或许是在花深的眼里，他这么好看？

这个想法更令他的脸像火烧云一样沸腾起来，小小的自习室里，他甚至听见了自己击鼓一样的心跳声。

患得患失的少年，最后小心地把那张白纸对折，珍而重之地放进了自己的背包里。

红墙琉璃瓦，斑驳岁月长。

冬天过去以后，春天就来了。

黎海洋依然每天一早骑着自行车反向跨越两个街区前来载花深上学。

他们也依然经常在那间小小的自习室里“偶然”遇见。

但是谁也没有说过一句越界的话，只因他们都无比珍惜着彼此的存在，越是如此，越是小心。

冬尽后的第一缕春光温暖着少年们稚嫩的皮肤，把最美好的时光凝结成一颗珍珠，安放在漫长岁月的海里的小岛上。

Section3.

何青苗抱着画板从公交车上下来。

她的身后，跟着她的父亲，一个头发已经斑白的中年男人。他戴着一副厚厚的黑框眼镜，显得老实又严肃，但他努力地挺直了腰杆，让自己看起来更有力量一点，守护在女儿身后。

却只使人感觉一种无力和悲凉。

何青苗回头牵了一下爸爸的手，父女俩并肩而行。

何青苗也大不一样了，她看上去异常消瘦，比起之前的活力四射，现在的她看起来是那么沉默内敛，简直判若两人。

一下公交车，虽然父亲就在身旁，她还是立刻敏感地往左右看了一眼，因为瘦而显得更加大而亮的眼睛里，清楚地写着不安。

可是此时明明是白天，还是正午时分，大街上人流如织，车水马龙，温暖的万千金色丝线自天空而降，笼罩在每个人的身上，只是始终无法焐热被噩梦冻住的人心。

父女俩沉默地走向一栋大楼，到达了位于十一楼的美术班教室。

直到看到女儿走进教室，父亲才慢慢转身，暂时离开。

四个小时后，在美术班下课之前，他又会准时地赶到，在教室外焦灼地等候，直到女儿的身影出现，他再如儿时一样上前牵着她的手，父女俩沉默地踏上归途。

何青苗走进教室，和老师打过招呼后，坐到自己平时练习的座位上。

她忍不住又透过玻璃窗朝外看了一眼，正看到父亲转身离开的蹒跚背影。

她鼻头一酸，迅速低下头，怕被人看到眼泪。

自从姐姐何青柚出事后，他们这个原本人人羡慕的幸福的家，就变成了现在这样。

妈妈无法再正常工作，终日以泪洗面，神情恍惚，偶尔入眠，立刻被噩梦缠身，撕心裂肺地哭醒，甚至试图自杀去追随青柚。

虽然她和青柚是双生子，但她一直知道，在妈妈心里，是更喜欢温柔懂事、知书达理的青柚的。

以前青苗并不妒忌，她知道姐姐比她更乖更完美，但正因为有了姐姐承载了父母师长的所有期待,她才可以更加任性自由地活在自己的世界里，况且，她对青柚的爱，不比任何人少，只会更多。

然而，当青柚遭遇惨祸，一夕离去，她才知道，把所有的希望和美好都扔给青柚去承载，意味着青柚一旦倒下，父母的信念也就轰然倒塌。

青柚刚去世的那阵子，妈妈没日没夜地哭，她也陪着哭。

直到有一天，妈妈实在太过疲惫，昏睡过去一小会儿，结果醒来时一睁眼，看到守在身边的青苗，那一瞬间，她眼里燃起希望，可在发现这是青苗而不是青柚后，出事以后紧绷的神经终于炸了，疯狂的语言像子弹一样胡乱扫射，将原本同样奄奄一息的青苗和爸爸射得粉碎。

因为青柚出事的那天，是爸爸脚受伤了才无法去接她们姐妹，结果青柚在途中遭遇了恶魔，因此出于爸爸的自责几乎将这个一辈子老实谨慎的男人彻底击垮，他不但无力安慰她们母女，反而自己也成天喝得烂醉，抱着青柚的照片不停地流泪。

那天以后，青苗麻木而绝望地看着镜子，告诉自己，自己不配再做何青苗了。何青苗间接害死了完美的、被所有人期待着心疼着的何青柚，青柚已经死了，那何青苗又有什么脸面继续活着？

从此，她活着唯一的意义和目标，就是赎罪。

幸好她有一张和青柚一模一样的脸。

如果她不能代替青柚去死，或许，她可以代替青柚活下去，代替青柚去完成她此生未完的所有心愿。

那天以后，想明白了的青苗就变成了另一个“何青柚”。

过去她最不喜欢穿裙子，因为她生性活泼爱运动，穿裙子总是不太方便。但青柚却是文静淑女，无论四季总是喜欢穿着各色裙子。于是，现在的青苗，也穿起了裙子，留起了和青柚一样的发型。

过去青苗喜欢唱歌跳舞，她从小学舞，在舞蹈班里一直是领舞的，青柚出事时，她正在尝试街舞排练。而青柚则在学绘画，在画板前一坐就是半天是她常干的事情。

现在，青苗坚决退出舞蹈班，背起了画板，走进了过去青柚去的那家绘画教室。

她不再高声说话，而是温柔和缓地开口，她再也不和父母顶嘴，坚持自己的想法，而是对父母的一切要求都乖巧顺从。

她还开始像青柚一样拼尽全力地努力学习，原本中游的成绩，也突飞猛进。

她立志要活成何青柚。

只有这样，她想起姐姐时，心里才会稍感一点安宁。

仿佛青柚正在天上看着她。

而父母，在短暂的惊愕后，似乎也默默接受了青苗的改变。

一家人心照不宣般不曾提过她改变的原因，但妈妈的情绪一天天变得稳定起来，爸爸也慢慢戒掉了酒，在三人的餐桌上，偶尔又有了聊天的声音——这让何青苗更加坚定了，自己的选择是对的。

就让何青苗死去吧，就当活着的这个她，是每个人都喜欢的何青柚。

只是，爸妈对她的看管更严了。

或许那已经不能用“严”来形容，他们把她看作一个婴儿，恨不得时时刻刻守在她的身边。

只要她出门，无论远近，爸爸必亲自接送，绝不允许她独自行动。而妈妈则是随时随地打电话查问她的行踪，确认她的安全。不管她在做什么，妈妈一个电话过来，她就必须秒接。有一次因为上公开课，她把手机设置为静音，下课后看到妈妈的一百多个未接来电，差点吓到了。

她回拨过去一问，那边接电话的人是爸爸，那头传来惊天动地的声响，是以为她也出事的妈妈犯病了。

从那以后，何青苗就告诉自己，她是为父母而活着的，只要能让父母宽心无恙，她愿意一生做个提线木偶。

画到一半的时候，何青苗突然觉得小腹胀痛。熟悉的感觉让她一下子明白过来，是提前来例假了，而她什么也没带。

原本她答应了父母，没有他们的陪护，绝不走出教室半步的。但这种事怎么也不好意思公开说，她看了看窗外明媚的阳光，犹豫地举起了手。

两分钟后，她独自出现在一楼的小超市里，买了一包卫生巾放进随身包里。

走出小超市时，扑面而来的阳光和墙角的阴影恰好在身前身后划出了两个世界，一明一暗。何青苗不知道为什么，脚步顿了顿，她眯起眼睛，慢慢仰起头。

她的身体仍然立在阴影的一半里，姿态却仿佛想要跨出一步，去拥抱阳光。

就在这一刻，一个声音突然让她惊跳起来，因为过于惊慌，她觉得自己身体瞬间变得冰凉。

“喂。”

只是轻轻的一个音，便把眼前的女孩吓到嘴唇惨白，原本漂亮的眼睛瞪得巨大，里面全是惊恐。

少年云商看着那张原本总是笑如春花的脸，心里生生地抽痛。

没有人比他更明白，那惊恐是为什么。

可是，他如此无用，无论是当日，还是现在，都使不上半分力气。

只能眼睁睁看着他的小女神在黑暗里下沉，下沉……

“你……你别走！”

看到何青苗拔腿就要跑，云商急了，下意识地伸手抓住她的斜挎包带子，却换来女孩失声的尖叫。

“我不是坏人，不是坏人！”云商吓得赶快松手，双手乱摆，“我是……我是你同学。”

何青苗大概也觉得自己反应有点过激了，脸上一热，有点不好意思。

眼前的少年瘦得可怜，戴着一副傻傻的黑框眼镜，手脚无措，说话结巴的样子，要是真打起来，她和他还指不定谁占上风。

她原本就不是胆小的女孩，只是青柚出事后，她潜意识里，把自己当成了柔弱的青柚了。

“你是谁？有什么事？”

云商见何青苗没有再跑的意思，终于松了一口气，涨得通红的脸上已经满是汗水。

这半年来，何青苗即使出现在学校，也从来不孤身出教室，在校外更是有她父亲形影不离贴身跟随，天知道他等了多久，才等到这个单独和她说话的机会。

可是，他真的有话必须和她说。

“我想问……”他艰难地用力深吸一口气，又缓缓地吐出来，生怕自己太激动又触发那该死的失语症，“你不去跳舞了吗？”

少年紧张的目光里充满了热切，何青苗听到“跳舞”二字，蓦然一怔。

她又仔细看了看面前的云商，思忖难道这是她以前舞蹈班的同学？看着是很眼熟，但是看他这身板，不可能是练舞的啊。

说到跳舞，何青苗心里又是一酸。

舞蹈是她从小最大的爱好，她从四岁开始练习基本功，十岁已经是学校里各大演出的领舞。

但是，自从决定成为青柚的替身，她就放弃了最爱的舞蹈，转而拾起了青柚的画笔。

也许是潜意识里，她想要彻底埋葬过去那个阳光自信、活泼开朗的何青苗，因为是她间接害死了姐姐，她不配再拥有自己的人生。

“你是谁？”

没有正面回答少年的问题，何青苗又问了一遍。

“你不记得我了吗？我……我很喜欢去看你们练舞的，有一次你还帮我捡了眼镜。”少年红着脸说。

他当然不能说我是因为喜欢看你跳舞。

何青苗“哦”了一声，想起来了。

是有这么个人，有时候会出现在练功房外，因为经常有想加入舞蹈社团的同学围观，她们倒也习惯了。

对他有点印象，是因为他说的捡眼镜事件。

其实不是捡眼镜，是他被几个男生欺负，故意摘了他的眼镜扔进草丛，让他到处找，而她刚好看见，不但捡起来还给了他，还叫来老师把那几个坏小子训了一顿。

如果不是他说，她也把这人这事忘了。

“不跳了。”知道了对方确实是同学，何青苗也彻底放下心来，但她并不想多提这件事，冷淡地回答了一句就想走。

云商又急了，追着问：“为什么？你跳得很好的。”

她难道不知道，当她翩然起舞的时候，整个世界的阳光都仿佛落在了她的身上，令她像一个闪闪发光的女神？

舞蹈中的何青苗，是多么自信、美丽，不可轻视啊。

他从小就因为胆小又体弱常被欺负，有一次他几乎忍受不了羞辱，哭着想回家坚决辍学时，恰好路过学校舞蹈社团的练功房，看到了穿着白色短裙的女孩，像一只骄傲的天鹅一样，在独自起舞。

她时而激情，时而哀伤，她那么投入地沉浸在自己的舞蹈世界里。

他呆呆地盯着她，痛苦的心竟渐渐平静。

后来，在学校的文艺演出上，他又看到了舞台上的她，依然那么闪亮，魅力四射，充满了自信和活力，他知道了她的名字：何青苗。

再后来，他被人欺负被她撞见，她替他出头，虽然可能到最后，她也根本不知道他是谁……

“为什么……为什么不跳舞了呢？你那么喜欢……”云商一直跟到电梯间，急急地在身后喋喋不休。

何青苗突然愤怒了，猛地转身，伸手将他一推，同时大喊道：“关你什么事！走开点！”

云商猝不及防地被她一推，踉跄着倒退两步，竟然一屁股坐到了地上。

何青苗也被自己吓到了，但是转眼间，她感觉到委屈的泪水已经模糊了双眼。

为什么要向你解释？你是谁啊？

你又怎么会知道，我们家遭遇的噩梦？你又怎么会知道，我为什么不再跳舞了？

你不知道，你们不知道，你们都活得好好的，可是青柚却悲惨地死去了。

所以，你们有什么权利来管我们怎么活？

何青苗流着泪，转身冲进电梯，快速按上关门键。

坐在地上的少年傻傻地看着何青苗消失，才慢慢站起来，他似乎被她一吼一推给整蒙了。

他伤心地站在原地，深深地垂着头，用只有自己才能听见的声音说：“我……我知道为什么……”

雪夜惨案发生的那晚，他无意间看到自己默默喜欢的女孩匆匆跑过，便默默跟在了她的身后，想要护送她一程。

却没有想到，在小巷子里目睹了恶魔伤害女孩的一幕。

眼前施暴的一幕，让他瞬间失语，因为害怕他的身体也变得无比僵硬，因为太害怕被施暴人发现现场还有第三个人存在，以至于被牵连，他甚至一直躲在垃圾桶后，连头都不敢抬，以至于连那恶魔的脸也不曾看到。

他尝到了自己的心被刀子搅得粉碎的滋味。

后来他才知道，那晚他跟错了人，他以为看到的是何青苗，但其实那是何青苗的姐姐何青柚……

泪水蒙住了双眼，云商恨自己的软弱、无用，不能替青苗分担分毫，却只让她更痛苦。

指甲深深陷进掌心，他却感觉不到疼痛。

因为他的天使在受难，他却无能为力，这种疼痛超过了其他所有。

“对不起……”

Section4.

这天放学后，黎海洋喊住花深，要她在校外等自己一下。

花深以为黎海洋又要抓她去画电路图、背元素周期表，顿时有点犯尿，想要溜之大吉。

黎海洋却看穿了她的心思，叮嘱道：“别跑，有吃的给你。”

听他这么一说，花深的脚就自动粘在了地上，不由自主地搓搓手，眼里露出了兴奋的光。

原来黎海洋的爸爸经常到处出差，每次回来都给他胡乱捎上一大堆礼物。以前黎海洋总是拿那些花花绿绿的礼物头疼，觉得没什么用但又不忍伤了老父亲的心。后来某一天，他主动对爸爸说，可以给他买点不同地方的特色零食。

得了儿子的指示，宠儿心切的黎教授自然喜不自胜。

从此，只要黎教授出差归来，花花绿绿的零食就会通过黎海洋的书包，飞进花深的肚子里，完成一个完美的旅程。

其实花深有时候也会想，她以前好像对零食也没有那么渴望啊，什么时候变得像贪吃的小猪一样了？

但是看到黎海洋每次“投喂”她时盯着她的认真表情，仿佛像一个求夸奖的孩子，她的心就软得不得了，甜得不得了。

反正想不清楚的事，就先放下不去想了吧。

花深心安理得地在黎海洋面前做了一只小猪。

“生日蛋糕？”花深大吃一惊。

她看着黎海洋手上捧着的那个小小的生日蛋糕，脑袋里好像打了几个蝴蝶结，思维有点短路。

这玩意儿难道也要从千里之外带回来？

不对，这蛋糕盒子上的店名，明明就是本城一家有名的蛋糕店的。

所以，到底是怎么回事？

黎海洋不敢直视花深那双瞪得圆溜溜的眼睛，他本来就不擅说谎，虽然偷偷练习了很多遍，此时仍然难免慌乱。

好在他们已经躲到了一条没什么人经过的偏僻巷子里，不然被其他人看见，黎海洋可能要尴尬到自爆。

“就是……昨天路过，看到它打折，就顺手买了。”黎海洋硬着头皮解释。

花深没有接蛋糕，却以闪电般的速度伸出右手，手心在黎海洋的额前贴了一下。

少女柔软的手心微微炽热，仿佛带着电，让黎海洋的心里一颤。

花深一脸看见智障的表情：“黎海洋，是你傻了还是我傻了？我听说这家的蛋糕要提前半个月才订得到，哪还会有剩下来打折的？再说，咱们住在东城区，你跑到西城区去买打折的生日蛋糕？”

黎海洋不想说了，他放弃挣扎，反正他从来都说不过花深，而且，这件事他做得真的有点傻。

可是，这是他半年前就想着要做的。

他闭上嘴，也不去看花深的表情了，一手托着那个小小的蛋糕，一手直接拉过她的手，把蛋糕往她掌心一放。

花深赶快伸出两只手来小心地捧着，生怕掉了。

“生日快乐。”黎海洋说。

“我？”花深用力地眨眼，仿佛此时才如梦初醒，“今天……是我的生日？”

黎海洋叹气。

他不明白这世界上怎么会有这么粗枝大叶的女孩子，别的女孩生日哪个不是提前好久就开始策划，向父母朋友要求准备礼物，她倒好，直接忘记了。

花深怔怔地看着手心里的蛋糕，还没有拆盒，但能从透明的盒窗里看到里面的蛋糕做得极其精致，细腻的糖粉撒成了粉红的珍珠和金色的皇冠，一看就知道这个蛋糕的主人，在被用心地温柔地对待。

花深原本是一副没心没肺的乐天模样，但不知道怎么回事，刚想开口，两颗巨大的眼泪就随着有点变调的“谢谢”一起跑出来了。

两个人都是一愣。

黎海洋一下子慌了，本来他想着肯定花深家里会准备生日餐、生日蛋糕，所以他就买个小小的生日蛋糕代表一下自己的心意算了。

但他哪里想得到，自从花深的父亲过世后，花深和孟媛媛就仿佛有了默契，两人都认真地努力忘记了今年的生日。

因为花盛还在世的时候，每年这母女俩的生日，都是由他精心准备蛋糕和礼物，亲自下厨做大餐。

那也是她们记忆里最温暖、最快乐、最期待的好时光。

而当花盛骤然离开了她们，这样的日子，就变成了刺骨的痛，她们避之不及。

花深索性不遮掩了，她抬手擦掉脸上的泪，笑着说："对不起……我是太高兴了。以前，生日蛋糕都是我爸买，他走了以后，我以为再也不会有人给我买蛋糕了。"

黎海洋之前听花深提过一点她父亲的事，但他不是多话的人，总觉得是人家的隐私，人家不详说，便不该问。

因此他只知道花深的父亲一年多以前意外过世了，但具体的原因，他也没有深究，更加连做梦都不会想到和自己的母亲季珍珠有着直接关系。

此时一听花深的话，他才感觉到这件事对她的打击也许比他所看见的大得多。虽然她总是一副乐天阳光没心没肺的样子，但是那么在乎父亲的她，把父亲视为天神的她，又怎么可能在这么短的时间里修复伤痛呢？

她只不过是不愿意任何人看轻她，也不愿意任何人为她担心罢了。

黎海洋不禁对她的坚强生出了更强烈的爱怜来。

他有些后悔没有把蛋糕订得更大一点。

"黎海洋。"花深朝黎海洋招招手，她找到一处路边的花坛坐了下来，示意他一起。

"我们在这里把蛋糕吃了吧。"她说。

"哦。"不知道为什么，黎海洋有点小窃喜。

他看着花深动手打开那个盒子上的酒红色蝴蝶结，然后惊喜地叫出来："有蜡烛！"

"可是没有打火机。"

"没关系，就把蜡烛插在这里。"花深喜滋滋地把"1"和"6"两个数字的蜡烛插在中间。

"许愿吧？"黎海洋试探着问。

"嗯！"花深重重地点头。

"第一个愿望，希望妈妈身体健康；第二个愿望，希望自己越来越漂亮！"花深笑嘻嘻地许愿，"第三个……"

"等等。"黎海洋连忙喊住，"第三个愿望要许在心里，才会灵验。"

"哦。"花深吐了吐舌头，"我忘记了。"

她双手合掌，闭上双目。

黎海洋看着她长长的睫毛轻轻颤动，像某种不知名的美丽蝴蝶，不禁怦然心动。

"好了。"花深默念了一句，睁开眼，假装蜡烛点了火，呼地吹出一口气，表示吹"灭"了它，然后自己给自己鼓掌。

"切蛋糕！切蛋糕！"她嚷嚷。

其实，一个比手掌大不了多少的小蛋糕，又只有他们两个人，所谓的切蛋糕，也不过就是对半分罢了。

黎海洋小心地用塑料蛋糕刀把蛋糕对切，让花深选。花深不客气地选了有小皇冠和粉珍珠的更漂亮的那一半。

淡粉色的慕斯如同水晶，入口即化，甜蜜细腻。

黎海洋吃东西时和他的性格一样斯文，慢条斯理、不疾不徐，一口一口安静地品尝。

花深则吃得满脸满手都是，典型的“花深变花猫”。

黎海洋拿出书包里准备的纸巾递给她：“擦擦。”

正在找纸巾的花深觉得黎海洋真的太好了，她从小是个假小子的性格，和男孩子们一起摸爬滚打长大，看多了普通男孩的世界，在她看来，那些家伙都幼稚又自大，讨厌又好斗，玩在一起可以，过在一起却怎么都不能想象，哪怕私下里想想，也会一身恶寒。

但是黎海洋，他是不同的。

他像春天里的清风，温柔有礼，不疾不徐，又像春天里的一场小雨，润物无声，充满诗意。

他说话从来不高声，走路也不会横冲直撞，开口前总是习惯性先停顿一下，似乎是斟酌着再想一想。

但他又是目标明确和坚定的，在街头巷尾长大的花深自认为有着一颗玲珑心，她能感觉出黎海洋的妈妈不喜欢她，所以黎海洋从来不带她去家里玩。而且学校里也有很多同学议论他们俩，尤其是嘲讽他俩的成绩差异。

但是黎海洋从来没有疏远她，或者对她提出任何要求，仿佛什么事都不曾发生。他总是会按时推着自行车出现在早晨的霞光里，微笑着等着她，又或者在她需要的时候，默默地准备一份喜悦，给予她安心。

更何况这么温柔又可爱的黎海洋，还是个长得很好看的大学霸呢。

黎海洋发现花深一直在盯着他，他有点不安地回望她：“干吗？”

“黎海洋。”花深突然凑近他的耳朵，轻轻地说，“我想和你商量件事。”

黎海洋来不及问是什么。

因为花深已经迫不及待地说了：“你给我安排点补课吧。”

黎海洋吃惊地看向她。

花深的成绩晃晃悠悠在中不溜儿“巡逻”，虽然算不上学渣，但也实在没好到哪里去。

他知道，她心不在此。

但私心里，他总还是希望她能努力一点儿，不为别的，只为了他清楚地知道自己要去的方向，他多么希望能够和她永远不分开，走到哪里，都能带上她。

但这个私心，是说不出口的少年的秘密心事。

他主动给花深辅导作业，有一些成效，但毕竟不够，这次花深居然会主动要求他帮忙补课。

“好！”黎海洋干脆地应允。

花深满意地点头，一转眼看到黎海洋手上的蛋糕居然还剩下一半，那蛋糕离她近在咫尺，散发着诱人的香气。

花深和一只真正的猫儿一样，伸头就咬了一口。

黎海洋吓了一跳，下意识松手，手里的蛋糕已经被花深叼走了。花深得意扬扬，几口把蛋糕吞下了肚。

“谁让你慢吞吞的。”花深觉得自己功夫了得。

花深得意扬扬地把蛋糕全咽下去，一抬头看到黎海洋的目光，不禁FF了一下。

不至于吧？抢块蛋糕难道让他这么生气？这是买给她的生日蛋糕啊。

没等她想明白，黎海洋突然闪电般伸出右手，一把捉住了她的右手，把她葱管般的漂亮手指放到嘴边，报复般地咬了一下。

花深“啊”的一声惊叫，把手猛地缩回来。

两个人大眼瞪小眼，仿佛一时间都呆了。

过了一会儿，黎海洋掉头就走，步履有些慌张。

花深静静地望着黎海洋的背影，少年清瘦又挺拔，夕阳的余晕肆意地躺在他的肩膀上，风都不忍惊动。

“黎海洋，你这个大笨蛋。”

她想着自己许的第三个愿望，嘴角荡开了一丝羞涩的笑意。

黎海洋，我的第三个生日愿望，是希望你天天快乐。

他们不知道的是，这一幕刚好落到姜姨的眼里。

姜姨是季珍珠的表姐，也是和季珍珠唯一还有点联系的老家亲戚，今年以来在黎家当保姆。

季珍珠整天在外面打牌，黎教授因为工作也很少在家，所以由姜姨照顾黎海洋的饮食起居。

这天她到海鲜市场去买海鲜，就正好经过了黎海洋学校附近，好巧不巧，还刚好看到了黎海洋咬花深手指的那一幕。

还因为距离的原因，她看成了黎海洋去亲花深的手。

姜姨的脸色唰地就白了。

她眼看着黎海洋跑走，过了一会儿那个漂亮的女孩也走了，赶快掏出手机，远远地把花深的样子拍了下来。

其实姜姨的饭菜做得不好吃，家务也料理得不是很利索，但她深得季珍珠的心，只有一个原因，她对季珍珠足够忠诚。

她自己姿色平平，智商平平，生活灰暗无奇，就把这个飞上枝头的表妹看作成功的典范，从心里羡慕季珍珠，佩服季珍珠，觉得季珍珠聪明厉害什么都懂，跟着季珍珠比生活在小县城那个赌鬼丈夫身边幸福得多。

也因此她对季珍珠言听计从。

当晚姜姨就跑到季珍珠房间里，把事情添油加醋形容了一遍。

在她的描述里，黎海洋放学后不回家，躲在小巷子里和女孩子约会。那女孩子长得像个狐狸精似的，一个劲地搔首弄姿勾引黎海洋。而黎海洋也被迷惑，不顾光天化日竟然去亲那个女孩子的手。

听得季珍珠全身的血都沸腾了起来，仿佛有辣椒素进入了她的血管，呼啦啦燃烧起来，一瞬间把她眼睛都烧红了。

她的儿子，她精心培养的学霸儿子，她那一心只读圣贤书的好儿子，竟然被人勾引！

可是当她看到姜姨手机里拍的照片时，燃烧的血又一下子变成了冰。

夕阳下，女孩的侧影击中了季珍珠已经开始有一点落灰的记忆，一下子把她从舒适区里拉了出来，像是被人狠狠抽了一记耳光，她分不清是自己的脸疼还是心疼。

她还记得女孩的名字：花深。

不久以前，这女孩和她家海洋一起，目睹过一起杀人案。

而那以后，有一段时间，她千叮咛万嘱咐要黎海洋不要再和女孩来往，也曾各种试探，确定她的好儿子没把这个女孩当成一回事，才放下心来。

只因她对花深有一种说不清楚的不安感和恐惧感。

她一直告诉自己，这种不安感是出于对花深性格的担忧，因为她懂得那种人想往上爬的心态，所以不希望花深把海洋当成目标来实现自己的野心。

但在更深的地方，有什么东西蠢蠢欲动，她却连走近看一眼的勇气都没有。

或许是潜意识里，她已经感觉到了，那里有着能令她万劫不复的东西，那是一个魔法的封印，绝不能解除。

可是现在，她却面对了残酷的真相，原来黎海洋一直在骗她。

他装得那么若无其事，无论她怎么试探，都没有发现什么端倪，可是，做妈妈的怎么能不了解自己的儿子呢？

季珍珠的恐惧正在于此——她了解自己的儿子，如果黎海洋认定了和花深交往这件事要瞒着她，那么他就一定是很认真地想把这件事进行到底。

她的心里寒风呼啸，警铃疯狂叫嚣。

看到季珍珠的脸色一阵青一阵白，冷汗从她精致的额角冒出来，姜姨也精明地感觉到了事情的不寻常。

“我去把海洋叫过来？”她急不可待。

“不行。”季珍珠喝止。

她用力地转动脑子，用她掌握的所有逆境生存的经验和本能在做判断。

黎海洋虽然是她儿子，但其性格资质，都酷似其父，这也是她一直骄傲的地方。但同时，他也有着其父一般坚忍的心志和缜密的思维，以及作为一个专业学者所具备的那种不达目的不罢休的执着。

黎海洋看似温和不争，但其实最有主见。他既然看出来她的不满，却一直瞒着她滴水不漏地和花深保持着关系，那他就不可能被她一顿骂给骂得放弃。

搞不好还会适得其反。

在学习上，季珍珠是个渣渣，但在男女之情上，她无师自通地成了专家。

所以，当她想清楚后，心里已经有了主意。

季珍珠拿起手机找到一个号码，深吸了一口气，然后拨过去。

黎海洋以前跟她提过想出国留学的事情，她当时并不怎么赞同，尽管以黎海洋的成绩，以及黎教授的人脉地位，留学并不是什么难事，但她还是有点想儿子在身边多留些时间。

但是，现在情况不一样了。

前几天，黎教授的老同事潘教授打电话的时候，正好提到了他的女儿，和海洋同龄的潘杨米妮也准备申请留学的事。

米妮那女孩，出身优渥，美丽大方，一看就是善良干净的公主，身后还有着和黎家各方面足以匹配的雄厚实力。

她很喜欢这样的女孩。

虽然之前觉得这么早就为孩子做这种设计有些没必要，毕竟她家海洋也是潜力无限的好苗子，但眼下看来，潘杨米妮至少比花深强上一万倍。

不就是青春期躁动嘛。

女孩子多的是。

何况对方是一个美丽可爱不输花深的好女孩呢。

季珍珠笃定地笑了。

电话接通，她象征性地和那头的潘教授寒暄了几句，然后直接切入正题。

她问："对了，潘教授，上次说的您家米妮留学的事准备得怎么样了？我家海洋也想留学，两个孩子要不一块出去，有个照应？"

Section5.

花深回家的时候，看到孟媛媛留的字条，要她去店里吃晚饭。

她家的水果店离她家不远，就在一条巷子，走路七分钟就到了。

花深一路蹦蹦跳跳哼着歌过去的时候，看到不少熟面孔的大伯大妈都在瞅着她笑，她也一向不怯，早就习惯了这种探究的目光，索性朝他们一路阳光灿烂地笑回去，倒把他们逼得目光闪躲。

她有些得意，不知不觉就到了店里。

店面不大，是旧民居一楼的一个储物间改的，租金便宜。

经过孟媛媛母女改造，原本黑漆漆连个窗都没有的储物间，变得灯光明亮、气氛温馨，货架上的水果果香四溢，让人一走进来，就有一种幸福感。

这个小店是爸爸过世后她们母女所有的收入来源，她们都非常用心地在守护经营着，孟媛媛虽然行事泼辣，风风火火像个大女人，但其实心思精巧细腻。花深经常看到妈妈很晚还在店里，把每一个批发进来的水果都仔细擦干净，让它们看起来美丽诱人，以最好的姿态摆上货架，迎接明天的客人。

她们家的店也是这一片小区里最早开通了送货上门服务的水果店。

无论多晚，哪怕打电话过来只要一个苹果，孟媛媛也二话不说就挑个最好的给送过去，又及时又可靠。

因此她们这家小店的生意一直不错，即使经济再萧条时，她们母女俩的生活也是不愁的。

不过，这也引来了很多附近住户的妒忌，尤其是那些自己不努力却总是眼红别人的家庭主妇，还有同样开水果店的竞争者，总是明着暗着地编派她们母女俩，散布很多难听的谣言。

花深一开始听到都要气炸了，但是孟媛媛要她不要放在心上。

“唾沫星子还能砸死人吗？”孟媛媛教育女儿，“你爸怎么和你说的？做人不是为了别人好看，是为了自己好看，不要管别人怎么说，嘴长在别人身上，心长在自己身体里，管好自己的心，别去管人家的嘴。”

提到爸爸，花深的心就安静下来了。

是啊，爸爸是多么好的人啊，从来不争不抢，但也不避不让，是个平凡的人，但也是个顶天立地的人。

每当想到爸爸疼爱的笑意、宽厚温暖的手掌，花深就会觉得，那些灰尘和蝼蚁，都不重要了。

把门帘一挑，进了店里，花深中气十足吊着花腔喊了一声“妈”，就看到站在收银台前的孟媛媛的身后，有什么影子嗖地闪过。

她大叫一声：“什么东西！”

孟媛媛看一眼咋咋呼呼的女儿，再扭头看一眼躲在自己身后恨不得把脑袋埋进地板缝里的瘦小男孩，哈哈哈地笑出声来。

她反手把身后那个身影一把提出来，像提着一只小鸡一样轻松，但她的动作又是轻柔的，仿佛唯恐伤害到他。

“别怕，是我女儿，野丫头一个，叫花深。她比你大，你该叫姐姐。”

花深发现，妈妈是在对着手里提着的那个家伙解释，压根儿就把她当成了空气。

“妈！”她叉腰抗议。

“妈什么妈！”孟媛媛瞪她一眼，“这是杜洛，以后就住在店里，你可别欺负人家。”

花深惊诧地指指自己的鼻子，那意思再明显不过：您真的是我亲妈？我是女孩哎，您不该让他别欺负我？

孟媛媛说完又拽着花深往旁边走了两步，避开杜洛，附在花深的耳边小声说道：“我看他怪可怜的，也没个家，就领回来了。你爹去了，我们家也怪冷清的，也给你做个伴。”

听着这对母女之间叽里呱啦热闹非凡的对话，话题的中心人物却始终不敢抬起头。

直到花深干脆蹲在了他的面前，好奇地仰着头从下往上看他，他才被吓得吃了一惊，猛地抬头后仰，被花深看了个结结实实。

瘦，真瘦。

这是花深的第一感受。

因为太瘦，一时间竟看不出他的年龄。尖削的小脸上，一双满是惊恐的大眼睛在疯狂躲闪，不敢与人对视，因为瘦而显得更加突出的五官，让人觉得年纪很小。

但花深又觉得，在那双惊慌闪躲的大眼睛深处，好像有着很多云雾环绕的东西，并不清澈，也不透明。

这使他看上去，又不那么像孩子了。

反而像一个饱经世事的有些狡黠的成年人。

“妈，我不需要伴！就咱们这小店，养活自己都难，一天也卖不出多少水果，你还嫌自己负担不够重？”花深转向妈妈，连珠炮似的丢出疑惑。

孟媛媛立马伸出手来，把女儿的肩膀一提、脑袋一摁，摁进自己怀里，一边不顾花深嗷嗷地闷叫把她往里面的小房间带，一边回头朝叫杜洛的小少年笑笑，示意他继续做事。

“妈，我做错了什么，你居然想亲手闷死你唯一的女儿。”好不容易被孟媛媛放开，脸涨得通红才喘匀了一口气的花深绝望地问妈妈。

“情商是个好东西，妈希望你能有。”孟媛媛朝女儿翻个白眼，从小几上拿过茶壶倒了一杯白水，递给花深。

花深一口气喝完了。

“那孩子，其实是社区介绍来的。”看女儿眼巴巴地看着自己，孟媛媛说，“不过呢，这个事情的起因吧，它有点曲折。”

“九曲十八弯那种吗？”花深说。

“差不多。”孟媛媛点头，“简单地说，这孩子入室盗窃，被社区张主任的儿子当场抓到，被打了个半死。”

“张主任的儿子……哦，那个张恶霸。”花深想起了人家的外号。

“嗯，就是他。三十多岁的人了，没个工作，成天在家里琢磨着怎么打通任督二脉成为武林高手的那个。”孟媛媛倒没有阻止女儿喊人家外号，“结果高手还没练成，遇上小偷，一时兴起，把人家孩子的肋骨都打断了。”

“这么狠？”花深咋舌。

“结果打断了再一清点，这孩子竟然就偷了他家一包泡面和一包火腿肠。”

“这……代价有点大啊。”

“所以张主任也有点不安，觉得为了这么点食物，把一个未成年人打成重伤，自家儿子怕是防卫过度，搞不好要出事。偏偏还有不少人认出这孩子，说这孩子可能是个流浪儿，还是个聋哑人，怪可怜的，有几次流落到咱们这片街区，也有人给过他吃的，大家看他小，都挺同情。”

“围观群众可不好糊弄了，没处理好可能会有人告他儿子的黑状，让他不好过。”

“可不是。”孟媛媛很满意女儿的机灵，笑着刮了一下她的鼻子，“后来张主任把这孩子治好，领出院，就送我这儿来了。”

“没报案？”

“没。张主任开始说，让我照顾这孩子几天，他过两天再接走，结果过了几天他看我们相处得很好就劝我干脆收留这孩子。我们孤儿寡母确实也冷清了点，他也算有了个归宿，不要再去街上流浪偷东西了，算是做了好事。”

“妈，咱家缺好事？据我所知咱家缺钱！”

“你这孩子，思想能纯洁点崇高点吗，别成天钱钱钱的。”孟媛媛拍她脑袋，“这孩子长这么好看，要是继续流浪也不知道会漂到哪儿去，怪可怜的，不如我放在身边看着。我问过了，他只比你小一岁，但你看那身高体重，明显严重营养不良啊。等妈把他养好了，高大威猛成为一条汉子，还能当个保镖。”

花深早就习惯了自家亲妈满嘴跑火车的风格，也知道她妈决定的事，没人能动摇。再说那孩子，看着也确实可怜，她觉得如果是她遇到这事，应该也会像妈妈一样做出这样的决定的。

花深在心底叹了口气，默认了这个“弟弟”。

心理建设完成后，花深立刻转换了立场，开始关心“弟弟”了。

“对了，妈，你说他是聋哑人？”

“对，要不怎么说可怜呢？话也说不出来。”

“我怎么觉得，哪儿有点熟悉感呢……”

Section6.

孟媛媛为了方便，在水果店后面和人家拼了个厨房，每天在这边做点饭菜，和花深交代好后，她就忙着做饭去了。

花深站在小小的收银台前代替妈妈看店，那个瘦小的少年杜洛则背对着她，在小心擦拭摆放在货架上的水果，虽然在花深看来，那些水果已经整齐得像列队的士兵了。

“喂，你叫杜洛是吧？”花深喊他。

杜洛的背影一动不动，好像没有听到。

花深突然想起来，他是真的听不到，于是走出收银台，绕到他前面去。

杜洛比她还矮上半个头，加上瘦得可怜，活脱脱像个小孩子，花深往他面前一站，倒觉得自己有点像拦路女恶霸。

杜洛被花深一口气逼到死角，避无可避，可怜巴巴地盯着自己的脚尖。

花深觉得冤枉极了，她并没有想怎么样他啊，她只是想和他打个招呼互相认识一下罢了。

花深索性伸手拍了一下杜洛的肩膀。

没想到杜洛直接惊跳了起来，好像受到了莫大惊吓，一双眼惊恐地瞪着花深。

两人正面相对，让花深突然心里一动，好像有什么记忆的片段浮上来了，但又不是那么清晰，有点抓不住。

“你不要怕，我叫花深，以后我就是你姐姐了。”她觉得自己拿出了这辈子最温柔的语气来对这个小子施展爱心话术，却不知道她不熟练的温柔看在对方眼里，显得更加狰狞。

杜洛缩了缩脖子，随即轻轻点了点头。

“你听得见？”没想到这么快就有了回应，花深大喜。

下一秒，杜洛又轻轻摇了摇头。

花深还待追问，就听到孟媛媛在后边喊他们吃饭，于是花深主动担起“姐姐”的职责，拉起畏畏缩缩的杜洛去吃饭。

吃饭的地方，就在那间共用的厨房一角，支了个小小的方桌，上面摆着一荤一素一汤。

平时方桌旁就坐着她们母女二人，而今天却多了一个人，花深觉得怪新鲜的，一个劲地朝杜洛看。

“看什么看，野丫头，老实吃饭。”孟媛媛拿筷子敲了一下花深的手背，又把面前的排骨汤换到杜洛面前。

“妈，我是觉得奇怪，我问他听不听得见，他又摇头，可是我说话他明明听得见啊？”

“他看得见。”孟媛媛白了花深一眼。

花深恍然大悟，原来是读唇语啊。

难怪她每次说话的时候，杜洛都盯着她的嘴巴，她还奇怪这孩子怎么胆子突然变大了。

饭桌上，孟媛媛一直给杜洛夹菜。但杜洛还是那副敏感又谨慎的样子，连吃饭都没有声音，低着头安静得不像话。但花深注意到，他对待米饭的样子认真得令人心酸，每一颗都被小心地送进嘴里，生怕浪费，嚼起来也十分认真，仿佛要把饭菜里的营养彻底榨干吸收。

花深明白孟媛媛为什么会二话不说留下杜洛了，其实他不需要为自己多说一句话，就能让人看出来，他以前过得多么辛苦、多么无助。

花深开始明白爸爸说过的，这世界上总有人比你过得更辛苦，所以你要珍惜自己的生活，也要在力所能及的时候去帮助更需要帮助的人。

妈妈从来不说爱爸爸、想爸爸，但她用时光和行动在刻写着思念和爱。

“妈，为什么总给他夹菜，也给我夹点。”花深有点不满。

“闭嘴。有手有脚的不会自己夹啊？”孟媛媛没好气道。

“杜洛也有手有脚……”

“人家第一天来，你来多久了，能不能客气点？”

“我要是跟你客气你不得怀疑我是不是得自闭症了啊……”

花深说着，猝不及防被孟媛媛敲了一筷子，于是刚夹到嘴边的丸子又掉进了碗里，连着脑袋也差点扎了进去。

花深无辜地抬头，嘴角还沾上了米饭，故意可怜兮兮地说：“你干吗啊妈，不给我吃饭也不至于把我给饭吃了吧！”

一直在旁边不作声的杜洛终于在这对母女逗趣的互动里，偷偷扯动了一下嘴角，好像想笑。

但是在他的记忆里，他几乎从来不做这个表情，也没有要做这个表情的需要，所以突然间嘴角想上扬，对他来说，是极为陌生的体验。

他甚至怔住了。

当流浪儿，偷食被抓，打断肋骨，被威胁送到这里，他的世界从来都只有一片漆黑，且无声无息。

一切都在黑暗里发生，在黑暗里成长，在黑暗里挣扎求生。

但有一天忽然身处光明之地，竟然感觉一切像个老天的玩笑，像个预设的阴谋，令人惶恐不安多于喜悦。

晚上，孟媛媛把杜洛安排在了自己的卧室睡，她自己则不顾花深的大声反抗跑去和女儿睡。

杜洛虽然惶恐至极百般躲避，却犟不过孟媛媛的铁腕，被强行安排洗澡换睡衣睡上了干净柔软的大床。

他不知道这是什么滋味和感受，毕竟这是他出生以来的第一次，也许会彻夜失眠吧。

另一边，同样失眠的还有花深母女。

花深写完作业，回头一看，孟媛媛正躺在她的小床上用手机玩斗地主。

她撒娇喊了几声妈，妈妈聚精会神地在战斗，也没空理她。

花深就抱着枕头挤进了被子里，然后故意可怜兮兮地说："妈，我可能有点没安全感。"

正好上一局完结，孟媛媛放下手机，伸手在女儿脑门上敲了个脆丁壳："你少在我面前表演。"

"看吧，你就是有了杜洛就不要我这个女儿了。我告诉你啊生男生女一样好，女儿养老更周到，你最好考虑清楚。"花深假装委屈，在妈妈身边挨挨蹭蹭。

妈妈身上熟悉的沐浴露香气钻进花深的鼻孔里，隔着衣料的体温温暖又安全，花深恍惚地想，自己已经多久没有和妈妈这样睡在一起了呢？

大概是爸爸出事以后，她和妈妈仿佛心照不宣一般，选择了各自坚强。

拼命想让对方看到自己快乐、坚强、乐观的样子，怕对方会因为自己的凄凉和软弱而哭。

她们都不想再哭了。

噩耗传来的那个早晨，在医院的太平间里，抱着已经没有知觉的冰冷僵硬的爸爸，她和妈妈已经哭得够多了，几乎把眼睛都哭出血来。

但什么都不能改变，时间无法倒流，无法让花盛不经过那片工地，无法让他不拥有一腔侠义之心舍身救人。

据勘验现场的警察伯伯说，现场痕迹表明，爸爸是在和人搏斗时被刀刺中，流血过多而亡的。

至于为什么会和人搏斗，警察伯伯根据种种痕迹判断，是下班回家的爸爸刚好遇到了凶手正在对一个女性施暴，所以挺身而出。

这完全符合爸爸的性格，他如果遇上那种事，绝对会一秒都不犹豫冲上前的。

但是至今都没有抓到那个凶犯，那个被救的女人也一直没有找到，所以这只能变为悬案。

唯一确定的是，她最爱的爸爸，没有了。

从此以后，她就告诉自己，她要替爸爸守护好妈妈。

如果有人再让妈妈多一点伤心，哪怕那个人是自己，她也不允许。

也许妈妈也是这样想的，所以母女俩都避开了夜深人静最脆弱的时刻，害怕自己的想念和悲伤被看到。

花深伸手搂住妈妈的脖子，像小女孩一样哼唧，内心其实对这样的温情时刻享受得不得了。

孟媛媛敲了女儿几下，看女儿没有松开手的意思，也心软了下来，她回手搂住女儿。

“深深啊，最近那个黎海洋还是每天来找你一起上学吧？”

“你怎么突然问起他啊？”

“有个伴一起走挺好。那孩子看着老实，你别欺负人家。”

“哪跟哪啊。人家是老师捧在心尖上的大学霸，我哪欺负得到。对了，妈，我老觉得杜洛有点眼熟，在哪儿见过似的。”

“你上哪儿见过他，别瞎想了。我刚才说要你和黎海洋一起上学，是因为我有点担心杜洛身后有什么人在控制他，我收留了他，虽然是个好事，但还是担心会被人找麻烦，所以你最近要小心些，知道吗？”

花深惊奇地睁大了眼睛：“妈你是不是看多了小说，一个小破孩，谁控制他啊？”

孟媛媛白她一眼：“你懂个屁，这孩子说他一直在外面流浪，流浪到这么大的孩子，之前没人管着，怎么活到现在的？如果管他的人不是好人，我估计啊可能就是坏人。不过问他他也不说，人家是装聋作哑，他是真聋真哑。”

花深一下子瞪大了眼睛：“不是吧妈！你是说，收留了他，可能会有人找咱们麻烦？那你还留下他？”

“我这不是说万一吗！万一你懂不懂！语文老师都给你气死。”

“我懂，我懂。万一真有坏人找事，咱们还可以找警察叔叔。”

“那是，光天化日法制社会，我还不信了谁敢为难一个孩子。”

花深忽然想到了自己的爸爸，爸爸也是因为见义勇为才被坏人害死的。她鼻子顿时有些酸酸的，又有些莫名的骄傲，她把头埋进被子里，往孟媛媛那边蹭了蹭，然后抱住孟媛媛。

在妈妈令人安心的气息里，她很快便进入了安稳又幸福的梦乡。

第二天早上，黎海洋在巷子口等花深上学，但今天他一直有些走神。

昨天晚上季珍珠忽然跟他说起留学的事情，说都已经安排好了，是他最想去的爸爸年轻的时候就读过的那所大学，那里有全世界最好的生物专业，但对任何人来说都不容易进。如果提前过去读高中，有爸爸的导师引路，他考上的把握会大得多。

很久以前爸爸就和他讨论过这个事，那时他也很希望按爸爸的安排走，但妈妈一直强烈反对，理由是爸爸工作已经很忙，经常不在家，她不希望唯一的儿子也这么早离开身边。

理由正当充分，宠妻狂魔黎教授立刻投降，黎海洋虽然也理解妈妈的不舍，但心里不遗憾是不可能的。

谁知妈妈此时突然旧事重提，而且在没有和他商量的情况下直接表示一切都安排好了，下个月就能出发，也着实令他大吃一惊。

这个消息来得太过突然，以至于一向沉着的他竟然当下未能做出合理的反应，抗拒一时间多过了喜悦。

他看出了季珍珠狐疑的神情，当下方寸大乱地落荒而逃。

慌什么呢？

出国留学，考上爸爸曾经就读的母校，选择他最爱的海洋生物专业，这是他自小清楚且坚定的目标，不能动摇，也不会动摇。

然而，人生的乐章里，总有那么一两个小小的意外插入的音符，让乐曲变得微妙地乱了节奏。

分别就在眼前，这一去，他和花深，就要彼此独自前行很长一段路。

他知道他不会变。

再过多久，他依然会是那个固执的、不知变通的、只会目视前方不停步的黎海洋，他自小喜欢生物学，便知自己一生会跟爸爸走一样的路。他想要保护那个叫花深的女孩子，少年心里的保护，就是指一辈子。

然而这话，他还没法对花深开口。

所以他也会怕，他怕她一个人走的路上，会有别的什么人冲过来，抢先牵住了她的手。

毕竟，她那么耀眼，那么温暖，那么美好。

好到他不敢对任何人说，她占据了他每一个美梦。

黎海洋推着自行车，心烦意乱。

这不是他的常态，他少年老成，目标简单坚定，很少心烦意乱，一时想不出疏解方法，他习惯性地推着自行车，朝着花深家的方向走去。

巷子里纷扰的清晨装进了他的心里，挤满了原本空落落的地方，更加变得乱糟糟的。

他一路心事重重，从路口到花深家水果店的路也变得无比漫长。少年的心事已经昭然若揭。可是要说吗？

他一步一步地度量着。

要说……不说……要说……不说……

好蠢，他叹了口气。

黎海洋，你逊毙了。

一抬头，花深就在眼前。

黎海洋怔了一下，还没来得及迈出去的步子瞬间像是陷入了沼泽里一般，怎么都拔不出来，连同一颗心也掉了进去。

花深却正好背对着黎海洋，没有看到他。

她像个女恶霸一样用右手强行搂着一个瘦小少年的肩，将他推搡着，嘴里还嚷着什么，转眼两人都进了店。

黎海洋没有见过杜洛，见此情形不禁有些摸不着头脑。

水果店里，花深表情张牙舞爪把杜洛按在收银台后面的凳子上，朝他虚晃一记兔拳。

杜洛表情惊恐，但似乎不敢反抗，只僵硬地盯着花深的嘴。

花深噼里啪啦一顿数落。

“想跑？你跑哪里去？被姐姐认出来了就想跑？我就说怎么总觉得你眼熟呢，之前总在钟爷爷的超市里偷东西，害我追了几条街还是跑了的小泥鳅就是你吧！哼哼，什么叫冤家路窄，什么叫天网恢恢，见识到了吧！再能跑，还不是落到姐姐我手里了！”

杜洛的眼珠颜色特别深，黑得发亮，像是某种不安的小动物的眸色，又像是看不到底的深潭，在他巴掌大的小脸上显得仓皇又倔强。

他盯着花深的嘴，呆呆地不敢动，心里却像是风起云涌的战场。

他太懂得危险的气息，只要有一丝风的波动，他也会立刻逃跑，不停地逃，逃到天涯海角，只要还剩一口气，就不能停止逃。

哪怕累死在路上，也好过任人宰割。

这就是他的生存之道。

其实他早就认出了花深，但是这个突然从天而降的“家”，这对每天都热闹热情得仿佛在吵架的母女，都像一个泥沼，牢牢地抓着他，让他移不动脚步。

他太累了，也许是受伤加重了他的疲惫，他真的很想有个愿意收留他的地方让他多喘息一下。

谁知道花深还是想起了他。

他想，她会讨厌他了吧，也许她早就想找机会赶走他，谁会喜欢这样一个来路不明的小孩住在自己的家中分享自己的一切呢？

杜洛咬着嘴唇，一张小脸越发惨白。

花深觉得自己的恐吓到位了，于是松了手，一边抓起书包往外跑，一边不忘警告道："你不许再跑了，听见没有！老老实实帮我妈卖水果将功折罪，不然姐姐我饶不了你！"

她又扬声朝着后面高喊孟媛媛："妈！妈！你做点红烧排骨给杜洛吃啊！他瘦成那个样子人家还以为我们家虐待他！我走啦！"

声音还在门里，但人已经跑出门外。

真是的，什么人啊，本来就够瘦的了，短时间内还能够瘦掉半个人，难怪火眼金睛的她居然没第一眼认出来，都完全脱相了……

不过，这可怜的娃，应该真的是过得很苦啊……

杜洛愣在原地，一动不动。

他神色复杂地看着花深离开的方向，许久都没有动。

花深跑出来就看见了站在水果店对面的黎海洋，嘴角瞬间上扬成阳光灿烂的弧度，一时间晃花了黎海洋的眼。

可是她并没有注意到黎海洋眼底的失落，没心没肺地蹦过去："嘿！你怎么跑这里来接我啦！走走走，要迟到啦！"

她飞身上了自行车的后座，觉得自己简直可以起飞。

"你小心点。"黎海洋用力把住车头，深吸一口气，确认她坐稳了，于是上车开始蹬。

花深总是这样风风火火、大大咧咧，他生怕她受伤，每次都要担心。

"早上想起点事，处理了一下，差点耽误了。哎，你骑快点，我不会掉下来的！"

她张开双手极其自然地从黎海洋身侧绕过去，抓住了他前面的衣襟。

黎海洋张了张嘴，没说出话来，心里某根弦轻轻颤了一下，明明花深只是抓住了他的衣服，却让他觉得全身都异常痒。

这一恍神，他甚至忘记了问她刚才那个少年是谁。

花深却已经双手不停，熟门熟路地向下滑进了他反背在前胸的书包里的侧口袋里，从里面摸出了一包自己最喜欢的巧克力豆来。

那是黎海洋每天都会为她准备的“能量补充库”。

但是每一天从里面摸出不同种类的零食，花深仍然会像第一次发现新大陆一样充满惊喜和快乐，她甚至觉得黎海洋就是她的机器猫。

“哇呀呀！”她开心地叫出声来。

黎海洋几次想开口，却总是被花深给扯到别处去了。他在心里叹了口气，本来就乱，花深倒好，还跑来跑去在他心里的一团乱麻上又添了几笔。

于是黎海洋到最后也什么都没能说成。

Section7.

这一天过得飞快，巧克力豆的甜味仿佛一直留在舌尖，令花深回味无穷，连平时听得头疼的课也变得容易起来。

待到放学，她蹦蹦跳跳回到水果店，刚一进门，就闻到一阵红烧排骨的香味，正想着“今天是过节吗，老妈居然做大餐了”，孟媛媛的声音却从身后传出来了。

刚下牌桌的孟媛媛跟在花深后面进门，惊呼一声：“花深！你做什么伤天害理的事情了吗，居然会主动做饭？”

花深无语：“我不是，我没有。”

两人对视一眼，一起把目光投向了后厨方向。

咦，杜洛不在店里。

两人一起跑进厨房，一进去就看见那个瘦小的背影在忙活，平时三人吃饭的小桌上已经摆好了三碗菜，香气四溢引人垂涎，看来正是杜洛做的。

“妈呀！这有点厉害啊！”花深惊呼。

杜洛一回头，发现她俩回来了，立刻整个人又僵直了。

不知道是因为刚做完饭，还是因为不好意思，杜洛的脸红扑扑的，尤其因为他皮肤白的关系，整个人都变成了粉红色。

他眼神慌乱，像是做了什么错事，不知道等待他的会是什么结果，只急着比画着什么，花深还不能看懂他的手势，但孟媛媛已经基本能懂了。

孟媛媛及时翻译：“杜洛说他原来给小餐馆帮过工，会做一点饭菜，昨天我给了他点工钱，他今天就去买了几个菜……哎哟，这孩子，我给你钱是让你自己拿着花，你买什么菜啊！”

孟媛媛咋呼着冲过去，满腔感动无处发泄，索性一把抱住那个还举着锅铲的小少年，用最原始任性的方式在他的额头上凶猛地吧唧了一口，声音清脆，听得花深一阵恶寒一阵牙酸。

看杜洛被按在孟媛媛的肩头，也是一脸如遭雷劈的表情，想必他此生从未遭遇过如此待遇，一时间竟比打他一顿还令他不适。

花深迎着他闪烁的目光，走到小桌边，直接用手拈起一块排骨塞进嘴里，鼓着嘴朝着杜洛做了个鬼脸，意思是你就忍着吧，好好享受这份热烈的母爱。

杜洛看懂了。

他努力让自己在孟媛媛的怀抱里放松下来，虽然不得其法，但心里仍然无法克制地涌起一种异样的感觉，那么滚烫、那么灼热，简直让他小小的心泛起一种锥刺般的疼，比他被人打断肋骨时还疼……但这种疼，和以往的疼又有不同，是一种幸福到极致惶恐的疼。

“哇呀，太好吃啦！妈呀！这小子比你手艺强多啦！快快！吃饭吃饭！”

花深嚷着，打破了杜洛的尴尬不适，走上前去夺过他手里的锅铲，却注意到碰到他的手时他一个不易觉察的哆嗦。

花深表面看着大大咧咧，但毕竟是女孩，心思还是很细的，她立刻发现了问题所在。

“你……”花深扫了一眼杜洛缩回的手，立马明白了什么，“被油烫到了？”

杜洛慌忙摇头。

孟媛媛闻言也一把将他从怀里拎出来，伸手就去抓他躲闪的手。

接着，母女俩都同时看到了他手上那个水泡。

孟媛媛眉目间满是心疼：“哎哟，我的小可怜，痛不痛啊？”

花深则飞快地跑进屋里拿出了医药箱。

母女俩拉着杜洛坐在沙发上，孟媛媛小心翼翼地帮他涂药，花深在边上认真地看着，脸上也没有了平日里玩笑的样子。

杜洛羞得抬不起头来，他不敢看母女俩，却仍然能够感觉到她俩对他的认真。

只是烫了一下而已，两人却像是在修复一件稀世珍品一样，那他以前……

杜洛不知道心里这种忽然之间翻涌的东西是什么，像是沸腾的水，水雾从心里漫出来，让他无法睁开眼睛。

而与此同时，另一种疼痛也愈加清楚。

他现在知道了，自己的担心是多么卑鄙多余。

因为担心花深知道了他以前的劣迹会赶走他，在花深去上学后，他想了又想，使出了这几招苦肉计——

用自己刚领到的工钱去买排骨主动做晚餐给她们吃，又故意用滚油把自己烫出小水泡引她们内疚心疼。

而当他这些小小的伎俩如期奏效时，他却并没有想象中的安心和开心。

不用多说，他也能看出来，她们从来没有想过要赶走他……

她们真心把他当成了这个“家”的一分子，即使是花深假装凶神恶煞地“警告”，其实也是对他好……

而她们愈是如此纯白干净，就愈让他看见自己心里深藏的黑暗与恶臭。

她们以为他还是个孩子，却不知道，有些孩子生来就长在腐败之地，从里到外，从来就没有过干净的时候。

这样的深情，这样的温柔，他配吗？

黎海洋放学回去的路上，路过了一家新开的花店。这些小店平时他都不会多看一眼，今天却不一样，他犹豫了一下，竟然走了进去。

听说女孩子都是喜欢花的。

他的目光一一掠过各式各样的花。每一种都像花深，明媚的、艳丽的、漂亮的、热闹的、偶尔忧愁的……

可又觉得，每一种又不适合她。

漂亮的店员姐姐过来：“你好，买花吗？”

黎海洋愣了一下，然后红着脸迅速地别开头。

店员姐姐了然一笑：“需要我给你推荐一下吗，女孩子一定会很喜欢这种……”

“谢谢，不用了。”黎海洋轻声拒绝道，“我先自己看一下。”

他继续四处看了看，这次却一眼就看见了搁在角落货架上的那只招财猫储蓄罐。

他走过去，拿起来左右看了看。

不知道想到什么，他微微扬了扬嘴角，然后又叹了口气，自言自语地说道：“你会更喜欢这个吧……”

“那个不是商品哦。”

黎海洋被店员姐姐的声音吓了一跳：“可……我就想要这个。”

“这可不行，这是我们店里的一个装饰品而已，不是商品哦，我们只卖花的……”

“真的不行吗？”黎海洋不死心。

店员姐姐被他的执着逗乐了。

“好吧好吧，看你这么想要，就卖给你了。”

黎海洋付完钱从花店里走出来，嘴角就一直没有放下来。他一直在想着花深收到这只招财猫会是什么表情。

一定会笑得眉眼弯弯，就像夏日里的阳光一样灿烂吧。

明知道会被烧成灰烬，却仍然令人无法控制想要伸手触碰的灿烂……

黎海洋把招财猫放进书包里，推着自己的自行车往家的方向走，路过一个公交站时，突然觉得眼角好像掠过了什么值得注意的东西。

他猛地站住回头看去，却发现等车的人群正你推我搡地往公交车里挤，一时之间每个面孔都模糊不清。

他不知道那股突如其来的寒意来自哪里。

他茫然四顾，充满不安感。

这大概是一种对于危险的本能，它浮在空气里，擦过人的皮肤，变成一种无声的信号。

然而黎海洋看不见也捉不到。

他觉得可能是最近自己思虑太重，有点多心了。光天化日之下，能有什么危险呢？

他默默摇了一下头，转回身子，继续推着自行车往前走。

这时，身后的公交车已经关上了车门，缓缓启动了。

公交车渐渐加速从他的身边擦过，向着远方奔驰而去。

然而，就在公交车与他擦身而过的那瞬间，黎海洋眼角的余光，瞄到一张紧贴在车玻璃上的脸。

比刚才强烈数倍的寒意如一柄利剑猛然插进他的心脏！

他惊惧地抬眼，只来得及看到那张脸随着公交车的远去，迅速消失在滚滚车流里。

那一年目睹杀人案的噩梦一瞬间苏醒，像浓稠的黑雾裹住他的全身，冰冷刺骨。

那张脸，和记忆里的杀人犯的脸，如此相似。

原来他从来不曾忘记。

回到家里的时候，黎海洋依然是一身冷汗。

他让自己冷静下来，然后找到了当年分管这个案子的警察龙伯伯的电话。

黎海洋跟龙伯伯再三确定了几遍，得到的都是当年的杀人犯牛力还在坐牢的答案。

“怎么了，忽然问起这个？”龙伯伯还记得黎海洋和花深，“牛力被判了无期徒刑。你放心，他不会有机会报复你们的。”

“嗯，谢谢。”

黎海洋挂了电话，这才放下心来。

看来真的是他看错了，毕竟相似的人这么多，那件事给他留下的阴影太深，以至于他看到相像的人都会有如此大的反应。

自己尚且如此，身为一个女孩的花深会不会也被噩梦纠缠？

不，她一直比自己勇敢，当年也是她保护了自己啊。

季珍珠推门进来，她并没有注意到黎海洋情绪的不对劲，说：“海洋，你下周就不用去学校了。”

“为什么？”黎海洋一愣。

“我跟潘教授都安排好了，下周开始你和他们家潘杨米妮一起去国际学校上短期特训班，到时候就直接对接到国外的学校了。”

“这么急吗？”

“都安排好了，急也不是我急。学校那边我跟你们老师也联系好了。你明天自己再去跟他打个招呼就行了。”

“知道了……”

季珍珠出去之后，黎海洋靠在椅子上长长地叹了口气，忽然之间觉得心里空荡荡的。

他坐了一会儿，然后从书包里拿出那个招财猫储蓄罐，静静地看了许久，然后写了一张小纸条，偷偷地塞了进去。

Section8.

晚上，花深和孟嫒嫒都不在，杜洛洗完澡，顶着湿答答的头发回房。

他坚持不肯再住孟媛媛的卧室，无奈之下，孟媛媛只得把阳台改造的小书房腾出来给他住。

虽然说只是阳台书房，但除了面积小点，倒也收拾得干净温馨，杜洛很满意，也很安心。只是本来放在里面的一些花深的旧书旧本子，一时间没有别的地方放，依然放在里面。

花深放学回来之后，听说杜洛搬到她的阳台书房了，赶快火急火燎地往里冲，伸头一看杜洛正坐在书架前的地板上，她赶快跑到他身边，看到杜洛手里的书是一本六年级的语文书，这才松了口气。

要知道，她的一些宝贝言情小说也放在这里，什么《狼性总裁爱上我》被杜洛这种祖国花朵看到了，还是有点不好意思的。

杜洛发觉花深进来了，紧张地合上书，一副无所适从的样子。

花深发现他每次看到自己都跟老鼠见了猫一样。

“我都看到了。”花深挨着他坐下来，尽量让自己和蔼点，“你为什么看小学的课本？”

杜洛没有回应，眼神黯淡了一下。

花深想到什么，心直口快：“你是不是没有去过学校念书呀？”

杜洛点了一下头，又摇了一下头。

他也不知道该怎么表达，很早以前，他是上过学的，但那些日子已经离他很远很远了，远得仿佛是上辈子的事，以至于他自己都好像不能确定了。

可在花深看来，他一定想起了自己那些难过的往事。

她悄悄地叹了口气，下决心以后一定好好地保护杜洛，于是主动说道：“你想学吗？没关系,姐姐来教你！姐姐觉得自己当老师肯定很有天赋！”

她倒是自信满满。

杜洛看着她，点头。

奇怪，不知道为什么，他总是想在她们母女面前表现得再乖巧一点，再努力一点，不想让她们看见一点点阴暗。

花深立刻膨胀了，她拿起语文书，随手翻出一首诗，然后开始用手指着，一字一字地用力地咬着音给杜洛念：“人闲桂花落，夜静春山空。月出惊山鸟，时鸣春涧中。”

杜洛看起来听得很认真，这让花深格外有成就感。

她洋洋洒洒地解释了一番是什么意思，然后有一点拿不准地看杜洛：“你听明白了吗？”

杜洛微微点头，拿出纸笔给花深歪歪扭扭地写：“你其实不用那么用力和我说话。”

花深愣了一下，她跟杜洛说话的时候，确实比平时更夸张地动口型：“我这不是怕你看不懂嘛。”

“我看得懂。”

杜洛慢慢地写下这几个字，又接着写：“因为不是所有人都会像你们一样考虑我的感受，所以我习惯了努力去适应别人。”

这句话他写了很长时间，考虑的“虑”字不会写，还用了拼音。

但花深完全看懂了。

不知怎的，花深心里有些难受。

她努了努嘴，说：“我不管，反正你现在住我家，我就不是别人了。”

杜洛怔了一下，看着花深的眼神也变得愣愣的，长久以来尘封在冰雪里兀自发颤的心终于察觉到了一丝温暖，却颤抖得更厉害了。

月出惊山鸟，时鸣春涧中。

好像惊动的是他心底的山雀。

而那温暖仿佛值得他用尽所有微小的力量，去守护去回应。

下课铃响起来的时候，花深才迷迷糊糊地醒过来。她昨天初次当人家的老师，晚上兴奋劲过不去，竟然失眠到天亮，导致自己在课上睡着了，还是被新同桌许长乐推醒的：“花深，有人找你。”

“告诉老师我病入膏肓，检讨明天补，现在让我睡会儿，求你了。”花深胡言乱语。

“你醒醒！不是老师。”

“那是谁啊？烦死了！”花深典型的起床气加欺软怕恶，勉强撑起了眼皮往外看了一眼，看到是黎海洋，立马就不烦了。

她跑到黎海洋面前，一脸还没睡醒的样子，却发现黎海洋的脸色也不怎么好，眼睛下面青黑色的一片。

“黎海洋，你昨晚头悬梁锥刺股了吗？今天早上都没在巷子口等我，害我坐公交车来的。”

“花深……我有话对你说。”黎海洋犹豫了许久，开口的时候依然觉得艰难，“我可能……下周就不来学校了。”

花深起初并没有意识到这句话什么意思。

她疑惑地看着黎海洋，听他艰难地补充完整：“我下周转学去另外一所学校了，我妈安排我出国留学，我要先上语言特训班。”

“你要出国？”

“嗯。”

花深愣了一下，大概是刚睡醒的缘故，连反射弧都要比平常长许多。

不是没有想过终有一天要分别，毕竟她和黎海洋，看似那么好，中间却隔着很多看不见的东西，她不是不懂。

他成绩那么好，一定会飞到很高很远的天空去吧。

会不会有一天，他飞到她的目光都到不了的远方呢？

那样的话，他们也就永远只能活在彼此的回忆里了吧。

可是，她一直以为，那是很久远的事。

而他们现在，还可以没心没肺，嬉笑打闹。

为什么会是现在呢？

“下周？”花深缓缓重复了这两个字。

今天不就是周五了吗？

也就是说，今天是最后一天和他在同一所学校了。

他竟然现在才来告诉她。

他存心的吗？

为什么？

她突然就愤怒了，说不出来的情绪塞满了她的心脏，委屈化成愤怒让她分不清自己的情绪细节。

她语气生硬地说：“走就走呗！还要给你开欢送会吗？大学霸！”

黎海洋愣住了。

他当然知道自己现在才告诉花深是不明智的。只是这两周来，他无数次都想鼓起勇气寻找合适的机会把这件事告诉她，但那个合适的机会却始终没有到来。

也许是他懦弱，也许是根本就没有什么合适的机会。

少年的心里，已经过早地体会到了，离别是一件没有正确出口的难过之事。

就像他们初遇时遇到凶杀案一样，他又慌乱地把一切搞砸，而把难以面对的局面留给了她。

他多么希望有一天，他能成长得无坚不摧的强大，反过来保护她。

黎海洋小声说：“以后你……我以后就不能帮你写检讨了，你乖一点。”

“不要你管！”

花深气得转身就走回教室。

“我……”

黎海洋张嘴想喊住她，但千言万语堵在喉口，终究没有喊出声。

而这千言万语也同样堵在了花深的胸口，让她不明就里，却想哭。

黎海洋走后，两个人莫名其妙就断了联系。

明明之前还是天天黏在一起的关系，突然间，彼此就连一个电话都不打了，仿佛对方从自己的生活里突然蒸发了似的。

年少时的心事，没有人能够捉摸得透，它那么单薄，又那么脆弱，那么虔诚，又那么神圣，就是当事人自己也小心翼翼到惶恐。

也因此多了太多的误会与错过。

花深整日趴在课桌上双眼发直。

同桌许长乐实在看不下去了：“我这个人，你知道的，习惯有话直说，花深，我觉得你这段时间真的有问题。”

“我好歹也是老师亲自封的问题少女，没问题才奇怪呢。”花深换了个方向趴在桌子上，懒得跟她讲话。

“我是真的很担心你，你天天这个状态怎么学习啊？”

花深背着许长乐翻了个白眼，都是成绩有点“尴尬”的人，这人怎么有空担心别人。

但许长乐这个人就喜欢天天把“我是真的很担心你”这句话挂在嘴边，遇到谁都担心，跟大地之母似的。

“我只是躯壳无力，但我的心还是在听课的。”花深幽幽地回答。

“唉，我们还要苦兮兮地参加中考，要是跟我表姐一样就好了。”许长乐叹了口气，也不知道听没听见花深说话，自言自语道，“我表姐现在直接去语言学校，很快就可以出国念书了，都不用中考……”

出国。

花深听到这两个字之后脑袋里仿佛有根弦轻轻一跳：“我有个朋友好像也去读语言学校了……”

“你说的是黎海洋吧？”

“你怎么知道？”花深现在听到黎海洋的名字都觉得有点刺耳。

许长乐耸肩。

不知道才怪吧，花深和黎海洋之前天天一起同进同出，漫天的风言风语大概也只有黎海洋这种眼高于顶的学霸和花深这种脑子少根筋的傻妞才会不在意了。

但这个不是重点。

“我还知道黎海洋跟我表姐要去的是同一所学校呢。”

花深一怔。

“黎海洋是火箭一班的吧，我表姐就是他们火箭二班的潘杨米妮。她经常和黎海洋的名字一起出现在光荣榜上呢。他们两家关系特别好。我这个人习惯有话直说啊……”许长乐探过身子，神秘地说，“你看黎海洋和我表姐一对俊男美女，又都是学霸，小时候老一起玩，现在双方家长还安排他们一起出国留学。”

“这样啊……”

花深的心里像被什么锤了一下，无力感更强了。

她没有再问下去。

黎海洋原来是和他的青梅竹马女学霸一起出国留学啊。

他都没有告诉自己呢。

也是，他为什么要告诉自己啊，关于他的事，自己又知道多少呢？

可笑自己还一直觉得和他关系特别好呢。

唉……

花深垂下头，没有注意到许长乐窥探的异样表情。

许长乐之前经常到潘杨米妮家里玩，无意间遇到过黎海洋的妈妈季珍珠几次，机缘巧合又让季珍珠知道了她和花深是同班同学兼同桌。

季珍珠就在这个有点虚荣的小女孩身上动起了小心思。

送了她几次小女孩们最喜欢的进口文具和饰品，她就对季珍珠言听计从了。这次按季珍珠教的话，特意把表姐和黎海洋一起出国的事说给花深听，她算是圆满完成了季珍珠交代的任务。

在她心里，自己行的可是正义之事，所以一点都不内疚。

她早就看不惯花深这个疯丫头成天黏着人家黎海洋的样子了。

凭什么啊？

就凭这个疯丫头长得漂亮？

一点内涵和头脑都没有，哪能比得上表姐。

黎海洋那样的人，除了表姐，还有谁能配得上？如果花深都可以，那她许长乐也可以！

所以，都是花深痴心妄想不要脸的错。

让这疯丫头清醒一点吧，看到她那失落的表情，许长乐别提心里有多痛快了。

但让许长乐没有想到的是，花深这个人，越受打击，越坚强，好像骨子里有股反劲似的，偏偏不服命运。

知道黎海洋是和潘杨米妮一起去留学，花深沉默了，心里涌出一股酸楚感。

原来，那个温柔内向的少年，和她并不是一个世界的人，他们可以一起上学放学一起写作业，但终究是不一样的。他可以轻易地和世家的女儿一起留学，而留学这两个字对她来说却是那么遥不可及。

花深在一个人的深夜里静静地想明白了，他们是不一样的人，可即使是这样她也不想和他走散，不管他人在哪里，她都希望，他不会忘记她。

而茫茫人海，前路未卜，她想和他约定，归来再见。

花深一旦想明白了，就会排除万难去做。

当她从任性的情绪里脱离出来，她便清楚了，自己必须和黎海洋再见一面。

然而黎海洋的电话却打不通了。

她不知道，那个语言学校的短期特训是封闭式教学，老师暂时没收了大家的手机。

不过花深有她的办法。

她听许长乐说，这周六黎海洋和潘杨米妮都会从学校回来，她查了那个学校的公交车，找出了黎海洋必经的下车点，决定去车站等他。

出门的时候，她交代杜洛看店，和他说如果妈妈打牌回来问起，就说自己去一趟凤凰湖车站找同学，很快就回来。

花深到了凤凰湖车站，算着黎海洋该到了。

可是她等了一辆又一辆车，等到腿都酸了，也没看到从车上下来的人中间有黎海洋。

难道自己判断错了？

她有些沮丧，找了个栏杆坐下来。

她的旁边是一个佝偻着背的老奶奶，拎着一篮子小苹果。那些小苹果看起来又小又脏，和店里的那些品种没法比，老奶奶卖了半天都没人要。

可花深家是开水果店的，她看了看，发现老奶奶卖的是一种当地野生的小苹果，这种小苹果没有人工种植，所以产量极少，但是味道非常甜美清新，她最喜欢了。

她跳下栏杆，掏出钱来把老奶奶的一篮子小苹果全买了下来，装在一个塑料袋里提在手上。

她想等会儿见到黎海洋的话，给他尝尝这种小苹果。他给她带过那么多小零食，她也想给他试试她喜欢的东西。

凤凰湖车站里人来人往，天色渐渐地暗了下来，人影的轮廓变得不那么清楚，然而黎海洋还是没有出现。

天空不知何时飘起了细细的雨丝，花深没有带手机，她想孟媛媛一定在找她了，回去以后还会对她生气，会骂她。

但她就是不想走，她总觉得这一走，好像就放弃了什么似的。

她意识到原来她和黎海洋之间的联系弱如蛛丝，一旦断了，就再也寻找不到。

这让她莫名地难过起来。

她蹲在公交车站狭窄的屋檐下，觉得这湿淋淋的雨都落在了她的心里。

而花深不知道的是，一个小时前，在车站的另一边，黎海洋坐着他爸的小车疾驰而过。

他们谁都没有发现和对方曾经那么接近。

而后又渐行渐远。

黎教授今天难得有空，突然决定去接儿子，父子俩到家后，季珍珠已经准备好了晚餐，一家人其乐融融地坐在一起吃饭。

黎海洋自然不会知道，在他本来要经过的车站边，花深坐在细雨里，满是失落和倔强。

吃过晚饭，黎海洋惦记着要去一趟花深家找她，之前的封闭特训期一直不能使用手机，他想她一定生气了。

他决定直接找上门去。

找了个理由溜出家门，他骑着自行车披着雨披飞快地冲向花深家的水果店，不多时，到了水果店外边。店里果然还灯火通明正在营业中，可是等黎海洋支好车进去，却没有看到花深和她妈妈，只有上次远远见过一面的那个瘦小男孩在店里守着。

黎海洋不知道杜洛是聋哑人，他问了几遍花深在不在，杜洛都没有任何反应，只是用一种警惕甚至有些敌意的目光盯着他，让黎海洋有些莫名其妙。

直到杜洛意识到不妥，才收回自己的目光，缓缓指了指自己的嘴，又摇了摇头。

黎海洋这才知道，眼前的男孩不会说话。

他不知道杜洛和花家的关系，也没有听花深说过有个弟弟，但眼下他也没有心情多问，只好比画着再次询问花深在哪里。

杜洛其实见过黎海洋，有几次早上他去买菜或者送货时看到过花深跳上黎海洋的自行车。

早晨的阳光下，俊美的少年和笑容灿烂的少女在湛蓝的天空映衬下，那么像世界上最美好的画。

然而对于杜洛而言，却是刺痛他眼睛的画。

他一直一直生活在黑夜里，这样的亮色，对他来说，是永远不可能企及的梦。如果不是这样近地看见，也许不会那么痛，也许会一直麻木下去，只要活着就好，可是太近了，心里有些东西就会苏醒过来，让他产生怨怒。

为什么呢？为什么我永远不能这么干净、这么坦然、这么健康地在阳光下飞奔呢？

自然而然地，对于同龄的黎海洋，他心里的复杂情绪，绝不是一个羡慕可以简单形容。

或者更多的，是愤怒。

杜洛在心里责备了自己的贪婪，转身找出纸笔，写下歪歪扭扭的凤凰湖车站几个字，递给黎海洋看。

凤凰湖车站几个字一入眼，黎海洋顿时心里一紧。

他几乎立刻意识到那是他今天回家的终点车站，花深去那里做什么？难道……

他返身就朝外飞奔。

看着黎海洋迅速消失的背影，杜洛举着纸的手缓缓垂下，连同一起垂下的还有他的眼睫，默默地掩住了他眼里的那一抹悲伤的难过。

远远地，黎海洋便看到了花深。

不知道为什么，再多的人，再闹的街，他也总是能一眼看到她。仿佛在他的眼里，那个小小的女孩子自带追光。

黎海洋喘着气，在花深面前停住，他看着她，她也抬头看着他，两个人都没有说话。

黎海洋有些恍惚地想，这种感觉好奇怪。

现在的花深看起来表情有点委屈，感觉和平时不一样，现在的她好像柔软得要命，像是一块黄油，遇到了热气，缓缓地融化在他的心上。

黎海洋也不知道该说点什么，只好喊："花深。"

花深"嗯"了一声，但没有立刻站起来。

不是她傲娇，而是她腿麻了，身上又冷，有点僵。

黎海洋又喊："花深！"

他问："你怎么在这里？"

话一出口，就想咬掉自己的舌头。

真是嘴笨。

花深说："我以为你回来时会经过这里。"

黎海洋说不出心里是什么滋味。

花深就是这样子，她从来都不矫情、不忸怩，她在等他，就说在等他，没有等到，好像也不会觉得丢脸。

只是淋久了雨，腿也麻了，心里还是委屈，也写在了脸上。

花深把手里那袋小苹果递给他，手有点抖。

"给你，回去洗洗再吃，酸酸甜甜脆脆的。"

黎海洋接过来，碰到花深的一根手指，感觉到冰冷，心里更内疚了。

"我妈把我手机收了。"他讷讷地解释这一阵子的失联。

"哦。"花深点点头，终于站了起来，甩了甩手和腿，热气一点点回到了她的身体里，让她感觉到了暖意。

"还有出国的事……我不是不想早点告诉你，是不知道怎么开口。我妈安排得很突然，我也没有做好准备，但这是我一直想要的机会，也不想放弃。"

"哦。"花深原地蹦了两下，确定自己完全恢复了状态，甩了甩头，准备离开。

黎海洋赶快一把拉住她："你去哪儿？"

花深回头，奇怪地回答："回家啊。这么晚回去，我妈肯定要揍我了。"

"可是……"

"可是什么啊，我现在很生气。虽然好像你也没什么错，但我还是很生气。我得等气消了再和你说话，不然我可能会因为生气把你揍一顿。所以现在我要回去了。"

黎海洋见她表情认真，只得放开手，低着头跟在她身后。

一辆公交车驶来，花深跳了上去。黎海洋刚想跟着，花深却回过头快速说道："不许跟着我，你坐别的车！"

黎海洋退了两步，眼睁睁看着花深坐上公交车，车子消失在他的视线里。

看着车窗外低着头的黎海洋，车上的花深深深地叹了一口气，黎海洋啊黎海洋你怎么这么听话。

不知道为什么，见到了花深，也和她说了话，解释完了，黎海洋心里更却难受了。

他也不想立刻回家，抱着花深给的那袋小苹果，坐在花深刚才等他坐的位子上，默默地低着头发呆。

雨丝还在执着地下着，一点点打湿他的头发和衣服，把森然冷气渗进他的皮肤里，就像花深开始感受到的那样。

但随着身体一点点冷下来，黎海洋的心里却一点点获得了平静。

他觉得自己这样有点傻气，但人生总要允许唯一一次犯傻不是吗？仿佛这样，他就多了解了一点那个女孩的心思。

不知道在雨里坐了多久，身边来往的人慢慢越来越少，夜渐渐变得更深，怀中袋子里的小苹果的香气微微透出，持续不断钻入鼻尖，让人感觉安心。

黎海洋从袋子里掏出一个小苹果，那苹果个头小小的，青红相间的颜色，他把它在衣服内侧擦了擦，放到嘴边，轻轻咬了一口。

平时他是有洁癖的人，苹果不仔细清洗绝不会吃，但是此时好像也无所谓了。

果汁的酸甜冲进口腔，特别又清新，是他没有体会过的滋味。

她想把自己觉得美好的一切都和他分享。

黎海洋感觉自己的眼睛和心一起微微发热。

沉浸在思考里的黎海洋却没有注意到噩运的骤然而至。

他起身骑上自行车回家，这时，一辆强行变道的小车突然闯过来，毫无准备的公交车正起步左转，两车直接相撞，“砰”的一声，人行道上的行人纷纷抬头，非机动车道上一辆疾驰的摩托车司机在扭头看热闹的一瞬间，车把偏离直直撞上了准备骑上自行车的他……

小苹果散了一地，有的滚落到很远的地方。

少年倒在血泊中。

他依稀听到各种尖叫和惊呼，但好像都越来越远，越来越远。

眼皮太重了，重到无法撑开。

他不得不缓缓闭上眼，一晃好多年。

第四章

冬尽·归零

“其实我刚刚梦见你了。”

“梦见我什么了？”

“你走了，然后我嫁给了别人。”

“梦是反的，你只会嫁给我。”

好时光

Section1.

黎海洋在花深的坚持下，开车把狗送到了附近的宠物医院。

一番检查后，将狗先寄养在那里，安置下来，她才顾上考虑自己，而黎海洋已经被她折磨得没了脾气。

“我回家……哎，不是，我们现在是去哪里啊？”花深看到路线不对，小心翼翼地问。

黎海洋瞥了她一眼，没有说话。

直到车子停在另一所医院门口，花深才猜到他要做什么。她立马紧张地抓着安全带：“不不不……还是不了吧……”

黎海洋注意到她眼底的害怕，沉了沉眸子：“怕的话干吗要逞英雄去救狗？”

“不是……你知道……”

“我不知道。”

“咬得也不重……”

“被咬了就要打狂犬疫苗。”

花深最后还是被黎海洋强行拉了进去，黎海洋虽然不出声，但是从头到尾都盯着忽然之间格外躁动的花深。

直到护士的针头扎进了花深的胳膊，黎海洋才注意到，花深从进医院起就死死咬住牙憋着的那一口气才骤然呼出，随即脸色惨白，大汗汹涌而下，身体软软地一歪，而他已经及时地让她稳稳靠在自己的怀里。

“你……”花深气若游丝语不成句。

护士快言快语，说话像炒豆子:“哎哟，你晕针的呀？你是她老公吧？把她扶到那边的椅子上平躺一下就好了。我就说，难怪这么大的人了，怎么打个针还这么紧张……”

黎海洋难得地扯了一下嘴角，露出一点点笑意，大概是因为“老公”二字。

看着护士拔出针头，他弯下腰熟练又自然地把花深的腿弯一抄，稳稳地抱在了怀里，大步朝着走廊边的长椅走去。

花深从小就天不怕地不怕，唯独怕打针。

这是黎海洋无意间知道的秘密。

没想到这点，到现在都没变。

黎海洋目光沉沉地看着怀里的人，她闭着眼，脸色惨白，呼吸却渐渐平稳下来，一双手下意识地抓着他胸口的衣襟。

无论分别了多久，只要一接近，他们便会如两块磁石，那么完美又契合地吸合在一起。

每一个角度，每一个细节。

她都应该属于他。

黎海洋想到不久前自己在车上没有忍住的那一个吻，和她慌乱却丝毫没有拒绝意愿的反应，他心里笃定，丝毫不遮掩自己贪婪的眼神。

他现在才知道，自己这么多年的愤怒、犹豫、不安是多么愚蠢。

只要见到她，只要抱住她，答案就明明白白。

她爱他，他也爱她。

可是，仍然有一个巨大的谜团一直卡在他的胸口，无法纾解。

为什么明明相爱的两个人，当年那么轻易分开？

为什么多年来依然爱着他的她，当年会那么绝情地转身离去？

如果不能解开这个谜团，他们之间的破镜重圆，也一定会埋着看不见的炸弹，一如当年。

但是，他不急。

他现在已经不是当年的黎海洋，几年的痛苦磨炼着他的意志，也让他一次次清醒地面对自己。

这一次，他一定会像钻研一个学术难题一样，把他和她的问题彻底研究清楚，解决透彻。

凤凰湖车站的车祸事件发生后，黎海洋昏迷了足足一个月才醒过来，然后又用了长达一年的时间艰难复健。

足足耽误了一年的学业，人生才重新出发。

而他出事时为什么会出现在那里，他不会给出答案，季珍珠却猜了个八九不离十。

为此，她拿出了一个母亲最强势的态度，向学校封锁了黎海洋出事的消息，并在长达一年时间里，狠狠切断了黎海洋对外的一切联系通道。

唯一的宝贝儿子遭此大难，季珍珠一夜之间几乎老了十岁。当黎海洋看到一向精致美丽的妈妈因为他而变得憔悴苍老神经质的样子时，他也无法再说出任何叛逆的话来，只得乖乖服从一切安排。

潘杨米妮也因为这次意外，推迟了一年的留学计划，执意等黎海洋一起出发。

他意识到自己的弱小，所有的命运节奏都只能听从安排，也许花深会再次加深对他的误会，以为他自那次车站一别，便失去音信远走高飞，然而现在的他，即使解释，又有什么作用？

不过是如同凤凰湖车站那一幕的噩梦一般，也能把所有的秩序疯狂打乱。

唯有强大，更强大，才能掌控自己的命运。

这是那时的黎海洋意识到的事情。

复健一年后，他远在异国校园，成了遇见花深以前那个沉默得可以一整天不发一言只埋头于书海的黎海洋。

直到三年前，他和花深在异国土地上再次遇见，那一天的朋友聚会人影绰绰，如潮暗涌，而他一眼认出了她，即使已经相隔多年，他不再是笨拙少年，她也不再是玲珑少女。

但那一眼，他便知道，她仍是他生命里的冲天烈焰。

这一次，不是青春懵懂，如果说十几岁时的迷茫心动不知为何物，那二十几岁的再次倾心无疑给出了最确定的答案。

就是她。

他要她。

他抓住了她，狠狠地拥有了她，和她在一起的那一个月，如梦如幻，仿佛他生命里所有冰封起的部分都一夕复活，爆发出惊人的力量，每一秒都震撼惊心。

他以前只知学海，拥有她，方知什么是人间好时光。

然而好景不长，只有一个月。一个月后，她就突然离去，那么决绝，那么无情，那么突然。

那一次的打击，仿佛把他从云端狠狠拽下，重重摔在地面，他破碎的程度，超过那次在凤凰湖车站遭遇车祸。

因为那一次伤的是心。

他从来都不知道，原来伤心会这么痛，这么难以愈合，以至于他一度对自己失去了信心，觉得或许孤独终老也是不错的选择。

但是事实证明，有些人命中注定是刻在你骨头上的名字，每一次重新遇见，你甚至不需要适应的过程，便能听到组成你的亿万个细胞在疯狂地叫嚣和欢喜。

是一种沉沦的绝望与快乐。

黎海洋暗暗咬了咬牙，低头看着怀里的人。

花深现在柔软如云，安静乖巧可怜地躺在他的怀里。

他自信可以面对和解决最难的学术命题，但是对她，他无能为力。他甚至不敢问三年前她为什么那么狠心。

“先生，要不要给你老婆安排一个床位啊？”护士小声地提醒。

黎海洋怔了一下，心里忽然平静了下来。他看着怀里的人，轻声说：“不用，我带她回家。”

这时，花深睁开了眼睛。她感觉好一点了，似乎有些困惑自己的处境，长睫毛眨了几下。

黎海洋把她重新打横抱起。

“我们回家。”他轻声说。

像是对她说，更像是对自己。

这一刻，不知道为什么，他的脑海里突然想起了伟大的爱因斯坦临终前给世界留下的一段话：“过去，现在和未来只是一直存在的一种幻觉。”

那么多的痛苦，那么多的思念，那么多的恼怒，那么多的甜蜜，也许都是幻觉。

而他只想享受她现在正在怀里的安心与满足。

花深意识到黎海洋把她抱在怀里，抱得很紧。

她的双手轻轻抵在他的胸口，手指抓着他一点衣襟，耳朵里是他熟悉又陌生的心跳，每一下都让她的心尖像过电一样酥麻。

她的脑袋嗡嗡的，身体软软的。

真丢人，还是晕针了。

唉，天知道晕的是针，还是他。

花深抬眼看着黎海洋的下巴，他正专心地拉开车门，把她小心地放在副驾驶位上，又俯身拉过安全带替她扣好。

拉安全带的时候，他的脸颊和她近在咫尺。

花深突然就想起了不久前那个凶猛的吻，还有更久以前，他烙印在她身上和灵魂里的种种甜蜜与颤抖。

眼前的这个人，沉默冷静的外表下，是可以把人燃烧成灰的火山。

所以，那时候，她才要逃，头也不敢回地逃，她怕迟疑一秒，她就如同此时，被他的魔力套牢。

“黎海洋。”花深脱口而出，轻声唤他。

明显感觉到他正往回坐的身体一僵一滞。

黎海洋简直有点恼怒自己的敏感，只是被她轻轻柔柔喊一声名字，自己心里竟然如同狂风过境，怦然心跳。

他目光一沉，有点恶狠狠地气急败坏地低头看向她。

却突然间被一双软软的小手攀上来，似乎有点不确定地绕上了他的脖子，然后，是贴上来的还带着虚弱和凉意的嘴唇。

黎海洋脑子里一直紧绷着的那根弦，猝不及防地断了。

如同烈火烹油，轰的一声，他清楚地感觉到自己身体里的每一个细胞成为烟花四射的震撼。

他不再需要思考了，他的身体已经付诸行动，待他终于恢复了一点点理性，才发现自己已经把花深整个人按在座椅里用进攻性的吻疯狂感受了一遍。

她凌乱的发丝，泛着桃色的面颊和耳尖，微微张开仍在喘息的红肿嘴唇，和平日里的嚣张淘气完全不同的可怜巴巴仿佛被欺负狠了的小动物似的眼神，颤抖如春风拂过的水面般的肩……

还需要什么回答呢？

语言可以修饰，可以作伪，但身体不能，灵魂更不能。

她爱他，他也爱她。

黎海洋命令自己离开花深的香气和温暖，他快速关上副驾驶的车门，绕过车头，走到驾驶位上，拉开门坐进去。

发动车子。

“回我那里。”他语声沉沉，不容置疑，声音里是令她熟悉而颤抖的喑哑与威胁。

“不……”她还是挣扎了，这个不怕死的姑娘，“送我回去……”

车子刚起步，黎海洋闻言一个急刹，车子发出不甘的尖叫。

他扭头恶狠狠地看着她。

“回……我那里……”花深在他这种眼神下简直都要尿了，天知道那些说黎海洋温文尔雅的人是患了多严重的眼疾啊，黎海洋强势起来连她都只能示弱好吗？

“我家还有两只猫……我要回去喂猫……”

没错，就是猫的问题。

花深想捂脸。

黎海洋怔了一下，那一触即发的受伤和愤怒突然间就消失在空气中了，仿佛周围有什么东西全都软了下来。

他的嘴角甚至微微上扬起来。

他暗笑自己像个毛头少年一样露出情绪失控的一面，真是太幼稚了。幸好，在这世间，只会对她，不然，他也丢不起这个人。

“好，地址。”

他重新发动了车子，性能良好的车子像银色的游鱼，飞快地滑了出去。

只要不是逃跑，去哪儿都行。

喂猫？

那就喂猫。

花深上午刚搬来，还不熟悉环境，在地下车库找了几圈，才找到一个临时停车位。可黎海洋的车还没开进去呢，旁边就蹿过来一辆亮黄色的“小跑”，一个漂移停了进去。

黎海洋倒也不生气，另寻了一个车位停进去了。

但花深就有点不爽，下了车后一直朝着那辆骚包的“小跑”瞅，这一瞅，竟然被她看到了从车上下来的竟然是她的新房东云商。

她明明记得云商昨天带她来看房时开的不是这辆车啊。

正在暗暗咋舌这个新房东真有钱，云商也瞅见花深了，立刻挥着手大步走过来。

花深暗叫一声不好。

云商兴高采烈地招呼道：“花花妹妹，这么急不可待搬来啦？是不是昨天晚上看完电影回去兴奋得一夜没睡？”

花深对她这个新房东的印象没有错，云商这个人，有时候不正经起来，那是相当的不正经，让人听不出他是开玩笑还是说真的，当然，他正经的一面，花深也见识过了。

不过，眼看着黎海洋的脸迅速黑了，花深赶快救火。

她笑语盈盈地回答："是啊，被上天给我的好运气感动得睡不着，居然能在这么好的地段租到这么实惠的好房，还能遇上你这么好说话的房东，我这不是生怕你反悔不把房子租给我了，一早就抓紧收拾收拾搬过来了嘛。"

黎海洋的脸色缓和了下来。

花深赶紧一把拉起黎海洋往电梯走，留下云商独自在原地琢磨着花深这赞美到底有几层意思。

等云商反应过来，大呼小叫地追上去，表示自己也要搭乘这趟电梯，已经来不及了。眼见着黎海洋毫不留情地按下关门键，硬生生地把他给关在了电梯外。

云商不禁被这个和花深一起的男人的醋意弄得哭笑不得。

对方似乎根本无意掩饰对那个女人的企图和占有欲，表现得那么理所当然，连一点成人世界的礼貌寒暄似乎都不想有。

这样的人，要么是一个人生开挂自信爆棚一路凯歌的天之骄子，要么是一个爱那个女人爱到失去理智的情痴。

要么，两样都是？

云商苦笑着摇头，心想看来以后不能和花深瞎开玩笑了，一回头，差点吓得跳起来。

在他身后不远处，一辆白色的小车旁，不知道什么时候不声不响出现了一个女人。

看不出她在那里站了多久，也许是刚来，也许是早就在那里，因为太安静，快要和背景融为一体，以至于谁也没有注意到她的存在。

她穿着白色的裙子，静静地站在那里，目光幽深地看着早已经关闭的电梯门。

明明有着美丽的面孔、曼妙的身姿，表情却如同没有生气的幽灵木偶，在这阴冷的地下车库里出现，有一种说不出来的怪异感。

但云商却丝毫不觉得。

他的目光一定格在这个女人身上，整个人的气质突然之间就变了。

那种变化是一种没有办法用言语形容，但任谁在当场都能敏锐地感觉出来的从内到外的神奇变化。

仿佛突然之间，他整个人变得炽热、紧张、真诚、专注，和那个总是嘴没有把门开着玩笑的云商完全不同，和那个凶巴巴的云商也完全不同。

看着这个女人的云商，是温柔的、成熟的，充满怜爱和包容的。

仿佛无边无际的温柔大海。

他快步迎上前去，走到女人面前，声音里的温柔惊喜仿佛要溢出来："青苗，你怎么来了？"

这个女人，竟然是和黎海洋一个研究所的助理，何青苗。

Section2.

花深刚打开房门，花想想和花咕噜这两只蠢猫就边叫着边冲上来要吃的，喵呜喵呜的声音此起彼伏。

黎海洋站在门口没动。

花深这才突然想起一件事，黎海洋好像是怕猫的。

原因是他小时候被野猫抓伤过，有点心理阴影。

这件事好像也就是中学那会儿，两人同进同出时，偶尔听他提过一句，之前她竟然没想起来。

于是花深迅速一手捞起一只猫，把它们送到了阳台。

但两只猫本来就一天没有见着主人了，哪里肯善罢甘休，一起扒着阳台玻璃门可怜巴巴地喵喵叫唤着，叫得花深那叫一个不忍心。

此时黎海洋走进屋里。

他环顾四周，见花深的行李箱还放在墙角，沙发和茶几上都空空荡荡，看不出有人居住的痕迹。应该是她上午刚搬过来，放下东西就去找他了，所以一切都没有来得及收拾。

她自然也没有想到，两人一见面就会如同烈火烹油，黎海洋直接跟她回了家。

毕竟在这以前，他们之间有三年的时间没有任何联系，彼此还有那么多的不解和不甘，她曾经想过或许那些一生都无法填平。

然而原来一个眼神，一片皮肤的接触，一个情不自禁的吻，就能把一切不可能变成可能。

爱之所以珍稀，大约就是因为，它创造最多的奇迹。

黎海洋的心里仿佛被填得满满当当，又很舒服又很感慨，有点难得的懒洋洋的，一向高速运转惯了的大脑，竟然有点想休息罢工的趋势。

他抬眼见花深正在小心翼翼地把阳台玻璃门打开一条缝，防止两只猫挤进屋来，却又要把手里拌好猫食的食盆塞到阳台去。

那两只猫却连猫食也不想吃，只想和主人亲近，更加努力地想要钻进那条窄小的门缝。

一人两猫分别蹲在阳台门内外，看起来有点可怜又好笑。

黎海洋知道花深是想起了他怕猫的事。

他索性走过去，在她身边蹲下身来，一伸手接过她手里的食盆，在她惊诧的目光里，自然地拉开了阳台的玻璃隔断门，任两只傻猫欢呼着冲进来，一头扎到它们的主人腿上，亲昵地猛蹭起来，自己随手在门外放下食盆，然后回头看着花深。

花深赶快给她的“猫儿猫女”撸毛，撸得它们呼呼撒娇，别提有多满足。

心理上满足完了，花想想和花咕噜也消停了，又一起跑回阳台上，一头扎进黎海洋放好的食盆里，开始大吃起来。

黎海洋站起来，随手关上了阳台门。

现在，室内又只剩他和花深了。

花深有点不敢相信。

她知道黎海洋是不会对她说谎的，可为什么他不怕猫了呢？

她当然不知道，黎海洋知道她喜欢猫，所以已经刻意做了对猫的脱敏训练，那时是因为思念而寄情，不承想真有重新相遇的一天。

“三年前你离开我的时候说，如果足够喜欢，奇迹就会发生。”

黎海洋的一句话，让花深的心又悬了起来。

她就知道，她对他的伤害，是不可能这么轻易就过去的……

“这三年，每当我身在地狱，我都拼命地想，奇迹是什么？但是今天，我知道了答案。

“奇迹就是，我以为我会永远怕猫，可是因为你喜欢猫，我现在也不怕了。奇迹也是，我以为我的自尊心绝不会允许我在那样被你伤害后，还回来找你，但是我回来了。

“所以，深深，现在你可不可以给我一个奇迹……一个就好？”

任凭花深平时再怎么伶牙俐齿，现在也一句话都说不出来，最后还是没能忍住，眼泪扑簌簌地往下掉。

黎海洋很少见到花深哭，眼神一下子就软了下来，声音也哑了："深深？"

"对不起。"花深听见自己梦呓般的回答，哽咽的，委屈的，渴望的。

"黎海洋，从过去到现在，我只有你。"

只有你。

我也，只有你。

夜半，花深沉沉睡去。

两只猫不知道怎么把阳台门扒开了一条缝，努力挤进房间来。

花想想轻轻叫了一声，蜷在床脚。

黎海洋没有睡着，一切来得太快，把他的身心塞得满满当当，纵然是他，也需要消化一下。

但无论如何，命运和他开了个大玩笑，但最终还是与他和解。

他轻轻将花深往怀里揽了一下。

大概是找到了熟悉的怀抱，花深在睡梦中主动蹭了过来，绯红未退的脸庞有着花朵般的香气。触手处都是温柔，黎海洋的心顿时如跌进了一团云里。

他视若珍宝地看着怀里的人。

那一个月的同居时光，他也最喜欢在花深睡着后抱着她看着她。

睡着后的花深没有白天那么明艳张扬，反而像是一只受伤的小动物，乖乖地缩成一团，手还会不自觉地握成拳头，眉目间甚至有一点令人怜爱的委屈。

黎海洋轻轻地打开她的右手，把她的手握进自己的手心，然后低下头一根一根地亲吻她的手指，像他无数次在梦里做的那样。

只是每一次于梦里醒来，都只会面对更大的失落与苦痛。

还有满室没有她的孤独惶惑。

这一次，真的不是梦。

黎海洋的声音很轻很轻："深深，三年了。三年来，我想了一千遍一万遍，再见到你的时候我要怎么做。直到昨天晚上我还在想，我们该如何相处。可是直到真的见到你，我才发现什么都不用想，只想这么爱你。"

蜷在床脚的花想想不满地叫了一声，大抵是想到以后的罐头要归这个人管了，所以又没了动静。

反而是怀里的人不安分地动了动，不知道说了句什么。

黎海洋却听出来了，她在叫他的名字。

黎海洋。

其实我的梦里，也只有你。

黎海洋抑制不住嘴角上扬的笑意，吻了吻她的眉心："深深，我爱你。"

Section3.

另一边，云商将何青苗带回了自己家。

但是何青苗一进来就坐在沙发上，一副失魂落魄的样子，任凭云商问什么她都不说话。

云商只好给她倒了杯她最喜欢的热橙汁递过来。

何青苗下意识地伸手去接，却一时失神没接稳，橙汁洒出来，烫到了手，痛得她惊叫一声。

而同时，看起来价值不菲的地毯也被泼脏了。

何青苗回过神来，顾不得自己的手痛，慌忙伸手扯了纸巾蹲下身去擦地毯，嘴里喃喃道：“对不起，对不起……”

看到她这个样子，云商却再也受不了了。他一把将她拉起来，按坐在沙发上，随手从茶几下拉出小医药箱，取出一支烫伤膏，拉过她烫伤的手小心地抹上药。

他看起来根本不在意自己的地毯，而眼前的女人，对他来说才是无价之宝。

不知道为什么，何青苗看着云商这个样子，突然眼圈就红了。

云商处理完何青苗的手，蹲在她的面前，双眼直视着她的眼睛，严肃地问：“何青苗，你到底怎么了？”

何青苗张了张嘴，却没有发出声音。

她知道，眼前的这个人会包容她，无论她痛苦、失落、卑微、落魄或狼狈，在他的面前，都不需要掩饰。因为他说过，无论她变成什么样子，他都会一直守护着她，陪在她的身边。

这么多年来，他是这样说的，也是这样做的。

也正因为习惯了这份温柔，她才会在今天做了一个决定后又感到惶恐不安，而鬼使神差地跑来找他。

然而没有想到，却在等他的时间里，意外见到了让她心乱的人。

她因此而更加混乱。

云商无奈又心疼，放缓了语气：“何青苗，有什么事情可以说出来，我和你一起想办法解决。好吗？”

何青苗忽然抬眼，问：“刚才那两个人，你认识吗？”

“谁？”云商稍一思索，就明白了何青苗所指，他很意外。

“你问花深？她是昨天才租了我的另一套房子的房客。另一个人应该是她男朋友。”

“男朋友？”何青苗重复了一遍，又迷茫地摇摇头，仿佛是自言自语，“不，黎教授根本没有女朋友。”

“黎教授？”云商知道何青苗所有的秘密，自然也知道黎教授。青苗死去的姐姐何青柚中学时暗恋过的那个学长。

“刚才那个，就是你说的黎教授？”云商大吃一惊。

他没有想到世界这么小。这些年来，青苗一直活在姐姐死去的阴影里，她觉得姐姐的死是自己的错，所以她自责、内疚、痛苦，因而潜意识里，她“杀死”了自己，选择把自己变成青柚活下去。

她读青柚想读的专业，穿青柚喜欢的衣服，学青柚的爱好，甚至想要喜欢上青柚喜欢过的男人。

那个人，就是她嘴里说的黎教授。

其实中学的时候，云商和青苗、青柚及花深都是校友，那时黎海洋是全校的学霸校草，云商也有所耳闻，只是多年过去，他自然认不出刚才在地下车库向他宣示主权的男人竟然就是黎海洋。

原本云商对于青苗这种病态的追求一直在寻求解决方法，甚至为此自学了心理学课程，咨询过许多专家医生，但没有想到，还没有容他解开她的心结，无法回避的问题就摆在了眼前。

他已经不能坐视不管了。

“就是他，他就是黎海洋！他就是青柚喜欢的黎海洋！”何青苗的眼泪扑簌簌地往下掉，在地下车库见到黎海洋和花深的意外，一下又把侥幸打碎，任谁都能看出来，黎海洋和花深的关系不一般。

然而，她才刚刚下定决心，她要怎么办？

从小受到的道德教育告诉她，不能插足别人的感情。但是，那是黎海洋啊，那是青柚喜欢的黎海洋啊！

如果得不到他，青柚怎么办，可怜的青柚怎么办？

“青苗，何青苗！”

云商蹲在何青苗的面前，他扣住她的双肩，心痛而坚定地唤她。

何青苗有些恍惚地抬眼看着面前的人。

“你听我说。”云商放缓语气，盯着何青苗的眼睛，一字一句地对她说，“虽然我不知道黎海洋喜不喜欢你的姐姐何青柚，但是，我敢肯定，他一定爱极了花深。爱一个人是藏不住的，即使是刚刚和他见了一面的我，也能够感觉出来，不管他们之前经历过什么，但是黎海洋的心里，只有花深。你的计划，是不可能实现的。”

他从来不舍得对何青苗说过如此直接又残酷的话，这使得何青苗方寸大乱。

她惨白着脸，连连摇头，试图逃避云商的目光。

“不，不可以……”

“为什么不可以？”云商不允许她逃避，“因为何青柚喜欢过黎海洋，哪怕只是青春期时朦胧的暗恋，黎海洋也不能再有喜欢别人的权利吗？青苗，就算你的姐姐现在还活着，应该也不会如此霸道任性吧？”

他的话让何青苗瞬间崩溃尖叫起来：“不许你这样说青柚！”

她一边哭喊，一边站起来推开云商，试图离开。

她已经后悔了，她今天就不应该来找云商，她以为他会一如往常做她的避风港，却没有想到，他会对她残忍地露出爪牙。

“青苗！”云商一把拉住她的手臂，提高声调呼喊她的名字，“你是何青苗！你不是何青柚！没有人能够代替何青柚活下去，即使是你也不行！你问过你姐姐的意见吗？她希望你代替她活下去，替她过她的人生吗？你这样做，她会开心吗？”

犹如一记当头棒喝，重重砸在何青苗的头上，砸得她眼冒金星。

她瞬间呆住，脚步不前，眼泪却止不住地往下掉。

这些年，她一直以为自己做得很好，她那么努力活成了青柚的样子，仿佛这样，死去的就是何青苗，而不是那个人人喜欢的何青柚。

可是，青柚希望这样吗？

她开心吗？

从来没有人问过她这个问题。

就连她自己，也从来没有问过自己，这样做，是对是错。

“青苗，我一直都知道，你因为姐姐的死，感到痛苦自责，你恨不得死掉的是你。但是，你姐姐想看见你这样吗？失去了自己的人生的你，不会让姐姐感到更加难过悲伤吗？”

看着何青苗的脸，云商的心里泛起窒息般的疼痛。

他的天使女孩，已经承受了太多太多，以至于他甚至舍不得再轻轻给她加压一个指头，怕她承受不住。

所以，这些年，他才默默守在她的身边，陪她自欺欺人，陪她织荒唐的梦。

然而，花深和黎海洋出现了，仿佛是冥冥之中命运的安排，将选择推到他的面前，让每个人都必须从旧日噩梦里抬起头来，面对选择，做出选择。

所以，他必须亲手扒开何青苗的伤口，再一次让她痛。

“我不知道，我不知道！”何青苗的情绪彻底崩溃，捂着脸蹲下身大哭起来。

“是我害死了青柚，如果不是去接我，她就不会遇上那个变态，不会受尽折磨而死。我不配再幸福地活着，青柚因为我而死去，我怎么有脸再继续过自己的人生？”

“不是你害死的青柚，是那个凶手。”云商说。

如果凶手落网，所有人的爱恨都能得到一个解脱，是不是会不一样？

然而，这么多年了，那个残忍的凶手，仍然逍遥法外。

“如果黎海洋深爱着花深，又给你机会，那他就是人渣。”

“不是这样的！”何青苗朝着云商大吼了一句，又止不住地摇头，“他不是这样的，是我自己，是我偷偷喜欢了他很久，从初中到高中，努力地跟他考一样的大学，学一样的专业，努力到他身边工作，他什么都不知道而已。是我自己一厢情愿地喜欢他而已。”

“那我呢？”云商深呼一口气，心里几近窒息地痛，许久才问出这句话，“何青苗，在你那里，我算什么？”

何青苗一怔，却说不出话来。

何青苗记得她是一年前认识的云商。

那时候父母家里被盗窃，损失的东西不多，大多是她姐姐青柚的遗物，其中还有她和姐姐从小就戴在身上的长命锁。

父母本来不欲声张，被盗窃的都是一些小东西，不想麻烦警察。可青苗却执着地报了警。其实她也知道这种小案子太多，警察可能忙不过来，不知道何年何月才能侦破，可是没想到不出一周，居然破了案。

当时就是云商拿着姐姐的长命锁递给她，说：“好好拿着。”

而何青苗不知道的是，作为这片辖区的主力刑警，云商处理的都是重大案件，那一次居然破天荒地向领导请了假，亲自接了这个案子。

只有他自己知道，他有多渴望这样站在何青苗面前，名正言顺地告诉她：“我叫云商，是个警察，以后有什么问题都可以联系我。”

他多么遗憾，云商这个名字，她从未记住过。

但他又多么庆幸，云商这个名字，她从未记住过。

令他尚有新开始。

从那以后，云商就时常出现在何青苗的生活里，尤其是当她遇到问题的时候。何青苗一开始也会觉得奇怪，对此，他一直嬉皮笑脸、一笑置之，说为人民服务。

久而久之，两人就成了朋友。

何青苗也不傻，她一直都知道云商对她的感情，很多时候她也很想回应，可心里总是有个声音，在每一个夜深人静的时候叫嚣着：你不许这样，你不可以自私地一个人去幸福。

但面对云商的时候，她又没有办法割舍。

她一面贪婪他的好，一面回避他的好。今天也是忍不住来找他，才遇上了黎海洋和那个霸占着黎海洋的心的女孩。

“青苗，你一直都知道吧，我喜欢你。”云商忽然说，“你要不要试着考虑我？”

何青苗回过神来，泪眼盈盈地看着眼前的男人。她眼神微动，似乎有些动摇。

云商继续耐心地循循善诱：“他能给的我都能给，他不能给的我也全部会给你。到我这里来，好吗？”

云商轻轻地将她抱进怀里：“好了青苗，不哭了。”

何青苗趴在他的肩头，紧紧地抓着他的衣服，却止不住地哽咽。她想说好，可是一抬眼，落地窗的玻璃上映着自己的脸——

不，不是，那不是自己的脸，那是青柚。

无数画面在眼前一闪而过，偷偷哭的青柚，绝望的青柚，死去的青柚……

何青苗猛地推开云商，哭着喊道：“不，我不要，我不要放弃他。”

云商猝不及防被推倒在地，他看着几近崩溃的何青苗，重新握住她的肩膀，试图让她冷静下来。

可是何青苗却拼命地推开他：“不可以，青柚喜欢他，青柚什么都没有了，只有他了，我不能放弃他，我要替青柚得到她要的。”

云商一愣，如遭雷击。

他心爱的女孩啊，究竟是有多善良，才会把一切都扛在肩上。

可是，那分明不是她的错啊！

如果说错，目睹了案件发生却没有勇气报案的懦弱的自己，难道不更罪大恶极？

这些年，自己拼了命地锻炼、蜕变，变得更加强大，考警校当警察，就是为了有一天亲手抓住那个恶魔！

而现在，为了何青苗，更要将那个恶魔绳之以法！

云商正要安抚何青苗，工作电话却响了起来。

同事在电话那边紧张地说：“云队，这边发生了命案！”

云商眼神一凛，瞬间如同换了一个人，言简意赅：“地点，我马上赶过去。”

Section4.

李花巷子最近人心惶惶，清晨倒垃圾的阿婶的一声惊叫响彻了李花巷的天空……

警察很快赶到，但经过查明，地上带血的肉块并不是人类的，而是一些流浪猫，虽然如此，但满墙的血迹和极其残忍的手法仍让这条老巷居民以讹传讹衍生出无数恐怖的故事。

更甚的是，警察对于现场的保护和勘察似乎超出了一般的小型案件，不知道的还真以为是人命案现场。

街坊邻居们议论纷纷，都说那些猫死得不简单，隐隐约约听到说猫尸上的刀口好像有什么特别……

消息传开，整条街上的居民都陷入了恐慌中。

大部分的街坊都三缄其口，生怕沾上什么不干净的东西或者被报复，只有孟媛媛不信这个邪，将街上传的说法一一列出，全交给了警方：“至于哪些是真哪些是假，我可分不出来，反正我知道的都在这里了。”

“谢谢你的配合。”

阿强刚送完货，回来就看见警察从水果店里出来。他靠到一旁，布满疤痕的脸上看不出什么表情，眼神却混浊地盯着那些警察，一直到他们走远了才收回视线。

杜洛送完富强广场的快递，刚好听见两个街坊在议论纷纷，残忍的作案手法……这些熟悉的词语，还有一闪而过的水果店，他愣了一下，过去的记忆纷至沓来。

三年前花深出国短期学习，没多久后就打电话回来说自己恋爱了，对方是黎海洋。

孟媛媛当然记得黎海洋，至于这小孩后来怎么忽然就失去了音信她也不清楚。但她向来开明直爽，既然花深喜欢，两人也认识了那么久，还能在异国重逢，这该是多大的缘分，她很是替花深开心。

孟媛媛把这个消息告诉了杜洛。杜洛在家里住了这么些年，孟媛媛早就把他当亲儿子了。尤其是花深后来不在家，她对杜洛更是无话不说。

岁月让杜洛从一个单薄弱小营养不良的小孩，长成了一个高挑俊美的青年，虽然不会说话，却再也看不出过去的影子。

只是孟媛媛从来没有察觉到，杜洛对于花深的感情完全不是她以为的姐弟情,这种异样的感情在很久很久之前就已经在杜洛的心里埋下了种子。

他喜欢花深，从一个少年对一个女孩的喜欢，发展到一个男人对一个女人的喜欢。

杜洛知道这个消息之后固然难受，但他心知自己不配，所以花了好久的时间整理好心情，劝自己放手。

可是一个多月之后花深却回来了，她那样明艳动人地离开，却这样失魂落魄地回来。

杜洛不知道发生了什么。唯一知道的是花深和黎海洋分手了，至于原因，饶是花深在喝醉之后胡言乱语的时候也没有提及。

越是这样，越证明那道伤口深，碰都不能碰。

那些日子里，杜洛一直陪在花深身边，那深埋的感情又开始泛滥。

可是任凭他怎样竭尽全力地逗花深开心，花深却总是心不在焉，甚至根本看不见他。

杜洛也无比痛苦。那天，他喝醉了，闯入花深的房间，强行把她按在床上。

花深起初挣扎了一会儿，可是抵不过一个成年男人的力气，后来她就不动了，目光平静地看着他，问：“就算你得手了，我也会永远恨你，你凭什么觉得你配得上我？”

花深明知道这是杜洛最不能触碰的地方，却还是把刀子狠狠地插了进去。也许只有这样才能让杜洛清醒过来。

一瞬间，杜洛仿佛又变成了最开始那个敏感又小心翼翼看人脸色的男孩子。他无比懊恼自己的所作所为，可是也不奢望花深的原谅。

无法再面对花深，也为了让自己彻底死心，杜洛不声不响地离开了李花巷子，三年来再也没回去过，偶尔会发信息给孟媛媛报平安。

却没想到以这样的方式看到了那个无比熟悉的地方。

本地新闻台正在播出最近人心惶惶的虐猫杀猫案，新闻里的居民们各种推测，有人说是因为野猫太吵，也有人猜测是有变态出没，不管凶手是谁出于什么原因，这样残忍的作案手法都让人极其愤慨！

几张死猫尸体的照片出现在屏幕上，虽然有马赛克，但确实能隐隐看见鲜血淋漓的。

杜洛一怔，不知怎么的这条一闪而过的新闻让他心里非常不舒服，记忆中被尘封已久的往事逐渐清晰……

“什么？今天就这么点钱？你们俩是不是把钱都藏起来了？”

残忍的声音里，仿佛毒蛇吐信，淬着毒带着血，令人哆嗦。

小东西吓得“扑通”一声跪在地上，但杜洛还能站得住。

男人的目光幽幽地落在比小东西高出半个头的杜洛身上。

“强叔，强叔！我们真的有在努力，求求你，求求你再给我们一点时间……”眼看不妙，小东西一把抱住男人的腿，带着哭腔哀求着。

换来的却是男人毫无怜悯的一脚。

小东西的身体像一只破败的风筝，径直飞了起来，砸在潮湿泥泞的地上。

杜洛没有反抗，只是站着。

后来的很多年，他都恨自己，为什么那时就那样看着，也许他的心已经死了。他可能真的不想活了。

但是，不想活了，和活活被人打死，是两回事。

那身强体壮的男人追上前，突然兽性大发，对着小东西用力踩了下去。

等杜洛清醒过来时，小东西已经死在那个男人的暴虐之下。

而面对那瘦小、残破的尸体，那男人没有害怕，没有不安，有的只是满满的兴奋。

接着，杜洛看到了他永生难忘的一幕。

强叔拿出小刀，在死去的小东西的肚子上，划了一个阿拉伯数字“3”……

杜洛忽然出现在水果店门口，孟媛媛愣愣地看了他许久，才确定真的是他。

孟媛媛一双眼瞬间就红了，上前抱着杜洛的胳膊：“好小子，三年前不声不响地就跑了，这么多年就不知道回来看看你干妈啊！知不知道我天天惦记着你吃不吃得好睡不睡得好……”

尽管孟媛媛知道杜洛这些年的近况，靠送快递为生，过得也不错，但还是忍不住唠叨了许多。

话没说完，她又记起什么来：“好了，先不说了，我得早点回去准备菜，咱们晚上边吃边说，你先在店里看一会儿。对了，这是阿强，我们店里的帮工，你俩收拾完一起回来吃饭……”

杜洛看着从里屋出来的男人。

那一年，他还是个孩子，在小东西死后，他便想尽办法逃走了。

从孩子成长为一个青年，容貌体态都变了太多。但是那一年的强叔，和现在眼前的阿强，却不过从一个中年人过成了一个中老年人，变化不算太大。

虽然他脸上多了一些疤痕，但不影响杜洛一眼就认出了，眼前的阿强正是多年前在他面前打死小东西的恶魔！

干妈有危险！

花深有危险！

阿强似乎没有认出杜洛，他听孟媛媛介绍完，憨厚地笑了笑，伸出手跟杜洛打招呼。

手掌与手掌相触，杜洛要用尽全力才能阻止自己大叫。

对这个恶魔的恐惧深植在他的血液里，他害怕极了，但是，他不能退缩，不能逃跑，因为恶魔的目标，是他的亲人。

亲人，多么温暖的词，他杜洛，竟然也有。

他看着阿强，张了张嘴，什么声音也无法发出。

孟媛媛在旁边笑着说：“这孩子小时候就这样，很难跟人亲近，熟悉就好了。”

她说完取下围裙就走了，店里只剩下杜洛和阿强。

杜洛的眼神一直像是一只刺猬一样看着阿强，偶尔有人过来买水果，他都是满脸憨笑地迎上去，淳朴又温和。

他默不作声地走到阿强旁边，指了指货架顶上的一箱水果，示意阿强帮忙拿下来。阿强看了他一眼，然后搬来凳子搭脚。

杜洛在下面帮忙扶凳子。阿强个子不高，踩上凳子还得伸手去够，这么一来恰好露出腰上一块皮肤来。

也就是杜洛想看到的，男人的后腰往上，遍布整个后背的，是一大片刺青，与疤痕交错在一起，狰狞而丑陋。

杜洛呼吸一窒，果然是他！

那个强叔！

阿强也意识到了什么，他放下手，然后缓缓回头，居高临下地看着杜洛，混浊的眼神瞬间充满了一种怪异的光，嘴角慢慢扯起来，连着遍布半张脸的疤痕，露出一个狰狞又猥琐的笑。

杜洛心里一麻。

只见阿强嚅动着嘴唇："好久不见啊，小鬼。"

Section5.

杜洛和阿强一起回来的时候，孟媛媛正在跟花深打电话，说杜洛回来了，喊她回来吃饭。

花深在电话那边顿了一下，然后才说："妈，黎海洋也来。"

"怎么又是黎海洋？"孟媛媛问完立马记起来自己前些天暴露电话号码的事，于是赶紧打岔遮掩过去，"行，我做了一桌子菜正愁吃不完。"

"妈……"

好歹是亲母女，孟媛媛一下子就听出来花深的欲言又止，她等了几秒，才听到花深的声音："妈，我和黎海洋……我们在一起了。"

"在一起？"孟媛媛怔了怔，一拍大腿喜笑颜开，"今天是什么日子啊，好事连连！快把人给我带回来！”

“妈你都不考查一下就这么开心，万一人家是骗子呢？”

“骗什么骗，谁能骗得着我天下第一聪明的女儿，赶紧把人给我带回来吃饭！”

花深挂了电话，脸还是烫的。

孟媛媛的反应自然在她预料之中，毕竟孟媛媛催婚已久，都快变成心疾了，但当她亲口告诉一个至亲之人她和黎海洋的关系时，却仍感到一种仪式般的慎重。

在一起了呀。

他们，因为相爱，因为分不开，又在一起了呀。

想到这里，花深觉得脸颊更热了，抱着枕头在床上翻滚了一阵，又跑到镜子前重整旗鼓，好歹也是威风凛凛的花深女侠，怎么跟个小女孩一样。

她拿出手机给黎海洋发消息：“我妈让你去我家吃饭。”

“好。”

“那我待会儿过来找你，我们一起回去。”

“好。”

花深又说了几句，黎海洋虽然回得都简单，但除了第一个“好”之外几乎都是秒回的。这让花深不禁觉得他工作是不是很清闲。

实际上他有多忙，她是知道的，于是就没打扰他。

打了个车快到研究所的时候，她才忍不住发消息说：“我快到了！你在干什么？”

黎海洋这次回得慢了些，过了会儿才说：“在紧张。”

“嗯？”

“待会儿要见岳母，所以有些紧张。”

花深想了一下一直无比高傲的黎海洋紧张的样子，忍不住在出租车后座大笑了起来。

但是花深想多了，见到黎海洋的时候才发现他紧张的样子跟平时没什么两样，表面上都是一副心静如水的样子。

黎海洋手上还剩一些事没做完，让花深在他办公室里先等一会儿。

对与黎海洋相关的事情，花深总是充满好奇，忍不住在办公室里转来转去，这里看看那里看看。

忽然，有人敲门。

来人是何青苗。

花深还以为她是来找黎海洋的，刚准备开口，却听她说："你是花深吧，我叫何青苗。"

花深不明所以地看着何青苗，她自然认得对方就是昨天跟在黎海洋后面的女孩，还能一眼看透对方对黎海洋的心思。

可花深不知道为什么，就是无法对其产生厌恶，反而觉得对方十分惹人心疼。

"你好，我是花深。"

"我……我听同事说你来了，就想和你聊聊。我不是坏人，我是黎教授的助手，还是你的房东云商的朋友。"

"你还认识云商啊？"这下花深感觉她更亲切了。

何青苗也不知道自己贸然进来找花深要说什么，但是她听大家偷偷议论来了这样一个姑娘，便知道是花深，就一下子冲动了。

昨天云商对她说的话，她并不是全没听进去，冷静下来思考，几番悲情几番刺痛。

“要不,我下班请你吃饭吧!”一时间不知道说什么,何青苗脱口而出。

没想到花深爽朗地大笑起来。

“我正是来接黎海洋去吃饭的，你要是不嫌弃，也一起怎么样?”

再愚钝的人，也知道这不合适了。

但是花深接下来说：“还可以叫上云商。”

她不顾推门而入的黎海洋要杀人的眼神，已经开始兴致勃勃地拨打云商的电话了。

何青苗避开黎海洋的目光，竟然没有拒绝。

路上有些堵，等红灯的间隙，花深拿起手机给旁边的黎海洋发消息：“何青苗喜欢你，你看出来了吗?”

黎海洋的手机响了一声，他瞟了一眼，然后目光移向身旁假装若无其事看风景的人，无奈地拿起手机快速地敲下几个字。

“胡说。”

花深笑眯眯地回复消息：“那我喜欢你，你看出来了吗?”

小黎教授被拿捏得死死的，嘴角上扬了几个度，全身都舒展了。

三人到达李花巷子的时候，云商已经在等候。

好在孟媛媛准备的菜够多，而且她向来喜欢热闹，家里来了这么大一群人，她可乐死了，嚷着要再炒几个菜，硬是被花深给按住了。

孟媛媛忍不住说：“你这孩子，平时不带人来，我还以为你多孤僻，原来有这么多朋友。”

花深回嘴：“妈，你女儿这么活泼可爱，在你眼里却是个孤僻女孩?”

“就你贫。快招呼朋友们坐。”

阿强和杜洛也忙进忙出端茶上菜。

这临时搭起来的一群人，竟也并不尴尬。

开始吃饭的时候，孟媛媛把在座所有人都关心了一遍，最后目光落在黎海洋身上。

“海洋啊，好多年没看到你了，越长越俊了啊。”

黎海洋一下子手足无措：“阿姨。”

“这些年是出国留学去了？”

“是的，阿姨。才回来。”

“才回来就和我家深深勾搭上了，够快的呀。”

花深护短：“哎呀妈，你看他那样，肯定是我主动呀。”

孟媛媛瞪她一眼：“那你三年前为什么那个样子回来？”

花深抱头：“我的妈呀，这壶不开，你别提了行不行？”

“好好好，你说不提就不提。不过啊，海洋，阿姨就多这一次嘴，以后绝不多说了。这一次，一定别再让深深伤心了，知道吗？”

黎海洋郑重地回答：“知道了，阿姨。”

“说起来，阿姨也是看着你长大的，那年你俩一起遇着那桩案子开始，转眼也十几年了。阿姨知道你不是坏孩子，所以也放心把深深交给你。”

“案子？什么案子？”云商的职业好奇心启动。

“就是在吴水河边，有个棚户区，那个人杀了他的媳妇，正好被海洋和深深撞见，两个孩子去报的警，那犯人现在应该还在监狱里。”

一听说这种事，大家都好奇了起来，只有何青苗，一直默默地坐在旁边。

她不知道自己为什么一时冲动跟来这里，自己又算什么。

也没人注意到阿强那泛着冷光的眼睛，或许有人注意到了，那就是深知他本性的杜洛。

阿强把目光缓缓地移向坐在孟媛媛另一边的那对男女身上——居然是他们？

当年目睹他杀人去报案的两个小孩子，居然就坐在他面前。

他的记忆里，那穿着红裙的小小身影在吴水河里沉浮，和眼前笑颜如花的姑娘渐渐重叠。

没有想到，命运竟然有这样的安排。

他其实见过几次花深，但根本没往那方面想。

他不喜欢这姑娘的大大咧咧和明艳爽朗，他觉得姑娘家就该像多年前他害过的一个少女一样，柔弱乖巧，任人鱼肉，楚楚可怜。

这才能激发他最大的兽欲。

他一直没对水果店这老婆娘下手，毕竟这里是个安全的避风港，而且这老婆娘护短得很，把他保护得挺好，不过现在不同了。

害过他的人，害得牛力现在还不得自由的人，他是不可能放过的。

牛强从小心狠手辣，从小就敢摔死小狗、捏死小猫，并且以此为乐。

所有人都觉得他有病，也没人愿意接触他。所以他小学没读完就辍学了，整天游荡在大街小巷，后来没几年加入了一个犯罪团伙。那里面全是他的同类。而他因为没有底线什么都做，很快就成了团伙的一个小头目。

后来他以此为生，再后来他手下也有了一帮像杜洛一样的流浪小孩。当时杜洛还不叫杜洛，叫小鬼，是那群小孩里最聪明的一个，又不会说话，更能激发别人的同情，这一点对于乞讨抑或偷东西来说都大有用处，所以是他重点培养的对象。

和杜洛一起的，是个胆子特别小的小孩，叫小东西。

有一天他血气上涌，忍不住杀了小东西，杜洛受了惊吓，想尽办法逃走了。

谁知没多久后他的窝点发生了火灾，引来了警察。他见势不妙，便逃走了，团伙里的其他人大多被抓，剩下的也作鸟兽散。

牛强四处游荡，遇到季珍珠那天晚上他刚好在赌场输了钱，一肚子气没地方出，躺在那个废工地睡觉。

没想到居然遇到一个贵妇过来撒尿，他最讨厌这种装腔作势的女人，越是尊贵，越要扒光她们的皮。

所以理所当然地，他扑向了季珍珠。

在他看来，这都不算事儿，没想到那女人格外强壮，居然拼死反抗，害他半天没有得手，还引来了一个多管闲事的人。

和那人搏斗差点被抓，好在他有随身带刀的习惯。

捅了那个人一刀以后，他逃跑到半路，居然撞见一个娇滴滴粉嫩嫩的半大姑娘，或许是血腥最大程度激发了他的暴虐因子，又或许是在季珍珠身上未能抒发的兽欲令他欲火中烧，他一把抓住那小鸡崽似的姑娘……

姑娘被他用手捂着嘴捂太严实，等他发泄完就闷死了，他到底有些害怕警察找到，又逃到外地去躲了一阵子。

虱子多了不怕咬，杀一个抵命杀两个也是抵命，再回来时他心一横把早就想处理的贱女人给杀了。

之后的日子，他像撞了狗屎运，家里那个破棚子居然被划分到拆迁区，他拿着那笔拆迁款，享受着奢华的生活，直到钱花光。

中间也犯了几次案，还破了点相，渐渐被警察盯上，紧追不放，为了藏于人海，他找了一些底层的工作应聘，然而人家看到他的外貌，都不要他，只有这个水果店老板娘，像个圣母一样收留了他，让他有了落脚之所，也有了掩盖的身份。

牛强并不知道这桌上，除了花深和黎海洋以外，还有个何青苗，也对他有着剔骨之恨。

命运就是如此残酷而奇妙，连云商，也不是陌生人。

在一切开始的那一天，命运的齿轮开始转动的那天，云商也在那条巷子里，亲眼见证了何青柚被害的过程。

云商从小身体不好，被同学扣上了病秧子的帽子，那一年刚好休学养病。妈妈送他去学跆拳道强身健体，可他却在隔壁舞蹈班遇到了明艳开朗的何青苗，她跳起舞来的时候，少年的心也随之而纷扬。

他有时候会偷偷跟在何青苗身后。那一天他却认错了人，误把青柚当成了青苗,默默地跟了她一路,一直到那个巷子里,然后目睹了青柚被施暴。

而他因为害怕当场失声，连步子都迈不开，什么都没能做。最让他懊恼和自责的是，因为太害怕他不敢抬头连犯罪分子的样子都没有看清。

那一天成了他一生的耻辱，也成了每天夜里惊醒他的噩梦。他总是不断地梦见那个女孩满脸是血，伸着手向他求救。可是在梦里他也动不了。

那一幕，他永远无法释怀。

云商自幼家庭条件优渥，所有的路都是铺好了的，他可以无忧无虑地享受到最好的生活。

可是他却推开了这些，在所有不理解的目光里毅然决然地选择了当警察，为的就是有朝一日能找出那个恶魔。

他一定要找到那个恶魔!

云商的目光再次回到青苗的身上，而青苗一心听着黎海洋的声音。

花深偶尔会去看坐在对面的杜洛，杜洛却自始至终低着头，满脑子都是牛强狰狞的脸和威胁。

每个人都怀揣着各自的心事，无暇顾及其他。

于是这场命运的大案，就如同一个奇妙的绳结，在这个看似平静无澜的晚上，把相关的人都拴在了一起，又把他们重新推到了危险面前。

而没有一个人，能够完全将这些线索串起来。

Section6.

夜晚，是恶魔的狂欢时间。

奇怪的是，牛强此刻想得最多的，并不是黎海洋和花深，而是饭桌上那个不声不响、柔弱文静的姑娘。

他总觉得看到那个姑娘，就有一种难言的躁动，也有一种莫名的熟悉，但就差那么一点点，就是想不起来。

深夜入梦，忽然有一个哭泣求饶的声音声声入耳，黑色的云雾里，少女的身体像花一样展开，转眼间被大股大股涌出来的黑红色的鲜血淹没。

一个激灵将他从梦里打醒。

他终于知道那种熟悉又焦躁的感觉从何而来。

那个姑娘必定是他当年害过的那个少女的姐妹。而那个少女，则是他此生最回味无穷、最得意的作品。

他一直很遗憾，当年未能在那姑娘身上完成他的创意，后来犯了很多起案子，也没有一个那么完美的“材料”。

这让他很是难耐。

天知道他的渴望，给他送来了一个同款。

黑夜里，恶魔的眼睛灼灼发光，闪现着狂喜和残忍交织的光。

至于花深和黎海洋，他没看在眼里，找个机会做了便是。

黎海洋晚了几天才回家。季珍珠没来得及问他那晚为什么没回来，就听他说：“妈，我要结婚了，和花深。”

季珍珠听到这个名字就喘不过气，张了半天嘴也没说出话来。

“我知道你要反对。”黎海洋打断她，声音格外平静，“但是妈，我是回来通知你的，而不是来征询你的意见的。”

黎海洋说完拿了户口本就准备走。季珍珠急了，叫住他：“你气死我就算了，你是想逼死米妮吗？”

黎海洋背影一顿，停了下来。

季珍珠继续喊道：“就算你不爱她，她和你青梅竹马一起长大，现在她变成这样，你难道不心疼吗？”

这句话如同一把利刃一样戳在了黎海洋的心上，让他沉默了。

那一年，黎海洋被冲上公交车站的摩托车撞飞，在医院住了很久。他受伤那段时间，季珍珠一直守在他身边，好几次都快要崩溃。

季珍珠不许他再和花深联系，短短时间里经历过的种种事情证明，只要和花深扯上关系，黎海洋就会有性命之忧。

第一次两人相识，便遇上了杀人案，这一次黎海洋为了去见花深就被摩托车撞了。

季珍珠哭着说她不敢想下次会发生什么，然后在黎海洋的面前晕了过去。

黎海洋不得不妥协，只能答应季珍珠，在自己学成回来之前不会和花深联系。

痊愈之后他就被送到国外，和潘教授家的潘杨米妮一起。

潘杨米妮喜欢黎海洋，以前在学校就是所有人都知道的事情。但是当时忌惮大人不许早恋的规定，所以米妮也没那么放肆。

可是到了国外就不一样了，得到了双方长辈的默许，她开始经常用各种各样的理由缠着黎海洋。

比如黎海洋上课的时候被她忽然叫出去，结果只是陪她买裙子。做实验的时候她也会忽然跑过来，哭着说自己养的蜥蜴不见了让他帮忙找。还会骗他说自己受了伤，可也只是膝盖红了一块而已。

黎海洋一开始还看在两家关系的面子上顺从她，没几次就开始觉得烦了。再加上季珍珠每次都在电话里说让他照顾潘杨米妮，大概是青春期的逆反心理，他越发觉得厌恶。

而米妮任性又娇气的性格也交不到什么朋友，甚至让人讨厌，而她自己也骄傲得不把黎海洋以外的任何人放在眼里。

到国外一年多之后，她被平时互相看不惯的女生设计关在了实验室的地下冰库里，而她穿着裙子，一分钟也坚持不住，用只有最后一点电量的手机给黎海洋打了电话。

黎海洋当时在上课，所以按掉了。等到下课之后，他记起来的时候已经晚了。米妮因为救援迟了，双腿神经坏死，以后只能坐轮椅出行。

而且他们说，潘杨米妮之所以会被骗进去，是因为她们说黎海洋在那里。

于是有那么一段时间，黎海洋把责任全归在自己身上。那以后的很多年里他都是主动在照顾米妮，反而是米妮经过这么一场劫难变得成熟懂事了许多。

一直到黎海洋这次回国。

米妮本来并没有打算回来，这些年黎海洋虽然尽心尽力地照顾着她，可是心到底不在她这里，她还是看得出来的。

可是季珍珠却给她打了电话。

在季珍珠看来，米妮虽然腿残疾了，但是对黎海洋一往情深。最主要的是，潘杨米妮的爸爸现在已经是跨国集团旗下上市公司的老总。这意味着只要两家联姻，就能预见未来金碧辉煌的生活。

她觉得，要不是因为米妮腿残疾了，这门亲事还没这么十拿九稳呢。

季珍珠看着黎海洋的背影，就在她以为黎海洋会妥协的时候，却听到他轻声开口，问："三年前，你也是用这个理由跟花深谈判，让她离开我的对吗？"

季珍珠一愣，哑口无言。

黎海洋了然，继续说："妈，你说你爱我，可你永远不能体会，这三年我如同生活在地狱里的感受。再来一次，我可能会死。妈，我不是花深，她舍得我，可我舍不得她。我决定好的事情，从来都不会回头。"

Section7.

花深接到电话的时候，正在上班。

是医院打过来的，说孟媛媛煤气中毒。

花深慌乱地给黎海洋打电话，说待会儿去不成民政局了，然后火速赶到了医院。

不明就里的黎海洋紧张地打了好几个电话过来花深才接到，好在医院那边说因为救援及时，并没有什么大碍。

"我马上过来。"黎海洋挂电话的时候无奈地说，"下次说话记得要说完。"

花深怔了一下才意识到他指的是什么，虽然知道不是时候，却仍然忍不住心中甜了一下。

赶到医院的时候，孟媛媛已经醒过来了。牛强和杜洛也在。

据说是因为自家后厨煤气泄漏，孟媛媛一个人在家睡觉，压根儿没注意到。幸好牛强赶到，翻了墙砸了玻璃，不顾自己受伤，及时把她给救了出来。

花深看了一眼旁边的牛强，不知道是因为他脸上那些恐怖的疤痕还是别的什么，她总是莫名地抵触这个人。

花深总觉得，那些疤痕下似乎藏着另外一张脸。

可是牛强对孟媛媛又好得无话可说。

其实花深并不反对孟媛媛结婚。自从爸爸走后，孟媛媛一直都是一个人，把她拉扯大，尽力给她补全所有的爱，让她从来没有因为缺少父爱而产生什么不好的心理，反而健康阳光地长大了。她也希望孟媛媛能有个好的归宿。

杜洛见花深来了，就自觉地出去了，他知道花深不想看见他。

仿佛他的出现只是为了替牛强撒谎，告诉大家牛强救人的时候有多紧张和危险，有多义无反顾。

尽管这一切不过都是牛强自导自演的一出戏，为了增强孟媛媛对他的好感。

牛强出去打热水了。

黎海洋推开病房门，身上还带着些风尘仆仆的味道。花深愣了一下：“你怎么来这么快？”

黎海洋停顿了片刻，说：“你给我打第一个电话的时候我就出来了。”

花深意识到打第一个电话是什么时候，不免心虚：“那不是因为太急来不及说嘛……”

黎海洋瞥了她一眼，没说话。

正好这时牛强回来了，给大家递洗好的水果。

轮到黎海洋的时候，他的目光里闪过一丝疑虑。

牛强回过头来，眯起眼睛打了个招呼："来了啊……"

黎海洋敛去眸光间的疑虑，把手里的东西递给他："这是给阿姨的，热一下吧。"

牛强说着好，接了过来。

黎海洋陪了一会儿，还有工作要忙，就先离开了，花深送他出门。

走到门外，黎海洋报复性地揉了一下她的头发："真想把你抓进民政局。"

"我又跑不掉……"花深推开他，"黎海洋，我怎么发现你越来越黏了。一开始不是很酷的吗？"

黎海洋顺势抱了抱她："夜长梦多。"

黎海洋离开医院之后，在车里拨通了一个电话："在哪儿？我有些话要跟你说。"

那边报了一个地址。

不久后，黎海洋把车开到了寸步难行的市中心，后来在一家网吧找到了云商。

两人换到了附近的咖啡厅，黎海洋看着云商今天的穿着，一副嘻哈少年的打扮，俨然一副不良少年的模样，居然也不违和。

黎海洋调侃："你真的是警察？"

"怎么，你以为警察都是穿着制服等你捡到一分钱交过来的警察叔叔啊。"

黎海洋是来跟云商说正事的，没有继续调侃下去。黎海洋开门见山，直接问："你后来应该了解过吴水河那件案子吧。"

云商有些惊讶。

那天之后他确实回局里调了卷宗出来看这个案子，了解了当时的情况。他不明白黎海洋的意思，只听黎海洋说："我觉得花深妈妈身边的那个阿强，有些问题。他很像当年我和花深看到的那个杀人犯。"

"像？"

黎海洋对人的面目有着惊人的记忆能力，但当时那种情况下看的那几眼，以及这么多年过去了，他不能肯定。

"虽然他的面容上有些变化，不能百分之百确定。但我不希望花深或者孟阿姨身边有任何一点可能性的危险。"

云商打量着眼前的男人，不得不承认，除却情敌这层身份，他很欣赏这个男人。

"刚刚你不是还问我是不是警察吗，怎么这么快就相信我了？"云商虽然表面上玩世不恭，但在黎海洋跟他说出这些的时候，他已经迅速地在脑海里回忆起那件案子的细节，以及那个叫牛强的男人。

"我查过你的资料，年纪轻轻就能拿下那些警衔确实能力过人。"黎海洋停顿了一下，说，"还有就是直觉。"

"眼光不错啊！"云商一听别人夸他就膨胀，他盯着黎海洋，脸上笑着，从牙缝里挤出这几个字，"怪不得，能吃着锅里的还看着碗里的。"

黎海洋看了云商一眼："你说何青苗？"

云商抬了抬眉，不置可否。

"你错了。"黎海洋慢慢说道，"喜欢我的不是青苗，大概是她死去的姐姐青柚。而青苗只是出于对青柚的内疚，所以强迫自己变成她来喜欢我而已。她从始至终都希望死掉的是自己，所以把自己活成了青柚。"

黎海洋点到为止，没再说什么。

他是一个绝顶聪明的人，自从花深说青苗喜欢他，他就对这件事上心了，很快就看出了青苗真正的症结。

而这几句话却让云商久久回不了神，眼睛里瞬间染上了一层心疼的神色……

夜园墓地。

花深每过一段时间就会来这里看爸爸，跟他随便闲聊几句。这一次也说到了孟媛媛和强叔的事情。

“你应该也希望她能有个好点的归宿吧……”花深兀自叹了口气，“可是那个人真的可以相信吗？”

回答她的只有阵阵鸦鸣，以及鸟儿扑棱着翅膀的声音。

“算了，还是告诉你一些开心的事情吧——我要结婚了。就是我以前跟你念过很多次的人，大概……”花深说到这里的时候眉间有了松动的迹象，“从我第一次跟你说到他的时候你就听出来了吧，那个人叫黎海洋，我好喜欢他。”

出墓园的时候，花深遇到了何青苗。

何青苗是来看姐姐的，大概是才哭过，眼圈还是红的，精神也有些恍惚。两人简单地打了招呼之后就各自沉默。

直到出来何青苗才记起来：“我开了车过来，要不一起走吧。”

花深犹豫了一下，答应了。

取车的时候，花深在停车场出口等何青苗，天边氤氲着一团黑蒙蒙的云，好像随时都会下起雨来。最近几天的天气好像一直不太好，总有一种风雨欲来满城催的感觉。

忽然，一阵尖锐的叫声从停车场里传出来，是何青苗。

花深神情一凛，立马冲了进去。

何青苗抱着头蹲在车子旁边。花深拉她起来时，才察觉到她浑身都在颤抖，整张脸都是惨白的。

“青苗，怎么了，你怎么了？”

“他在车里！他在车里！”何青苗抓着花深的胳膊，指甲几乎要掐进她的肉里。

“你别动，我过去看看。”

花深把何青苗护在身后，她看过去，车门敞开着，而驾驶座上缠满了红色的绳子，宛如一张脸上遍布伤疤，诡异又恐怖。

花深也忍不住头皮一麻，可是里面并没有人。

“不是的，不是的，我锁了车的。”何青苗因为恐惧而语无伦次地尖叫着，“他一定躲在后排，他一直在后排……他一直都在，不是第一次了，他一直……”

花深来不及去看后排车底，何青苗已经晕了过去。她顾不得其他，立马开车送何青苗到医院。

路上花深给云商打了电话。

到医院的时候，云商已经等在那里了。与她以前见过的云商都不同，现在的他整个人变得凛冽又萧肃。

好在没什么别的问题，医生说可能是因为神经高度紧张又受到了惊吓，所以晕了过去。病床上，何青苗睡得并不安稳，眉头紧锁着，仿佛梦见了什么可怕的事情。

云商站在旁边，看不清表情。但见他沉默着走过去，然后缓缓握住何青苗的手。大抵是感受到了一些温暖，何青苗终于安静了一些。

花深正准备开口，却听云商问：“你们在墓园遇见的？”

“嗯。”花深把知道的和看见的都说了。最诡异的莫过于绑在驾驶座上的红绳。

云商一直凝神听着，在听到“红绳”两个字的时候蓦地一怔：“你说红绳？”

饶是花深也察觉到其中有什么问题，她点了点头：“而且青苗说这已经不是第一次了。”

云商只觉得心里有种说不上来的无力感，仿佛有什么东西紧紧地抓着他的心脏，仿佛要将它捏碎似的。可是这又算得了什么，何青苗这些天一直在深渊里经历着比这深无数倍的恐惧。

“到底是怎么一回事？”花深忍不住问。

云商咬着后槽牙，压抑了许久才开口：“她姐姐，青柚当年遇害的时候双手就是被红绳绑住的。”

花深一怔，竟说不出话来。她许久才找到自己的声音：“那现在是……”

“没错。”云商接着她的话说下去，“那个恶魔又出现了，并且盯上了青苗。”

Section8.

废弃的工厂里，牛强抬脚踢了踢地上的人，女人已没了生命气息，身边还散落着一些废品。她的脑袋不太灵活，身材瘦小，但她本性勤劳，做不了有技术含量的活，靠着捡废品也能维持生计。

这个废弃的工厂是女人最新发现的宝库，才半个小时不到她就拾了满满一麻袋，她的嘴角随着手上麻袋的加重而止不住上扬……

但让她没想到的是，危险正在悄悄降临……

十分钟前，牛强才轻轻拍她的脸，问：“多大啦？”

拾荒女人害怕地别过脸，不想与这个男人对视，哆哆嗦嗦地说：“你是谁？我不认识你，你想干吗？”

转瞬之间，可怜的拾荒女人就成了被胡乱扔在地上的尸体，身上缠满了红色的绳子。

幻象、回忆、现实多重画面交织在一起，很明显，他毒瘾犯了。

“啊！”牛强吼叫了一声。

他现在必须尽快地搞定孟媛媛拿到钱，还有那个叫何青苗的女孩……

想到何青苗，他更狂躁了，虽然玩吓唬她的游戏另有一番滋味，就仿佛吃大餐要有仪式感一样，会延长快乐的时间，但现在的他，已经熬不下去了。

他不能再等了！

他颤抖着拿出毒品……

牛强最后熟练地处理了一下现场，他清楚地知道怎样可以不留痕迹。

而且他的作案对象和动机都极其随意，就像是人饿了就会找吃的一样，他烦了就随手抓个人杀了。

他就是天生的恶。

是地狱里爬上来的阎罗。

警局。

虐杀拾荒女子案引起了警方的高度重视，他们以云商为首成立了专案小组，跟进这个案子。

组里的人大都在出外勤找线索。而云商最近几天却一直在档案室看卷宗。

昏暗的光线照着纸页的毛边以及男人凛冽的轮廓。云商凝眸，神情专注，不知道在思索什么。

猫尸案、拾荒女子案，看似不相干的案件，却暴露了极其重要的线索！

猫尸和拾荒女人身上都呈现出一种特殊的刀口，造成这种致命伤的，不是市面上常见的刀具，而是一种特殊的被改良过的刀具，众多证据显示这些案件是同一人所为……

“我一定要查出凶手！不能再让他伤害他人！”云商紧蹙着眉心暗暗发誓。

不知道过去了多久。

警务敲门进来，把云商要的资料送了过来：“云队，你要的资料我查过了。十五年前吴水河那件案子，现在服刑的人确实是牛强的弟弟，牛力。但牛力因为小时候得过脑炎，有点不灵活，也说不出个所以然来。不过很奇怪的是，狱警说牛力性格懦弱，胆小怕事，不像是能杀人的……”

“我知道了。”云商接过警务手里的资料，整件事情的前因后果在他心里已经初具雏形。

所以黎海洋的直觉没有错，牛强这个人有问题。

云商拿过地图，在上面标出几个点。

他几乎可以确定现在这个牛强就是当年的凶手，牛强让弟弟背了锅，然后自己逍遥法外，现在潜伏在花家。而这三起案子的案发地点，又在李花巷子方圆三公里内。

既然如此，牛强很有可能就是最近这三起案子的凶手。

但是，一切都是他的主观臆断，他没有证据。而黎海洋的目证也无法证明当年那个人是牛强而不是牛力。

云商陷入沉思。

如果真的是牛强的话，不仅是何青苗被盯上了，花深家可能也会有危险。

云商找到花深，因为并不确定，他并没有跟花深说起牛强，只告诉了她当年害死何青柚的恶魔最近盯上了青苗。

花深二话不说一拍桌子："我让青苗搬过来和我住，我负责照顾她。"

话是这么说，但是云商其实还有些犹豫："这件事会很危险，黎海洋要是知道我拿你的命开玩笑，估计会拿我的命开玩笑。"

"你一个男人能不能果断一点，别婆婆妈妈的了。"花深向来正义感强，"不让黎海洋知道不就行了嘛。"

云商有些惊讶地看着花深，不得不承认，她的勇敢再一次让他刮目相看。他妥协了一步，叹了口气："好，不过先说好，一切都要听我的安排。"

"行！"花深爽快地答应。

何青苗在家里休息了几天，调整好状态准备出门上班的时候，却被花深堵在了门口。

何青苗不明所以，直接被花深塞进了车里。

而且这样子好像不是去研究所的。可是何青苗问什么花深都不说，直到车子停在云商家楼下。

"你到底想做什么？"何青苗问。

"青苗，我知道你会觉得我莫名其妙，但只有这一段时间，你跟我住好不好？"花深看着后视镜里的人，格外诚恳地说道。

"为什么？"

花深本来不打算说，可看见何青苗拉开车门直接下了车，并不会同意的样子。

花深只好跟上去，拦住她："青苗，我接下来说的话你可能会觉得难受，但是我们不能再逃避了。"

何青苗似乎已经察觉到什么，眼神开始躲闪。

花深担心吓到她，一边说着一边小心翼翼地观察她的脸色："害死你姐姐的恶魔又出现了，你也知道，他最近盯上了你。因为你和你姐姐长得相像，他那样对你姐姐，自然也不会放过你。所以我们想用你当诱饵，引他出来……"

何青苗脸色惨白："你们？"

花深还以为青苗在怪罪他们事先不与她商量，赶紧解释道："你放心，云商已经制订了一套缜密的计划，他会在暗中保护你，而我也会形影不离地在你身边。青苗，我们只有这一次机会了。那个人比我们想的更狡猾，失去这次机会他或许又会藏起来，那我们……"

"我知道了。"何青苗打断她，沉默许久说，"我知道了，我配合你们。我也相信他。"

晚上，花深给何青苗刚把房间收拾好，门铃就响了起来。她还以为是云商，打开门，却是黎海洋。

他一身西装笔挺，站在门外，身后还有一个小行李箱。

"你怎么来了？"花深毫无准备，而且这件事她还没跟他说，只好扒着门不让他进来。

黎海洋透过门缝往里看了一眼，不答反问："藏人了？"

花深心虚地点头。

只见黎海洋眼神立马沉了下来，等她解释。

花深硬着头皮道："我今天不方便……"

"我有说要做什么不方便的事情吗？"

"我担心……"

"你放心，我还没有禽兽到那种地步。"黎海洋说着，就要推门。

花深红着脸叫起来："啊啊啊，不行不可以。"

黎海洋推开门，看见了一身家居服的何青苗。

不管牛强是不是当年的凶手，黎海洋察觉到他有问题之后当然最担心花深的安危，所以收拾了东西，准备搬过来住。

谁知道被自己的女朋友拦在门外。

花深给他倒了杯水，只准他待在这里一会儿。

黎海洋轻轻地揉着缩在自己怀里的猫，问："你们什么时候关系这么好了？"

"我们什么时候关系差过吗？"花深靠着他坐下来，头枕着他的肩膀，"我们可是朋友呢。"

黎海洋笑了一声，看看何青苗躲进了里间，压低声音说："不是你说她喜欢我吗，那你还能这么坦然地跟自己的情敌做朋友，把自己的男朋友拒之门外。"

"这有什么。"花深不屑，假装没有听出来他语气里的醋味，"多一个人喜欢你不是更好？"

她完全没意识到身边男人的眼神已经暗了下来。

"你好像很大度？"

"我本来就很大度！"

"可我比较小气。"

花深偷笑了一下，然后抬起头来，对上黎海洋灼灼的眼神，然后轻轻吻上他的唇。

"好啦，你赚到了。"

Section 9.

黎海洋那天晚上被花深赶到了对面。

云商回来看见屋里亮着灯还以为是什么田螺姑娘，谁知道是个男人。两人互相瞪了好一会儿才各自妥协，毕竟谁也无法改变这种局面，而这样又确实是最好的。

倒是这层楼忽然就热闹了起来，云商因为案子的事情很少回来，一旦回来就是四个年轻人凑在一起吃晚饭，闹得不可开交。

几天后的一个夜晚，云商半夜出警回来，心血来潮过来敲门找吃的，平常都是花深咋咋呼呼地开门，今天却是何青苗。

她穿着家居服，头发软软地披在肩上。云商觉得自己仿佛一脚踏进了棉花里，整颗心都软得一塌糊涂。如果每天晚上回来都能这样看看她就好了。

他靠着门："有吃的吗？我饿了。"

何青苗没有办法直视他眼睛里的灼热，别开视线，摇了摇头。

黎海洋不知道什么时候出来的，拎着云商就往回扯，理由是"不许打扰我女朋友睡觉"，既幼稚又霸道。

云商无语，只好出门去买吃的，回来的时候却看见何青苗站在他家门口，拿着保温盒。

云商站着看了一会儿，顺手把刚买的宵夜扔进了垃圾桶，才假装不经意地走过去："找我？"

何青苗没想到他在外面，很明显地慌了一下："晚上还有点没吃完的剩饭，我做了蛋炒饭，你要是不嫌弃的话……"

云商没等她说完就接了过来，抬眸缓缓说道："青苗，你知道自己喜欢的女孩亲手给他做吃的，对他来说意味着什么吗？"

“你慢慢吃吧。”

何青苗知道他想说什么，想逃跑，可关门的瞬间还是听到云商剩下的半句话，仿佛喃喃自语：“他会以为女孩也爱上了他。”

她犹豫了一下，最终还是关上了门。

牛强站在阴暗的角落里，抬头看着这栋楼最中间的那盏灯。

他是跟踪何青苗找到的这里，可谁知道那群人居然住到了一起。此时此刻，那盏灯对他来说就如同一块肉放在眼前，他迫不及待地要扑上去，可是他够不着。

花深和黎海洋几乎寸步不离地待在何青苗身边，他根本无处下手，而孟媛媛那边……

不行，他等不及了。

此刻的牛强已经被欲望占据了头脑，他只想得到自己想要的，再多等一秒都是煎熬。

而水果店这边，杜洛自上次回来之后就没有再走了，表面上顺从了牛强，实际上明里暗里一直提防着牛强，怕他再次做出什么事情来对花深和孟媛媛不利。

可是牛强有多狡猾他也知道，稍不注意人就不见了。每当这个时候杜洛都无比心慌，他担心牛强去找花深了。

而只要牛强活着，花深就身处危险之中。

杜洛面无表情地盯着桌上的一瓶水，脸色惨白，衬得一双眼睛黝黑空洞，如同深渊。

不知道过了多久，牛强回来了。

因为孟媛媛不在，他也懒得伪装，暴躁地踢翻了旁边的一箱水果，问:

“那婆娘呢？老子今晚就要提结婚的事情。”

杜洛安静地捡起地上的水果，然后跟牛强表示，她最近心情不太好，应该不会想提这个。

“这里老子说了算，由不得她！”牛强愤怒地走到收银台旁边，可里面没几个钱。他把为数不多的一百块塞进口袋，然后啐了一口痰。

正焦躁的时候，他忽然想起什么来，盯着杜洛：“小子，上次给老子开车锁的技术不错啊，那开指纹锁也没问题了？”

杜洛不知道他想干什么，打着手势表示没有专业工具做不到。

牛强却瞬间兴奋了起来，根本不管杜洛表达什么，随手提出角落里的工具箱，再一把抓起杜洛就往外走：“跟我走，不然的话我就让孟媛媛知道你以前做的那些事！”

杜洛挣扎无果，双手乱挥舞中抓起桌上的那瓶水。

不久后，他们就在一栋高层公寓楼里停下了。

牛强带着杜洛，顺着消防通道爬上了二十八楼。

杜洛猜到这里是花深的住处，现在正是上班的时间，里面没人。

“赶紧的，把门给我打开。”牛强不耐烦地催促道，穿着皮鞋的脚猛踢了杜洛一下。

在他眼里，杜洛仍然是那个在他手下被虐待的小孩子，可以随意被他拿捏生死。而杜洛对他，也有一种本能的恐惧，恐惧得一面对他，就使不出力气。

杜洛犹豫了一下，只好慢慢地拿起工具，开始撬门锁。他其实天赋极高，在很多事上都无师自通。大约半小时后，他就打开了门。两只猫防备地看着他们，缩进了角落里。

牛强四处翻看了一圈，踹了一脚角落的猫，然后在沙发上大剌剌地坐下来。

“你说，我在哪里下毒才能确保花深那个鬼东西会吃到，而我的青苗小宝贝不会吃到呢？”

杜洛在听到“下毒”两个字的时候心里一顿，背后一阵冷汗。

牛强似乎并没有察觉到，踢了踢茶几上的空水壶，骂了一声娘，然后朝杜洛嚷道：“去冰箱里给我拿瓶水，老子渴死了。”

杜洛愣了一下，缓缓走过去，打开冰箱。这么多年，花深喜欢喝的饮料还是没变。

恍然间仿佛又回到了很多年前。

花深在杜洛面前打开冰箱门，说：“除了这个这个这个，其他的你都可以随便喝。”

其实，除了她点的那几样，剩下的只有矿泉水了。

他低下头，敛去了眉目间的情绪，然后从包里拿出自己准备好的那瓶水。这是为牛强准备的，也是他能想到的唯一解决这一切的办法了。

杜洛把瓶子递给牛强，牛强盯着他看了一会儿，然后拧开，拿在手里晃了晃。

就在杜洛以为牛强要喝下去的时候，牛强的嘴角忽然扯出一个狰狞的笑容。

“杜洛，你是我一手带出来的，你想做什么，我可是一清二楚。”

杜洛盯着牛强张合的嘴唇，来不及有所动作，已经被牛强一把扯了过去。牛强将杜洛按在沙发上，捏着杜洛的下颌，将瓶子里的水全部灌进了杜洛的嘴里。

意识越来越涣散，最后一刻，杜洛仿佛看见了花深，然后听见了自己的声音。这一生，他说的第一句话，也是最后一句话：

花深，对不起。

花深下班回来的时候，看见的就是满屋子的血，两只猫被分成了一块一块的，摆在进门就能看见的地方，是个数字“3”。

她强忍着胃里的不适，一抬眼，就看见了沙发上的尸体，是杜洛。

现场冲击力太强，她一时之间竟然做不出任何反应。

仿佛在没有防备的情况下，一脚陷进了黑洞，一直下沉，下沉……

心里有大股大股的冷气透出来，冷得心好痛。

直到跟在后面的何青苗进来看到这一切，用尖叫声把她拉了回来。

警察来得很快，现场被封锁了起来，专业人员在里面取证调查。消息很快出来，说杜洛是服毒自杀。

可是杜洛为什么要自杀？

一时之间，消息不胫而走。回到李花巷子里，人人都在说，原来杜洛就是那个变态，本来还想对花深不利，可又惦记着花家养了他这么多年，突然良心发现所以自杀了。

可孟媛媛无论如何都不相信杜洛会是这种人，更不可能相信杜洛会对花深不利。

花深心里也乱得不行，她也不愿意相信凶手是杜洛，可是现场的证据都指向他，她不知道该怎么办，所以跟孟媛媛吵了起来：“妈，多少年了你能不能不要总是用你的主观感觉来判断！别人说点好话就把你哄得团团转，你能不能睁开眼睛看看你拼命维护的都是些什么人！”

孟媛媛也不肯妥协：“我相信小洛。”

“你相信他那你知不知道他当年差点强奸我！”花深一气之下，连自己都没有想到自己会说出这句话。

孟媛媛却安静了下来，许久，红着眼睛说：“我知道。”

花深一愣。

“他很早就跟我坦白了，所以他才不肯回来。这些年他对自己的惩罚远远超过了别人对他的惩罚，他想改过自新，却又觉得自己没资格。他活到现在，每一天都过得比别人难一千倍一万倍，可他还是没活过命。”孟媛媛越平静，越让花深不知所措，“深深，我想他死之前的最后一秒，也在等你原谅他。”

花深无比心乱地回到房间，从抽屉最里面的一个盒子里找到一张照片。当年就看不出什么，现在更是宛如一张废纸。

这是最最开始，杜洛从她眼前落荒而逃时弄丢的，大概是他妈妈的照片。可她还没来得及还给他，就再也没机会了。

而花深也永远不会知道，从来到这里的那一刻起，对于杜洛来说，最重要的就不是这张照片了，而是这个想回却不敢回的家，和她。

孟媛媛抬起头来，刚好看见送完货回来的牛强。她强忍着疲惫起身给他倒了一杯水：“辛苦了。”

牛强却忽然反握住她的手，眼睛也红红的，沙哑着声音说：“老板娘，你太苦了，让我来照顾你吧。”

孟媛媛没有想到牛强会突然这样赤裸地对她表白，一下子惊呆了。

虽然周围的老伙伴一直调侃，甚至女儿也有意朝那个方向想，但其实她一直将其当成是大家对她的好心，并没有真正把牛强和自己想在一起。

倒不是嫌弃他，只是她的心里，除了花深的爸爸，此生再也装不下其他人了……

她轻缓而坚决地抽出了手，拒绝了牛强。

她并没有看见牛强眼里的恼怒和一闪而过的杀机。

最近几起案子弄得人心惶惶，受害人身上特殊的刀具造成的伤口痕迹证据表明凶手很有可能是同一人！局里交代几起案子并案处理，必须在十五天内破案。

负责这个案子的云商一下子“压力山大”。

那天，他因为在跟进另外一条线索，所以并没有马上赶回去。但是后来的案件细节他又仔细地看了一遍，现场的痕迹确实都指向杜洛。

但是太刻意了。

能藏了这么多年把警察耍得团团转的犯罪分子，怎么会在最后一次露出这么明显的马脚。

最为关键的是几起案件的关键——特殊的自制刀具并未在杜洛房中查出。

他重新去了几个案件的现场，从吴水河，到花深爸爸遇袭的地方，再到青柚出事的地点。这几个点刚好在一条线上。

这让他不禁更加笃定自己的直觉。

可是证据呢？

云商抬头，看见了同样站在这条路上的人，是黎海洋。

两人眼神交流了一番，想的大概是同一件事情。

牛强很有可能就是这一系列案子的凶手！

云商推测，当年牛强杀了花盛，在逃窜的路上遇到了何青柚，对她下了毒手。而后在吴水河杀了自己的弟媳，还让自己弟弟顶了罪。

一切都顺理成章地连了起来，却还是差一根线，也就是当年花盛救下的那个女人。

她是受害者，也是唯一的幸存者。如果她能出来指证的话，一切都可以水落石出。可是这么多年过去了，当年她没有出现，如今就更不可能出现了。

云商愤怒地一拳捶在了墙上，明明就在眼前的真相和凶手，却不能抓住，没有什么比这个更折磨他了。

花深这几天过得也不怎么好，眼圈都是黑的，好不容易有了困意想早点休息，却接到了孟媛媛的电话。

这还是那天吵架之后两母女第一次联系。花深瞬间醒了过来，无比内疚地喊了声："妈。"

孟媛媛向来干练，做事雷厉风行，说话也言简意赅："你强叔这些天一直追着我要和我结婚。"

花深一愣，却也不知道该说什么："那你怎么想的呢？"

孟媛媛说："我不会再结婚了，我心里只有你爸爸。"

"妈！"花深的一声呼唤带上了颤音。

刚挂了孟媛媛的电话，又接到了黎海洋的电话，花深随口说了这回事，就听到黎海洋陡然沉下来的语气："绝对不能同意。"

花深没想到黎海洋态度比她还坚决，正想问，却听他继续说："花深，牛强很有可能就是当年杀害你爸爸的凶手。"

Section10.

入夜，牛强猛地睁开眼，整个人焦躁又不耐烦地在床上打滚，喉咙间不断发出喑哑的呜咽声，像在极力隐忍着什么。

没有开灯，可借着月光，可以看到他脸上几近痛苦的表情，扭曲又狰狞。他实在受不了了，坐起来把桌子上的东西全掀到了地上，然后找出一个盒子。

他颤抖着手打开，可里面是空的，只剩袋子上沾的一点粉末。他像是魔怔了一般，拿着空袋子舔了起来，最后狂躁地塞进了嘴里嚼了起来。

他转头去找手机，按下那个号码。

聒噪吵闹的音乐撞击着他的耳膜，他张着嘴，干哑的喉咙吐出几个字："老地方，我要货。"

对方不屑地笑了一声："叔，我说你这次有钱吗？"

"少废话，我有！"牛强怒吼了一声，然后踉跄着跑到收银台，眼珠子都要爆出来似的，迫不及待地从里面拿出所有的钱，连零钱都没放过。

他数不清有多少，兴奋地把所有的钱都塞进口袋里，光着一只脚冲了出去，撞翻了门口的一箱水果，果子散了一地。

孟媛媛晚上怎么也睡不着，杜洛的事情还缠在她心头。她是看着杜洛长大的，这孩子什么样子她最清楚不过了，根本不可能是杀人犯。

她躺在床上，越想越觉得蹊跷。

杜洛为什么忽然回来？

她猛然意识到杜洛回来的这些天一直都和阿强走得近，一开始她只以为阿强挺喜欢这孩子的，可是细想一遍，杜洛其实一直在有意无意阻止自己和阿强单独相处。

到底为什么？

孟媛媛想不明白，辗转反侧了许久，到最后还是忍不住坐起来，换了衣服去水果店。

她相信杜洛，所以要找阿强问清楚。

阿强自从来了水果店，孟媛媛就安排他一直睡在水果店的里屋，一方面是个落脚的地方，另一方面可以帮忙看店，省得夜里有人撬门。阿强打理得也很好。孟媛媛一直以来对他也很信任，每天的营业额都放在店里很少收。

孟媛媛拢了拢身上的外套，走到巷子口的时候，却见水果店里的灯还亮着，而门也半开着，都凌晨一点了，阿强还没睡吗？

孟媛媛疑惑地进去，却只看见散了一地的果子，还有收银台旁边散落的几张零钱。

“阿强？”她心里一慌，冲到里屋。

阿强并不在，难道出事了？

她赶紧掏出手机，正准备打电话。

走到门口，却看见蹲在水果店旁边的巷子角落里的人。

“阿强？”夜色太黑，孟媛媛看不太清，可是那身形和动作，又确确实实是阿强。微弱的光下，孟媛媛只看到他表情痴迷地在吸着什么东西，而他根本就没有听见她的声音。

等孟媛媛走近了，终于看意识到——他在吸毒！

巨大的冲击让她感到一阵眩晕，她扶着旁边的柱子，难以置信地看着牛强：“阿……阿强……你在做什么？”

阿强这才回过神来，既然被抓包了，他也懒得再装了，索性撕开了面具，表情狰狞地看着孟媛媛，露出一个奸诈的笑：“我做什么你不是都看见了吗？”

“你……”孟媛媛话没说完，就被牛强一拳打晕了。

吃过晚饭，黎海洋并没有像往常一样回到对面去，而是赖在了客厅沙发上。他担心又出了什么事情，饶是住对面也觉得太远了，他必须待在花深身边才安心。

花深不忍心让他睡沙发，又拗不过他，只好给他抱了一床棉被出来。

“你也可以让我去你房间里睡。”

“不要。”花深假装听不懂，“我才不想睡沙发。”

“那你和我一起睡床？”黎海洋把被子扔在一边，把人抱在怀里。

花深不好意思，红着脸挣开：“青苗在呢……”

“青苗很懂事的。”

“我怎么觉得你越来越赖皮了呢，黎海洋，小时候明明是挺可爱的弟弟？”花深嘀嘀咕咕的。

可黎海洋一点都不害臊：“喜欢可爱的小孩的话可以生一个，我陪你。”

“你！”花深觉得自己现在越来越不是黎海洋的对手了，耍嘴皮子都斗不过他。

其实黎海洋是看她最近成天为那两只猫和杜洛的事悲伤落泪，所以想尽办法找云商偷学几招来给她加点糖。

“好了，不逗你了。”黎海洋轻轻笑了笑，“你早点睡，我把手头这点事弄完，待会儿进来检查。”

黎海洋刚回国没多久，手上的事多得不行，经常会在研究所忙到很晚。最近出了这些事情他才把工作带回来做。

花深心疼，又不忍心打扰他，只好乖乖地回房睡觉。

夜晚渐渐地沉寂了下来，黎海洋关上笔记本电脑。桌上的手机响了一声，是花深放在外面充电忘带进去的。

他不经意间瞥了一眼，看见屏幕上的一条短信——“如果想要你妈的命，就带着何青苗来水果店里找我。”

黎海洋怔了一下，立刻想到了牛强。看来对方已经动手了。

他拧着眉心，拿起花深的手机删了那条短信，然后用自己的手机给云商打了电话。

云商还在局里，听到这个消息立刻紧锣密鼓地开始部署。

黎海洋挂了电话，却见花深光着脚站在房间门口，一副刚睡醒的样子。

花深揉着眼睛，问：“怎么了？”

“没事。”黎海洋笑了笑，走过去，“我妈有点不舒服，我回去看看。”

“那我跟你一起去。”

“不用了，你好好等我回来，嗯？”

花深犹豫了一下，忽然抱住他，声音闷闷的：“其实我刚刚梦见你了。”

“梦见我什么了？”

“你走了，然后我嫁给了别人。”

黎海洋抬手回抱住她，揉了揉她的头发：“梦是反的，你只会嫁给我。”

“你不是信奉科学吗，怎么这么迷信的？”

“是迷信吗？”黎海洋不以为然的语气，“是相信没有什么能让我离开你罢了。”

月光如水，从窗口探了进来，又停在他们脚边，像是不忍心打扰这对恋人似的。

黎海洋走的时候检查了一遍所有的门窗，全都锁好了才离开。云商那边安排的人也很快就过来了。他们负责守着这里。

黎海洋跟他们交代了几句才走。路上，他按下刚刚记住的一串号码，然后把消息发了过去，他写：我是当年的目击者之一黎海洋，如果你想要钱的话，我比花家母女更值钱。

很快，那边回过来两个字：你来。

黎海洋发动车子，朝着李花巷子驶去。

Section11.

凌晨四点半，天边已经泛起了一丝亮光。像是浸了水的颜料，在纸上慢慢洇开成一片。

黎海洋把车停在了水果店门口，下了车。

大抵是听到了声音，牛强把门打开一条缝，看着微弱的光影里渐渐走近的那道身影，问：“黎海洋？”

“是我。”

“花深呢？”

“我以为你会直接问我钱在哪里。”黎海洋的声音没什么起伏，“我应该说过，我比她们值钱。花家母女充其量不过这一间水果店。可抓了我就不一样了，不仅仅是钱，你可以得到更多。”

哼，牛强冷笑一声，表面上不相信，可是已经在手机的搜索软件里敲下了“黎海洋”三个字。网页上的内容令他眼睛顿时亮了起来。

虽然看不太懂那些奖项，但他大致还是能看明白黎海洋很值钱。

海洋生物学……

这小子居然是科学家，什么“最年轻的”“至高荣誉”什么的他看烦了。顺着相关人物点进去更令他惊喜，黎海洋的爸爸更厉害，还是个世界顶级的科学家。

这真是天上掉馅饼的事情，老天对他真好，每次他在走投无路的时候，都会捡到宝。

“你考虑好了吗？”黎海洋的声音不咸不淡地传过来，“放了孟媛媛，我来当人质。”

牛强简直迫不及待，声音里都难掩兴奋：“你先进来。”

牛强打开门。

黎海洋这才看见孟媛媛被绑在椅子上，意识不是很清楚，脸色也不好。

牛强手里拿着刀子，抵在她的脖子上，那里已经有一条极浅的刀痕。

“把桌子上杯子里的东西喝了。”牛强狰狞着说，“不然我就杀了她。”

黎海洋没想到牛强还会准备这么一手，可是眼下也别无选择，他照牛强的吩咐，喝了杯子里的水。

“放心吧，不会要你的命，只不过让你使不上什么力气罢了。”牛强奸笑了两声，然后又让黎海洋自己把腿给绑上。

黎海洋自始至终都格外顺从。但是牛强心里也有数，这个人看起来不简单，他当然要加强防范了。

见黎海洋乖乖地绑好了腿，牛强才松了刀子，解开孟媛媛脚上的绳子，然后把她提到门口，直接给扔了出去。

孟媛媛本来就意识模糊，被这么一推，无力地摔在地上，头撞到了旁边的柱子上，彻底晕了过去。

牛强残忍地笑了一声，然后迅速地锁上门，过来把黎海洋给捆紧了。

“别以为我不知道你报了警，不过你在我手上，那群警察也不敢把我怎么样。我现在就怕他们不来找我，我有大把的条件等着他们答应我。至于那个婆娘你也看见了，我按照约定放了她，是死是活与我无关，你可是我的证人呢。”

黎海洋看着眼前这张扭曲的脸，药效发作得很快，他现在已经使不上力气了，不过眉目间没有丝毫的惧色，反而一片坦然。

花深隐隐约约做了个梦，梦见了花盛被人刺死的场景，他倒在血泊中，朝她伸出手，无声地喊着她的名字，任凭她怎么想跑过去都无济于事，反而是花盛的血，一直流到了她的脚边，然后像是活了过来似的，变成了一只只红色的手，朝着她扑上来。就在那只手要穿透她的时候，有人挡在了她的面前，居然是黎海洋。她看见黎海洋的胸口一个巨大的血洞，他朝她笑了笑，然后倒了下去，从脚开始，一点一点地融化在血泊里。

花深惊醒，猛地从床上坐起来，眼前还是那些血红色的场面。阳光透过窗帘照着她的脸，她却久久地回不了神。

何青苗听到动静敲门进来，看见的就是这样面色惨白的花深。

“花深，你怎么了？”

“我做噩梦了……”花深喃喃地说道。

突然才记起来昨晚黎海洋跟她说要回去一趟，以及那个宛如梦境般的拥抱。她瞬间清醒过来，问：“黎海洋呢？”

何青苗摇了摇头。

花深冲到客厅，找到自己的手机，上面并没有什么消息，给黎海洋打电话也没人接。

何青苗暂时还没意识到发生了什么，问：“昨晚是你关的门窗吗，怎么都锁死了……”

花深一怔，一颗心在渐渐下沉。

何青苗走到大门口，打开锁舌，推了两下：“大门也锁死了……”

她们被锁在了里面？

何青苗疑惑地回过头来，花深慌忙给孟媛媛打电话，不在服务区。她又打给了云商，终于通了。

可还没来得及说话，只听云商声音急切：“花深，我现在在处理事情，你和青苗待在屋子里哪里都不要去，明白了吗？”

“到底发生什么了？”花深快崩溃了，可回答她的只有冰凉的“嘟嘟”声。云商挂了电话。

花深如同被判了死刑的人一般，愣了几秒，随后绝望又无力地跌坐在地上。

她终于开始接受那个脑袋里一闪而过的想法，不想相信，可又不得不相信。黎海洋和妈妈一定是出事了，不然他们不会同时不接她电话，云商也不会避重就轻地留下那样一句话。

何青苗也意识到了可能发生了什么事情，抱着腿蹲了下来："门被锁了，我们现在根本出不去。"

云商接到黎海洋那个电话之后就联系不到他了。他带着人赶到李花巷子，一眼就看见了躺在水果店门口的孟媛媛，脸上的血都结了痂。

"赶紧送到医院。"云商吩咐道，然后朝着身后的一队人使了几个眼色，他们立刻将水果店给围了起来，没有一点动静。

云商抬眸，看着水果店紧闭的门，忽然有种不好的预感。牛强如果还在里面的话，既然把孟媛媛放了出来，那么一定是有了更好的筹码。

黎海洋？

他做了几个手势，狙击手就位，相关人员也一并待命。

云商走到门口，敲门。

"谁？"是牛强的声音。

"叔，今天怎么不开门卖水果呢，我买点桃子。"

"滚！"

黎海洋听到动静醒了过来，他因为药效睡了过去，这才醒过来，迷迷糊糊看清楚了目前的情况。

云商来了？

牛强一开始没觉得有什么不对劲，见黎海洋醒过来才意识到什么，冷笑了两声，朝着门外喊："我看你是云警官吧？"

门外的人沉默了一会儿："强叔，我们好歹一桌吃过饭呢，怎么这么生疏呢，我来找花深。"

“别骗我了。我直说吧，黎海洋现在在我手上。我给你一个清单，准备好了再来找我，不然的话，我现在就弄死他！”

云商神色一凛，所以黎海洋是拿自己换了孟媛媛？

“是吗？”云商不急不缓，“你知道绑架是重罪吗？”

“闭嘴！”牛强开始暴躁了，“我当然知道！所以我一定不能被你们抓住，我的要求你们也不可以不满足。”

他忽然又按捺不住，狂笑了起来：“马上所有人都能看见了，我国最年轻的海洋生物学家被绑架了，因为警察的不作为！我劝你最好抓紧时间。”

云商不太明白牛强的意思，他把消息发到网上了吗？

还没来得及证实，有个警务拿着手机过来，一副自求多福的表情：“宋局打过来的……”

云商接过手机，还没贴上耳朵就听见电话里的咆哮：“云商你怎么回事！是飘了还是膨胀了！这件案子怎么能把黎教授的儿子给卷进去。现在事情都发酵到国外的网站上去了！我现在告诉你，黎教授的儿子不能有事，你必须完整地把人给我带出来！听到没有！”

云商难得没像以前一样打趣，压着声音：“收到。”

对方也有些惊讶云商这次的反应，语气缓和了一点：“网上的事情我来处理，但我警告你，最多十个小时，十个小时内，必须把人安全地带出来。”

“明白。”

“还有，黎教授和他夫人应该已经知道了这个消息……”

“我知道了。”云商挂了电话，随后打开新闻看了一眼，果然，头条就是一张黎海洋被绑的照片，讨论热度很高。

牛强甚至还嚣张地在线直播，每隔半小时发一个证据，证明这个人就是黎海洋。

而云商在看到第一张照片就确定了，黎海洋真的在他手里。

Section12.

早晨七点，李花巷子浸在晨光里，渐渐地苏醒了过来。

一部分人刚出门就被穿制服的警察拦了起来。他们并不知道发生了什么事情，只知道孟媛媛家的水果店被围了起来，谁都不让靠近。

可免不了越来越多人围在警戒线外面，指指点点闲言碎语。

牛强从门缝里递了一张纸出来，上面写着他的要求：两小时内准备好一辆高性能的越野车、一千万现金、大量毒品以及一把枪。

云商把纸条递给身后的警务："拿去，按上面的要求做。"

"云……队……"

"快去，争取一个半小时就准备好。"云商吩咐道，然后朝着门里说，"能开个门吗，我想看看黎海洋现在的情况。"

"东西不到我是不会开门的，想看可以随时去网上看。"

云商抵着后槽牙，这个人比他想的还要狡猾："那你让他跟我说句话总行了吧？"

"哼，他现在虚弱得很，估计没力气。"

身后忽然传来一阵嘈杂的声音，云商看过去，只见一个穿着贵气的女人站在人群外，不顾形象拼命地往里冲："让我进去，让我进去，里面是我儿子！"

云商眉头一皱，走了过去，朝着警务使了使眼神。

挣脱禁锢的季珍珠一下子冲了进来，照着云商的脸就是一巴掌，旁边的人想拦，却被云商用眼神制止住了。

他擦了擦被打的半边脸："阿姨……"

"你们怎么当警察的！我的儿子为什么会在里面？你们怎么能让他被关在这种肮脏的地方！"

"阿姨你冷静一点……"

"我儿子要是有一点闪失你们赔得起吗！"季珍珠完全不听身旁人的劝慰，抓着云商的领子，面目狰狞地吼叫着，"告诉我，是不是又是因为那个叫花深的贱东西！都是她！我儿子跟她见面就没好事！花深在哪里，我要杀了她！"

一波未平，一波又起。

警务好不容易把季珍珠给拉开了，刚刚才往医院送的孟嫒嫒不知道为什么又回来了，脸上的血痂还在，她踉跄着跑过来，抓住云商的胳膊："云商，我知道，我知道。阿强就是凶手，他不仅杀了那个拾荒女人，还有杜洛，杜洛也是他害死的，所有的事情都是他做的。"

孟嫒嫒语无伦次，还没说完，啪的一声，惨白的脸上瞬间多了一道五指印。

"都是你的错！"季珍珠满目憎恨地望着孟嫒嫒，觉得还不够，扑上来手脚并用，似乎要将孟嫒嫒生生打死似的，好几个警察都拉不住她。

孟嫒嫒倒在地上，云商甚至来不及去扶："孟阿姨你没事吧……"

孟嫒嫒继续喃喃自语似的："我有一种直觉，这个人就是阿强。"说完，她缓缓地从口袋里掏出一张皱巴巴的字条，"这是我之前在杜洛的衣服里找到的。"

字条上歪歪扭扭写着几个字：小心牛强。

季珍珠看到字条上除了那四个字外，还赫然画着一个蛇形图案！

季珍珠抢过字条仔细看了看，无力地滑坐到地上……

外面发生的一切里面都听得一清二楚，黎海洋一直紧蹙着眉头，抿着唇不作声。

而牛强在一旁，一边闲适地吃苹果，一边听热闹，甚至还在联系以前一起干过坏事的人，准备找个同伙。

“时间已经过去一半了，你说他们准备得怎么样了？”牛强自顾自地说着，这才注意到黎海洋有些不对劲，他拿东西敲了敲桌子，“喂，你怎么回事？”

黎海洋嘴唇惨白，似乎连发出声音都有些困难：“我有很严重的胃病，我现在需要胃药。”

“你少给我装！别以为……”

“我没有必要跟你装。”黎海洋镇定地打断他，“如果我有什么事情的话……你应该一样东西都拿不到，也不可能从这里出去。”

“你！”牛强当然知道这一点，这可是他唯一的筹码。

“如果你不放心的话，只需要让他们把药递进来就好了。”黎海洋循循善诱，“你不用出去，也不用担心其他的事情。”

牛强咬着牙，烦躁不已，可是又别无他法。他只好照黎海洋说的做，让外面的警察送药进来。

云商好不容易安抚好了两个家长，已经是精疲力竭，听到这个消息眼神一亮。

这是黎海洋争取到的机会，也是目前为止唯一的机会。于是云商提高了嗓门：“还不赶紧的，黎海洋的胃病一拖就是要命的事情，给我去买最好的药！”

他说着，手上做了几个动作，远处的狙击手早已就位，集中了所有的精力盯着这个小小的水果店。

周围的不相干人员也被无声地遣散了，所有人各就各位，每一个环节都至关紧要。一瞬之间，要么死要么活。饶是云商，面上虽然看起来游刃有余，心里难免也开始有些紧张。

警务很快就回来了。

云商喊了一声，牛强的声音从里面传出来："所有人必须给我退到马路对面去，药扔到门口。"

云商点点头，示意警务照做。

可是一切准备就绪，对面却许久都没有动静。仿佛就是故意在消耗他们的精力似的，他在等他们紧绷的神经松懈下来。

时间一点点地过去，每一秒都被拉长了无数倍。以往吵闹的巷子，现在也只剩下麻雀扑棱着翅膀的声音。

忽然，门开了。

一瞬之间连空气都凝固了似的，每个人的神经都宛如一根被拉到极限的线。

可是出来的并不是牛强，而是黎海洋。

黎海洋被牛强用绳子拴着手脚，绳子另一端被躲在屋子里的牛强牵着，像是遛狗一样。

等黎海洋出来，牛强在他背后猛地一推，黎海洋一下子就跪倒在了地上。

药盒离黎海洋还有一点距离，唯一的办法就是爬过去。

"给你十秒钟，拿不回来就是你自己的问题了。"

黎海洋没作声，远处的云商也没有任何动作。于是黎海洋就这么一点一点地接近那盒药。

"十，九，八……"牛强倒数的声音传出来，"五，四，三……"

忽然！眨眼之间，只听嘭的一声！

云商举着枪的手放下，他顺利地击断了绳子，而黎海洋也配合默契，身手敏捷地侧身一滚，只听一声闷哼从屋子里传来。

牛强来不及看清发生了什么，只不过探出半个身子，就被远处的狙击手瞬间击中。他太低估黎海洋和云商之间的默契了。饶是一句话的交流也没有，只需要一个眼神就可以理解彼此的想法。而这是他千防万防也防不住的。

命该如此，无法挣脱。

云商眼神凌厉，走过来。牛强被按在地上，他爆瞪着眼球看着眼前的男人，似乎要用眼神将其撕开一样。

可云商却笑了笑，替他说完："一，零，时间到。"然后亲手用手铐扣住了这个恶魔。

Section13.

牛强被押上警车，云商交代完现场的事情才过来看黎海洋的情况。

"没事吧？"

"还好。"

黎海洋的手腕被绳子勒得血肉模糊的，脸色看起来也极差。季珍珠冲上来，难得不顾及自己的形象，抱着黎海洋哭了起来："你是不是想吓死我啊！我就你这么一个儿子，你要是出事了我怎么办！"

"妈，我没事了。"黎海洋试图安抚季珍珠的情绪，可是发现自己也无能为力。

刚好救护车到了，黎海洋其实觉得没必要去医院，可是季珍珠不放心，而且……

云商提醒道："我怕他给你喝的东西有问题，还是去检查一下比较好。”

“嗯。”黎海洋皱了皱眉，还准备说什么，却被季珍珠推上了救护车，连同又晕了过去的孟媛媛一同被送到了医院。

云商这才记起来还得打个电话，他拨了出去，说：“可以开门了。”

花深就差拿床单绑在一起直接跳楼了。何青苗甚至已经帮忙把所有的床单被子什么都找了出来堆在客厅。

正在这时门响了一下，两人俱是一愣，朝门的方向看过去。

难道是凶手找过来了？

花深去厨房拿了刀，然后小心翼翼地走到门口：“谁？”

“花小姐、何小姐你们放心，我们是云队安排过来的人。”

云商？

花深从猫眼里看了一眼，是两个穿着警察制服的人，其中一个把工作证也拿了出来。

花深这才试探性地开了门，这次居然可以打开了。这个发现让她瞬间活了过来，再无暇顾及其他，猛地拉开门，问：“我妈呢？黎海洋呢？到底发生什么事情了？”

“黎先生和孟女士现在在医院……”

花深心一沉，甚至不等他们把话说完，要了地址就一刻不停地朝医院冲去。

她觉得自己已经完全失去了理智也没了分寸，根本没办法思考，充斥着整颗心脏和整个脑袋的唯一的想法就是，她要见到黎海洋！

来的路上她甚至想，如果黎海洋有什么事情的话，她就跟凶手同归于尽。

医院里，花深像一只迷路的小兽一样，茫然地四处乱撞。旁边总是有匆忙而过的人，她不知道哪条路才是赶去黎海洋身边的路。

“哎，你看见没有，刚刚送过来的那个年轻男人太可怜了吧，长得那么帅却……却……”

“听说救不过来了是吧？”

“手术中室颤了好几次，好几个教授都进去了没出来，估计是……”

路人的碎语准确地落在了花深的耳边，她觉得眼前一花，差点没站稳。花深慌忙回头拦住那两个护士：“你说的那个人在哪儿？”

对方也被花深给吓蒙了：“在……在急救室啊……”

花深转头，立马朝着急救室跑去，不顾路上好几个护士的阻拦，只是哭着喊：“求求你们让我去见他，我要见他！”

“花深？”

花深回过头，居然是季珍珠。一种巨大的无力感瞬间从心里漫开来，仿佛是一场海啸，明知道是死，却怎么都逃不开。

“阿姨……”花深的眼泪止不住了，她走到季珍珠面前，因为过分激动，所以有些语无伦次，“阿姨对不起，我知道错了。我应该听你的话，不和他在一起。你说得对，我是他的灾星，他只要和我在一起就一直处在危险之中，都是我的错。我答应你，我……”

花深声音哽咽，发现自己怎么都说不出那句话。黎海洋仿佛已经成了她身体里的一部分，她无法就这么将他从自己的世界里推出去，那比亲手将自己撕成两半还要残忍。

季珍珠知道她想说什么，张了张嘴，眼泪却先掉了下来。

“阿姨，我会离他……”

“花深！”一声低呵响起，黎海洋的声音从背后传来，“你敢说完试试。”

花深不敢相信自己的耳朵，她回过头，只见黎海洋完好无损地从另一个病房里出来，他几步走过来，在花深面前站定。对牛强的事情，他无动于衷，生死一线的时候，他也无动于衷，可是花深说出那句话的时候，他恨不得掀翻这个世界。

他咬牙看着花深：“花深，你还记得你跟我保证过什么吗？你要是再像三年前一样从我身边逃跑，我就立刻申请海上调研项目，这辈子都不会回来了。”

花深定定地看着眼前的男人，她止不住眼泪，也控制不了自己的手。她缓缓地摸上他的脸，从一开始的温柔抚摸到最后的狠狠揉搓，仿佛这样才能确认这是真的，他的愤怒、他的声音都是真的，他安然无恙，还有什么比这更重要呢。

她忽然笑了出来，明明眼泪还挂在脸上，却像是个傻子一样，搂着他的脖子雀跃不止。

黎海洋眉间的神色也松了一些，他捉住她的手，就这么看着她。

“黎海洋。”花深却一头扎进了他的怀里，紧紧抱住他，“我其实很害怕你不要我了……”

“是吗，我看你也能克服这种害怕的情绪，主动不要我。”

“我没有……”花深吸了吸鼻子，“我有没有跟你说过这些年我过得一点都不好，我每天都很想你，每天都想偷偷回到你身边……”

花深听着他胸腔里沉沉的心跳声，用很小很小的声音说：“可是我宁愿忍受痛苦也不去见你，是因为我好喜欢你，比喜欢自己还要喜欢你。”

“所以你唯独没有考虑我的感受？”黎海洋沉沉的声音落下来。

花深抬头，他继续说：“花深，是我的话，背弃一切也要和你……”

花深看着他瞳孔里的自己，不等他说完，就踮起脚吻上他的唇。

她越来越擅长让黎海洋心甘情愿地闭嘴了。

剩下的话不用说她也知道，那就在一起吧，像是最初约定的那样，拉钩上吊一百年不许变。

周围响起了几声偷笑，甚至还有鼓掌的声音。花深偷看了一眼，才发现孟媛媛不知道什么时候也过来了，偷笑的声音就有她的一份。

花深这才后知后觉，知道害羞了，想退开，却被黎海洋更紧地按进了怀里，他惩罚性地咬了一下她的唇，反客为主，加深了这个吻。

现场大部分人都了解了事情的前因后果，男方为了救女方的妈妈主动当了人质，好在没什么事情，女方也立刻就赶来了，双向奔赴这场爱情，大家也为他们之间的感情由衷地祝福。

只有季珍珠一副欲言又止的表情。她想阻止，可是又清楚地明白黎海洋的决心。

电话响了起来，是黎教授打过来的。

黎教授人在国外，从网上得知了这事之后几乎是立刻安排妥了工作，然后往回赶，现在正在登机。

季珍珠简单地说了几句，报了平安。

黎教授那边松了一口气，季珍珠也叹了口气，体贴地说："工作忙的话就不用急着赶回来了，下次有时间再回来吧。"

"没事，指不定刚好能赶上儿子婚礼。"

季珍珠刚到嗓子眼的话又不知道从何说起。黎教授似乎听出来了，在电话那头安慰道："花深那姑娘也在吧……海洋前几天打电话跟我说了，两人结婚的事都商量好了。我说你不要继续固执了，海洋什么脾气你也知道，这么多年了，你也没少给他找过各种各样的人。你觉得比花深好的大有人在，可是在海洋看来，他就认定了这个，全世界就这么一个好的。珍珠，孩子的人生是他自己的，他有自己的想法和分寸。海洋从小到大没怎么让我们操过心，所以这件事我也相信他的选择。”

季珍珠看着眼前的两个人，不知道是不是因为上了年纪，年轻时候的折腾劲也没有了，如今最希冀地不过是家人平安。

或许这本来就是她欠花家的，种善因得善果，或许这都是对她的报应。既然这样的话，那现在这样也没什么不好的，好歹成全了孩子。

“再说了，你不也等着抱孙子吗？”

季珍珠笑了出来，黎教授在那边长舒了一口气：“好了，我上飞机了，等我回来。”

警局里，审讯室里光线很暗，最开始还会有光从高墙上的那个小窗户里钻进来，现在都到晚上了，只剩下头顶一盏年久失修的白炽灯。昏暗的光线照在人脸上，越发凸显出疲惫。

云商已经和牛强僵持了好几个小时了，牛强什么都不肯说，也不承认。

吴水河那个案子牛力认了罪，而剩下的一系列案子又没有证据，如今唯一可以落实的只有吸毒和绑架了。

牛强自己也深谙这个道理，所以不管是杀猫案、虐杀拾荒女以及杜洛，他更是咬死不承认。

牛强露出一个奸笑：“云队，没有证据的话可不要瞎说。”

“谁说我没有证据了？”云商冷笑一声，恐吓和威胁，他从来都是游刃有余，“牛强，你可以不说，不过我提醒你一句，自己交代比我说出来，可要轻松一些。”

云商说完就出去了，不给牛强任何开口的机会，但也已经成功地激起了牛强心里的不安和紧张。

牛强咬牙瞪着云商的背影，从嘴里发出一种奇怪的声音。

只要他出去了，这群人，一个都不能活。

Section14.

黎教授回来之后第一时间赶回了家里，没想到黎海洋会在家。

黎海洋接过他手里的行李："爸。"

"没事吧？"虽然季珍珠电话里说了没什么事，但还是亲眼看见才能放下心来。

黎海洋："嗯。没事。"

"你妈呢？"

黎海洋朝厨房指了指。黎教授喊了好几声季珍珠也没人应，父子俩心照不宣地对视一眼。黎海洋也不知道什么情况，皱着眉说："大概是吓到了，她这两天一直有些心不在焉。"

"我去看看。"

黎教授走进厨房，季珍珠正盯着锅里的汤发呆，汤都溢出来了也没反应，黎教授快步过去把火给关了。

季珍珠这才回过神来，眼神慌乱："你……你怎么这么快就回来了？"

"路上还耽搁了一会儿。"黎教授帮她把汤盛到碗里，"可以开饭了吧？"

季珍珠慌忙点头："可以了。"

饭桌上，季珍珠依然是一副心事重重的样子，饶是黎教授日夜兼程地赶回来，也没像以前那样嘘寒问暖的，一直扒着碗里的饭，没吃几粒米也不说一句话，偶尔喊她才会附和两句。

黎教授叹了口气，放下筷子，对黎海洋说道："回来的路上我给你龙伯伯打了个电话，虽然大家都怀疑当年吴水河那杀人案是牛强做的，但是苦于没有证据，定不了罪。现在只能确定吸毒和绑架，绑架罪是十年以上的有期徒刑，就算被关十年后，以他现在的年龄也又可能再出来犯案，我担心他到时候放出来，还是会对你们不利。”

“不会的。”黎海洋安慰道，“既然做了那些事情就一定会留下证据，只是暂时还没找到罢了，我相信云商他们，也相信法律和正义。”

黎教授向来欣赏自己儿子的沉着和冷静，他点了点头，忽然又问：“怎么会做那么危险的事情？”

黎海洋一时还没反应过来，黎教授便自问自答了起来：“是因为花深吗？”

“爸……”黎海洋无奈地叹了口气，“不是，是我自己的选择而已。”

“那如果再来一次，你还会选择做这么危险的事情吗？”

黎海洋虽然不太明白黎教授这么问的意思，但还是认真地回答了：“会。”

他说完笑了一声：“爸，其实我跟你是一样的。你这些年工作也不容易吧，上面的压力、舆论的压力，跟那个时候的我一样，面对的都是要命的东西。可是你都扛了下来，是为什么？只不过是为了守护这个家而已。我那天也是这么想的，因为背后是我要守护的人，所以我不会退缩。再来一次我还是会这么做。”

黎教授欣慰地点了点头，一抬头，却见季珍珠始终夹不起一个丸子，在黎海洋说完这段话之后猛地哭了起来。

两父子俱是一愣。

黎教授还以为她是被黎海洋被绑的事情吓到了，笑着去安慰她，却发现越安慰她哭得越凶，又始终不肯说理由。

事情终于告一段落，花深觉得自己好久都没有跟孟媛媛这样坐在一起好好聊天了。

她靠在孟媛媛的怀里，像个孩子似的，塞给孟媛媛一本相册：“妈，你再给我讲讲以前的事情吧。”

“有什么好讲的，都是说烂了的事情。”孟媛媛作势要推开花深，却耐不住花深耍赖似的往自己怀里钻。孟媛媛只好投降：“行行行……行了，都多大人了怎么还跟小孩一样？”

“你难道不应该说我多大了在你这儿都是小孩吗？”花深调侃道，然后找了个舒服的姿势。

其实孟媛媛自己也很少去翻看过去的相册，特地回忆过去的事情，对她来说过去的都是无能为力的事情，做人要向前看，未来多的是需要操心的事情，不能被过去绊住脚。

“妈……你和爸爸是怎么认识的啊？”花深看着其中一页，上面是孟媛媛和花盛的合照，两人并排站在一起，没有过多的光影渲染，只有两人脸上动人又淳朴的笑。

孟媛媛笑了一声，许久才说道：“有一次我上班，坐公交车的时候看到一个被霸座的老人，一时没忍住给他出了头，硬是把霸座的那个人给拉了起来。那人是个一米八几的大汉，站起来就一副要揍我的样子，那么大一车人都无动于衷，后来是司机猛地刹了车，把车子停在路边，然后过来挡在我面前，把那人赶下了车。”

“那个司机就是我爸吧？”花深也笑了起来，“我爸爸好酷。”

“那肯定啊。自那天起，你爸爸就成了我心里的大英雄。后来我就会特意等他的班次，他有时候开夜线，我就陪着他从起点到终点，很多时候车上就我一个人，到了终点我也不知道自己在哪里，然后你爸爸再骑着自行车送我回家……”

孟媛媛说着，眼睛泛着光，溢出来的全是温柔。

她说完，又叹了口气："花深，其实这些天我一直都很愧疚，是我差点害了你，幸好你像你爸爸，勇敢无畏。"

"突然煽什么情呢。"花深觉得眼眶热热的，搂着孟媛媛的腰，"我当然像我爸了，也像你，像你一样漂亮。"

孟媛媛顺着她的头发："不害臊。"

"妈，我明天搬回来住好吗？"花深忽然说，"我想陪着你。"

"少来了你。"孟媛媛拒绝，"多大了还跟我一起住，外面没你住的地方吗？"

"那也是别人的地方，住着没有人情味。"

"那就去找黎海洋，他那里应该全是你的地方。"

何青苗也从花深那里搬了回来。她把自己锁在青柚的房间里，抱着青柚小时候的东西自言自语："姐姐，凶手已经抓到了，你不要害怕了。不会再有人要伤害你了。

"姐姐，我觉得好奇怪，你好像离我越来越远了，很多时候我都感觉不到你了……

"姐，我是不是太自私了……"

何青苗喃喃着，眼泪也跟着流了出来，一开始还只是无声地流着泪，后来就控制不住了，只能把头埋在膝盖里不让自己发出声音。

敲门声响了起来，是爸爸的声音："青苗，在吗？"

何青苗咬着嘴唇，不想让爸妈看到这个样子的自己。

"我们和你谈谈好吗？"

何青苗站起来，快速地整理好自己，才应了一声。

爸爸推门进来，扶着越发苍老的妈妈。何青苗走过去帮忙把妈妈扶到床边坐下来。

自从青柚走了之后，妈妈就一病不起，常年卧床服药，经常沉浸在失去青柚的痛苦里，却忽略了青苗的感受。而爸爸既要工作又要照顾生病的妈妈，对于青苗的关心也少了些。

青苗的假装懂事骗过了所有的人，爸妈都以为她只是长大了，现在才知道，青苗活得比任何人都苦。而所有人都走出来了，青苗却是那个唯一没有走出来的人。

这是那个年轻的警察告诉他们的。那天他过来拜访他们，说了最近发生的事情，也跟他们说了很多。做父母的甚至觉得，那个男人比他们还要了解青苗。

其实妈妈自己也察觉到了，青柚走后，青苗一直处处努力想要变成青柚的样子，来宽慰她失去青柚的痛，可是手心手背都是肉，两个人都是自己的女儿，她爱其中一个不比另一个少。

妈妈拉过青苗的手，开口前先红了眼圈，声音都是哑的："傻孩子，哭什么……"

"妈……"

"这些年是我们不对，是妈妈的错，一直只顾着自己的痛苦，忽略了你。"

青苗一愣，没想到妈妈会忽然说这个，眼泪又不受控制地往下掉，可是张嘴反反复复说的都只有一个字："妈……"

"不管是你还是青柚，都是我最好的女儿。青柚走后你努力地想把自己变成她的样子，可是在我心里，我舍不得青柚，更需要青苗啊，那个活泼开朗爱笑爱闹跳舞很美的青苗也是妈妈的宝贝。"

青苗终于忍不住，像个孩子似的，号啕大哭了起来。妈妈所说的那个青苗离她太远了，早就被埋进了土里。她以为再也不会有人想要见到她了。

爸爸在旁边也叹了口气：“苗苗，不要再困在青柚的世界里了，你有你自己的人生，你要去喜欢你喜欢的人，交你认定的朋友。青柚的事情从来都不是你的错，要怪也是怪爸爸，当时没有去接你们……”

“不是的……”青苗拼命地摇头，“爸不是的，不怪你……”

“所以更不怪你……”爸爸把两母女揽进怀里，“苗苗，好好过你自己的人生，现在还不算晚，一切都还来得及。”

“爸……”

原本以为再也不见天日的自己，被风吹开了面上的那层灰尘，又重新发了芽。青苗这才发现，遗忘自己的只有自己，所有人都记得原本的她，明亮又鲜艳。

他们惦记着她，所以拼了命地找到了她。

Section15.

警察局里，云商多次提审牛强，可是牛强很难对付。

留给他的时间不多了，一旦定罪结案，那么对于牛强来说就真的只是吃几年牢饭的事情了。

云商有些暴躁地一拳打在墙上。

同事进来汇报进展，都是按照云商所指的方向查的，依然没有任何线索。

“有头绪吗？”

“没有。”

“太慢了。”云商有些焦躁地站起来，“不行，这跟大海捞针没什么两样，我们没那么多时间。”

正在他们一筹莫展的时候，另一个同事敲门进来：“云队，有人要见你。”

云商出来，看到的人竟然是黎海洋的妈妈，季珍珠？

他第一眼并没认出来，虽然他没见过几次季珍珠，但印象里的季珍珠永远都是穿金戴银珠光宝气的，骄傲得像是一只孔雀。

而此时此刻的她穿着极其朴素的衣服，面如土色，看起来颓败又悲伤，完全像是变了一个人似的。

他不太肯定地打招呼：“季……阿姨？”

季珍珠蓦地抬起头，只有一双眼睛是活着的，视死如归般地望着云商说：“我有证据，证明是那个人杀死了那个司机。”

云商愣了一下，才反应过来她说的是花深爸爸的案子：“你说牛强？”

季珍珠点了点头。

云商顿时明白了什么，他抿了抿唇，让人把她带到了审讯室做口供。

黎教授和黎海洋接到电话赶过来的时候，季珍珠已经录完口供了。

云商也在电话里把情况告诉了黎海洋。

季珍珠就是当年被花盛救下的那个差点被强奸的女人，但是季珍珠当时顾及面子，也怕被报复，所以一直不敢出来指认。不过她保留了当时从嫌犯身上揪下来的扣子，上面有嫌犯的血迹。另外她也看到了那个人身上的蛇形文身。

血迹还在做技术分析，但基本已经确定无疑了。云商在电话的最后说了声谢谢，又说：“不过你妈妈既然一个人来，应该是不太想让你们知道。”

“没事，这事我爸会处理好。”

季珍珠看着匆忙赶来的丈夫和儿子，有些局促地站起来，挤出一个笑：“你……你们怎么在这里……”

黎教授走过去，温柔地说：“当然是来接你回家。”

季珍珠愣了一下，忽然哭了起来。她拼命地捂住嘴，无助地蹲下来。

“这么大了还在儿子面前哭呢。”黎教授打趣。

“对不起，对不起……”季珍珠语无伦次地道着歉，明知道无法奢求任何人的原谅，可还是想要道歉，仿佛只有这样才能减轻自己心里的罪孽。

黎教授叹了口气，轻轻抱住她：“没关系。以前你是做错了，但是这一次是对的，我和海洋都替你骄傲。”

季珍珠哭得上气不接下气，再也说不出任何一句话。她以为这件事被知道之后所有人都会嘲笑她，老公也会嫌弃她，她会一无所有。

即便是今天，她也是抱着后果会变成这样的想法来的。

可是她万万没有想到，她错的不仅仅是当时的一念之间。

她错在自己的贪婪和虚伪，错在不肯信任自己的丈夫和儿子，错在输给了自己想象里的后果，从而让这个噩梦延续这么多年，伤害了这么多人。

“好了，别哭了。”黎教授扶着她站起来。

黎海洋站在旁边：“妈。”

季珍珠好不容易止住的眼泪，又开始泛滥；“对不起……”

“回家吧。”

季珍珠点了点头：“我回家给你们做饭。”

黎海洋看着两位老人互相搀扶着的背影，他知道季珍珠的怯懦不配得到原谅，但她的痛苦愧疚将是命运对她的惩罚，余生饱受煎熬。

云商伸了个懒腰走出来，靠在墙上，跟黎海洋打了个招呼，然后又环着手走过来：“恭喜啊，好事将近了吧？”

黎海洋眼神暗了暗，不敢去想花深知道这件事情之后的反应。他怀疑云商是故意哪壶不开提哪壶。

他斜着眼睛看了看云商："青苗没联系你吗？"

"她联系我干什么？"云商瞬间紧张了起来。

"没什么。"

黎海洋走了之后云商才反应过来，黎海洋就是故意让他挠心挠肺。可没想到他还真接到了青苗的电话。

两人约在了附近的咖啡厅，云商迫不及待地交代完事情，走的时候又对着镜子看了又看，确定自己没什么不妥的地方才出去。

青苗似乎在那里等了一会儿了。

云商隔着玻璃看了她一会儿，第一眼就发现了，他的青苗回来了，她笑起来是那么好看，一如从前。

云商小跑着过去，在青苗面前坐下。

青苗似乎有些局促，许久说了句："谢谢你。"

"谢我干吗？"

青苗并没有解释，递给他一个袋子："这是姐姐的东西。我认识你就是因为你帮我找回了这些东西，别人都觉得是垃圾，可你还当作宝物似的帮我找了回来。"

云商笑了笑，故意装傻："那这个道谢也太久远了点吧？"

青苗长舒了一口气，平静地说："以前从来不敢去看里面的东西，最近才拿出来仔细看了。"

云商一愣，抬眼看着何青苗："不会再害怕了？"

青苗笑了笑："所以才要谢谢你。以前的事情已经过去了，从现在开始你认识的就是一个完整的何青苗。"

"是吗？"云商抬眸，"那我需要自我介绍一下吗？顺便加个微信？"

"如果下次有机会再见面的话，再说吧。"青苗难得配合。不过她是跟黎海洋请了一会儿假出来的，现在还赶着回研究所。

“何青苗！”云商叫住她，“那我现在总可以追你了吧？”

青苗推开咖啡厅的门，头顶的风铃发出清脆的声音。她愣了一下，回过头，偏着头笑了一下：“那以前的，原来不算是在追我？”

“可你没答应啊？”

“那我现在也没拒绝啊。”青苗说完跑了出去，裙子在风里飘开，像一朵小花开在了云商的心尖上。

Section16.

有了季珍珠的证据和证词，牛强的杀人罪名成立，法院直接判决执行最高刑罚死刑，立即执行。

正义或许会迟到，但永远不会缺席。

黎海洋把车停在李花巷子路口，季珍珠坐在副驾驶座上，说：“海洋，对不起，是我耽误你和花深。如果那孩子不肯原谅我的话，我就……”

“妈。”黎海洋道，“我们一起面对。”

两人下了车，走到水果店门口，门开着，可是里面没人。有人过来买水果，喊了两声老板，黎海洋才看见花深出来。

她好像瘦了一些，笑起来还是那个样子，甜进了人心里。

她给人装好水果，才看见黎海洋，眼神恍惚了一下。明明也曾亲密无间，现在两人之间却像是隔了一座小山。

季珍珠已经走了过去，直接在花深面前跪了下来。

花深吓了一跳，赶紧去扶季珍珠：“阿姨，你别这样……”

她知道了事情的真相，原来黎海洋的妈妈就是那个间接导致她爸爸出事的人。然而，事情已经过去了那么久，再痛苦的感觉都已经淡了，还能如何呢？她们一家所承受的，又何止一两句原不原谅能够说清呢？

她只是不知道该怎么面对黎海洋了。

“花深，是我对不起你们家，是我对不起你们……”季珍珠忏悔着。

花深咬着嘴唇，还是忍不住眼睛里的酸涩，眼泪大颗大颗涌了出来。她将季珍珠扶起来，红着眼圈：“阿姨，我妈不在，去墓园陪我爸了……”

“都是我的错……她不想见到我不肯原谅我也是应该的……”

“不是这样的。”花深缓缓说，“我妈确实知道你要来，但也不是刻意避开你。她跟我说，当年就算你站出来，我爸也不可能活过来。我爸经常说帮助别人从不后悔，就算再来一次，他还是会选择救人。阿姨，这些年你应该过得也不好吧，这件事折磨了你这么多年也够了。我妈说一切都是天意，她不怪任何人，也从来没想过重来会怎样，我们只能活在现在，所以你也放下吧。”

“花深……”

花深松开季珍珠的手，正准备进去，却看见不知道什么时候走过来的黎海洋。他就站在那里，仿佛这么多年，一直都在她身后，站在她一转身就可以看见的地方。

黎海洋走过来，轻轻牵起她的手：“深深。”

花深一怔，却默不作声地抽出自己的手。

转瞬即逝的温度，却变成了一场海啸，在黎海洋心里翻天覆地，最终变成了一片废墟。

黎海洋瞳孔黝黑，就这么直直地看着她：“你也要放下吗，放下我？”

“黎海洋……”花深低下头，不肯让他看见自己眼眶里凝起的雾气，“对不起，能不能给我一点时间，我……”

她现在很乱。

说放下都是假的，不管是他还是父亲的死。

许久，她以为黎海洋已经对她彻底失望的时候，却听见他说：“好。”

花深抬起头来。

黎海洋的眼神却平静了许多，敛去了所有的深情，冷冰冰的。

她心里蓦地慌了一下。

然后听他说：“对了，我今天是来跟你告别的。”

“我参加了一个海上考察的项目，明天就要出发，大概三个月之后才能回来。”他声音平静地说着这段话，仿佛只是不经意地提起似的，“你好好照顾自己。”

花深张了张嘴，许久找不到自己的声音。

黎海洋等了一会儿，见她不再说什么，道：“那我走了。”

花深心里瞬间被席卷一空，什么都没有了。

她低着头，想拉住他的手，可是来不及了。

她抬头看到的只有那道背影，没有任何温度。

尾声

这一生，大概都只会跟着他走了

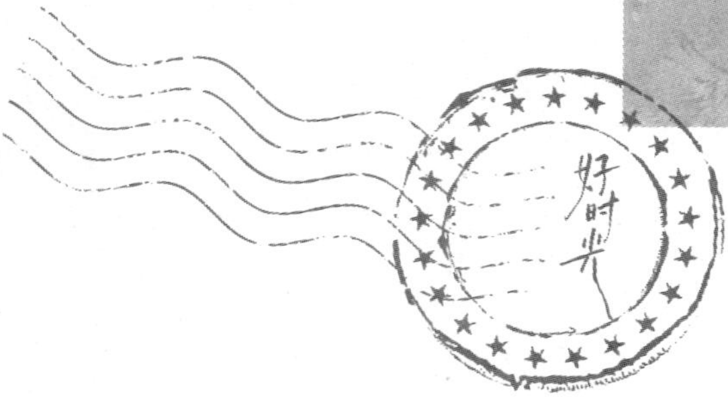

宠物店最近忙得不可开交，花深的流浪猫保护协会终于申请到执照，她发誓要好好地把这个协会做起来，说不定到时候还能开个只有猫的动物园什么的。

水果店里的生意最近也好了起来，孟媛媛经常忙不过来，又请不到帮工，大中午的还要给花深打电话让她回去帮忙。

可花深回来时水果店里连一个顾客都没有，孟媛媛明明还有空在后厨做了好几个菜。

孟媛媛笑道："我这不是怕你忘记吃饭嘛，你有没有良心？"

"你就不怕我跑来跑去累吗？"花深口是心非地坐下来。桌上全是她爱吃的菜，她开心还来不及呢。

"对了，昨天云商那小子又给我送了个单子过来，说他们局里的下午茶就从我这儿订货了。"

"这不是徇私走后门吗？"

"我说你怎么狗嘴里吐不出象牙呢？"孟媛媛敲了她一筷子，"我看云商这小伙子也挺好的，要不你俩在一起得了，反正你老大不小的也没人要。"

花深又开始头疼了，她觉得孟媛媛最近忽然格外操心她嫁人的事，李花巷子从头到尾的适龄青年都被孟媛媛编了个号拉了个群，整天以她的名义在里面开相亲会。

“妈你别乱点鸳鸯谱了，云商最近跟青苗好着呢。”

“青苗，她不也是研究所的嘛，不用和黎海洋一起去考察吗？”

花深听到这三个字的时候手顿了一下，然后吃了一大口饭，腮帮子都鼓了起来，好像这样才能压住心口的酸涩似的。

他明明说好三个月的，现在都过了九十二天了，一个电话都没有，一条消息也没有。当时走的时候又那么无情……

花深想到那一幕就心口痛，又委屈又难受。

可孟媛媛就是爱找事：“我看海洋这一走的意思，就是不肯要你了。”

“我到底是不是你亲生女儿！”花深咽下饭。

“就因为你是我女儿我才这么说的，你好好问问你自己，到底在忸怩什么呢，这事儿从始至终跟海洋有关吗？人家在的时候你嫌人家，现在人家不在了，你看看你自己过得开心吗？”孟媛媛难得语重心长，“花深，人得实在点，要找到自己最开心的生活状态，喜欢谁就大大方方跟谁在一起，不必为谁觉得愧疚不安，懂吗？”

花深点点头：“行，那就安排一下，群里随便拉个人出来跟我见面。”

孟媛媛一愣，还没反应过来，花深放下筷子就跑了，她喊都喊不应，这孩子到底想没想明白。

花深刚出门就撞上过来给队里买水果的云商：“哟，猛虎落泪，少见啊。”

花深才意识到自己眼圈都是红的，上前踢了他一脚：“买什么，苹果八十块一斤。”

“你这是明抢？”

云商莫名其妙，孟媛媛追出来：“孩子失恋了，体恤一下。对了，云队长，你要的那些我都准备好了，顺便送了你两个西瓜，刚才已经叫人给直接送到你们局里了。”

云商忍不住笑出声：“是吗，我还准备自己过来拿的。那谢谢阿姨了，我直接把你女儿捎走没问题吧？”

“去吧，去吧。”

云商把花深给拉上了车，没说要去哪儿，花深也不问。

他说：“你就不怕我把你送到什么黑工厂吗？”

花深心不在焉的，根本没听他说什么。

云商瞟了她一眼，然后打开广播：“据相关消息，我国科研人员在我国海域内发现了一片巨大的珊瑚礁，这是继全球珊瑚礁危机后的首次新发现。据报道……”

“花深？”云商喊了好几声。

花深回过神来瞪着他：“有什么屁不能直接放？”

“我说了半天你也没理我啊？”

云商把车停下来，花深这才意识到什么，问：“这是哪儿？”

“海洋馆啊，你看不见字吗？”

“来这里干吗？”

云商挑眉：“见不着真的摸个虚的，这不是关爱留守女青年的内心世界吗，为人民服务罢了。”

“不用，不去，不需要。”花深就知道他没安好心，掉头就走。

云商一把拉住她：“走了，青苗在里面等着在呢。”

“青苗在里面你还找我来，你俩约会我干吗啊？”

“你在海洋世界还不够吗？”

花深不情不愿地被扯了进来，结果发现平时人踩人的主馆今天一个人都没有，只有幽蓝色的波光漂浮不定，身处其中宛如被装在一个巨大的气泡里，缓慢游动的像是自己，又像是那些触手可及的鱼。

“为什么……”

“嘘……”云商按住她，“小声一点。”

神经病吗？她被推着往前走，忽然想到什么：“你该不会是包场了向何青苗求婚吧？”

光线太暗，花深没看见云商心虚的表情，只听他清了清嗓子：“你猜对了一半。”

云商直接带着花深去到了最里面，这里是主参观区，一块巨大的玻璃隔着另外一个世界，幽谧的深蓝，浮游的万物。

倏然，一道光直直地照了过去。于是那片深海变成了幕布，居然在放电影？

花深回头看了一眼云商，云商扬眉，眼神朝前递了递。

看到前面的何青苗，花深越发糊涂。

何青苗朝这边挥了挥手，云商小声说道：“你先过去，我出去一下。”

“你到底怎么计划的你总得跟我说说吧？”

可云商瞬间就溜走了，花深还得自己参透。大概是想让她先帮忙拖时间。

她回头看着那片海洋幕布。屏幕上正在放一部纪录片，讲述珊瑚礁的。她隐隐觉得今天好像听过类似的东西，却不知道自己在哪里听到的。

青苗拉着花深坐下来。花深一时之间也不知道该说些什么。

青苗忽然问：“花深，你有没有看到今天的新闻？”

花深一愣，不明白她的意思，却紧张了起来：“发生什么事情了吗？”

“没有。”青苗笑了一下，声音轻缓，“就是……我们的研究员在深海处发现了一片巨大的珊瑚礁，来自三叠纪时期，完整而鲜活。对于你来说可能没什么概念，但对于我们来说，这是一个震惊世界的发现。”

屏幕上刚好放到一片珊瑚礁的介绍，据说这是世界上最大的一片珊瑚礁。

花深的目光不由自主地聚焦在上面，不免有些震撼，像是看到了上帝的花园。

“每片珊瑚礁都有自己的名字，大堡礁或者红海暗礁。这一次的发现者给它取了个名字，叫作The Deepest Love，花深，你知道它的中文名字吗？”

花深怔了一下，心里有种很奇怪的感觉，不敢去想，却又按捺不住地冒出来。很久，她听见青苗的声音，一个字一个字地落在她心里最柔软的地方。

“中文名字叫作——海洋花深。”

花深看着眼前幽蓝色的幕布，久久地回不了神。不知道过了多久，青苗起身离开。

而花深再回头时，身后就是黎海洋了。

他站在那里，仿佛看了她很久。

花深借着幽暗的光线看着他的眼睛，所有的心酸和委屈一下子全都冒了出来。她本来想着要狠狠骂他几句，可是舍不得，又忍不住要哭，最后只好站起来，气呼呼地要出去。

擦肩而过的一瞬间，她被他拦着拉进了怀里。

熟悉的气息顿时扑面而来，像是一个旋涡，把花深给吸了进去。

黎海洋声音沉沉的：“想我了吗？”

“不想！”

“是吗？”他贴着她的耳朵，“花深，可我好想你。”

花深没办法推开他，只好把眼泪全擦在他衣服上：“少骗我了，你要是想我前天就回来了。截至今天三个月早过完了。”

“不是才过去两天吗？”黎海洋忍不住扬起嘴角，更抱紧了一些怀里这个口是心非的女人，“就不想知道我这两天干什么去了？”

“反正我接下来两天要去相亲，我妈都安排好了。”

“妈没说给你安排好的人叫黎海洋吗？”黎海洋故意逗她，摩挲着她的头发。

花深觉得自己太没定力了，他一点点温柔就能让她无止境地沦陷。

直到脖颈间一凉，黎海洋将项链给她戴上。

“你……”

“礼物。”黎海洋说得轻描淡写，“海洋花深旁边发现了一片十分丰厚的矿石源，这是其中之一，叫作蓝锥矿。”

花深透过不甚清晰的玻璃看着自己锁骨间的东西。是一块很精致的宝石，深蓝色，像是把一整片海洋融成了这么一小块。

花深嗓子哑了说不出话来，许久听见自己问：“好看吗？”

黎海洋笑了出来：“全世界你最好看。”

花深心里美滋滋的，却故意傲娇：“但我可没有给你准备什么礼物。”

“没事。”黎海洋轻轻牵起她的手，“反正别的我也不缺什么。你看现在三个月到了，我刚去你家拿了户口本，我的也在，民政局就在隔壁。算来算去，现在就缺个你，你考虑要不要送给我？”

“不要，我比这个破石头值钱多了，你别想就这么收买我。”

“那加个我。”

“不行，我得算算。

黎海洋牵起她的手：“边走边说吧。”

花深不受控制地，像是一个只会跟着糖走的小朋友，就这么轻易地被蛊惑了。

手都在他手里，这一生，大概都只会跟着他走了。

(全文完)

Good time